Nelly Dix

Ich wünschte, sie ginge wieder ins Bett und ließe mich in Frieden meine Mausefallen stellen

Erzählungen

Libelle

Inhalt

Joseph der Träumer

Der bunte Rock

»Also, ihr seid euer zehn!«, schrie Jakob verzweifelt und hinkte durch die Stube, sein lahmes Bein nachschleppend. »Euer zehn seid ihr, und ihr seid nicht imstande, auf euren Bruder aufzupassen!« Er wandte sich um und hinkte auf die schweigende Gruppe seiner Söhne zu, die in der Ecke neben der Tür standen. Er hob beide Fäuste.
»Was habt ihr mit meinem Kind gemacht? Wo habt ihr euren Bruder gelassen? Hab ich euch nicht gesagt, ihr sollt ihn nicht von euch weglassen, ihr sollt auf ihn achtgeben wie auf euren Augapfel? Gebt mir mein Kind wieder!«, schrie er plötzlich.
Die Brüder wichen zurück, und Ruben zog die Schultern ein und hob den Arm, um den Schlag abzuwehren. Aber Jakob schlug nicht zu, er ließ die Fäuste sinken und drehte sich wieder um und ging mit hängenden Schultern wieder durch die Stube zum Tisch. Er ließ sich auf die Bank fallen und strich mit seinen harten und großen Händen über den zerrissenen, blutbesudelten, bunten Rock Josephs, der auf dem Tisch lag.
»Mein kleiner Bub«, sagte er leise, »mein Kind, was haben sie dir getan? Bist du allein gewesen, hat dich ein reißendes Tier angefallen, hat dich niemand schreien gehört? Hat dir niemand geholfen? Oh, wie warst du allein mit den Wölfen, und du hattest Schmerzen und bist schrecklich gestorben, mein kleiner Bub.«

›Herrgott nochmal‹, dachte Naphtali, ›das ist fast noch ärger als vorher.‹ Er hätte dem Vater sagen können, dass er sich nicht zu beunruhigen bräuchte wegen Wölfen und wilden Tieren, aber er hütete sich. So eine Sache macht man ganz oder gar nicht, und er fühlte in seinem Gürtel das schöne Geld, das ihm die ismaelitischen Kaufleute für seinen Bruder Joseph gezahlt hatten. Für seinen Bruder Joseph, den er hasste, den sie alle gehasst hatten, nur Ruben nicht, dieser Esel. Jakob wandte sich an Ruben. »Ihr habt doch überall gesucht, wirklich überall?«, sagte er angstvoll. »Soll ich nicht lieber mit den Knechten gehn und nochmal überall nachsehn?«
»Wir haben überall gesucht«, sagte Ruben leise. Ach, er hatte wirklich überall gesucht, als er wiederkam von seinem Ritt zu den entfernteren Weideplätzen und den Brunnen leer fand, in den die Brüder Joseph hinabgelassen hatten, als sie beschlossen hatten, ihn aus dem Weg zu räumen. Wäre er doch dageblieben und hätte erst gesehn, wie er ihn den Brüdern aus den Klauen reißen könnte, aber er hatte nicht geglaubt, dass sie ihn in seiner Abwesenheit beiseite schaffen würden. »Gib mir mein Kind wieder«, sagte Jakob leise vor sich hin und versuchte, Josephs Rock zu glätten. »Gib mir meinen Sohn wieder. Mein Kind, Rahels Kind, o Herr, gib mir meinen Sohn wieder.« Die Tränen liefen über sein faltiges Gesicht in seinen grauen Bart.
Isaschar räusperte sich. »Sind wir nicht deine Kinder, bleiben dir nicht elf Söhne?«, fragte er etwas unwillig. Er hätte vielleicht noch mehr ungeschickte Dinge gesagt, aber Simeon, der neben ihm stand, stieß ihn nachdrücklich in die Rippen, und von der anderen Seite trat ihm Naphtali auf den Fuß, und nachträglich erkannte auch er, dass es hier besser war zu schwei-

gen. Aber Jakob hatte ihn sowieso nicht gehört. Er dachte an Rahel, seine zweite Frau, um die er vierzehn Jahre gedient hatte, sieben Jahre und noch einmal sieben, die so bald gestorben war und die er an dem Feldweg vor Bethlehem begraben hatte. Vielleicht liebte er Joseph und Benjamin, Rahels Söhne, deshalb so sehr, weil sie zur Welt kamen, als seine anderen Söhne schon groß waren und selbst eigene Familien hatten und ihn nicht mehr brauchten. Oder deshalb, weil sie ihn immer so sehr an Rahel und die schönste Zeit seines Lebens erinnerten. Sicher war es ein Unrecht, wenn man seine Kinder ungleich liebt, aber hatte nicht auch sein Vater Isaak seinen Segen ungleich auf seine beiden Söhne verteilt? Aber das war keine Entschuldigung für ihn. Ach, hätte er doch Joseph nicht erlaubt, mit den Brüdern zu den Schafherden zu gehn, so weit weg von zu Hause! »O Rahel«, sagte er leise und verzweifelt und starrte durch das Fenster in den hereinbrechenden Abend, »o Rahel, ich hab schlecht aufgepasst auf unser Kind. Wie konnte ich ihn eine Minute von mir weglassen, wie konnte ich zugeben, dass er auch nur einen Tag, auch nur eine Nacht nicht hier im Haus ist? Ach, ich war es nicht wert, einen solchen Sohn zu besitzen, mir ist nur recht geschehen!« Er legte den Kopf auf die Hände und schluchzte. Die Tür öffnete sich einen Spalt weit, und Benjamin schlüpfte ins Zimmer. Er ging leise zum Tisch, kletterte auf die Bank neben Jakob und saß dort artig, die Hände im Schoß, und betrachtete aufmerksam seine Brüder und seinen Vater. Jakob hob den Kopf und sah Benjamin verstört an. Benjamin überwand seinen Schrecken vor dem Gesicht des Vaters, das der Kummer so verändert hatte, und legte schüchtern und zögernd eine Kette aus Rosskastanien vor Jakob auf den Tisch.

»Da«, sagte er, »das geb ich dir.«
Jakob begriff den schweren Entschluss, den das gekostet hatte, und umarmte und küsste Benjamin.
»Woher hast du das denn?«, fragte er, bemüht, ruhig zu sprechen.
»Hat Joseph mir gemacht«, sagte Benjamin undeutlich aus Jakobs Umarmung heraus.
»Dann wollen wir's gut aufheben«, sagte Jakob fast flüsternd mit versagender Stimme, »denn er wird uns keine mehr machen.« Ruben und seine Brüder verließen so leise wie möglich das Zimmer.
»Papa«, sagte Benjamin nach einer Weile, »weißt du noch, wie Joseph vor einer Woche das mit den Sternen geträumt hat?« ›Ach‹, dachte Jakob unglücklich, wie oft hatte er innerhalb der vergangenen Woche, als Joseph mit den Brüdern und den Herden weggeritten war, an diesen Traum denken müssen, den Joseph eines Morgens beim Frühstück erzählt hatte: »Heut Nacht hab ich was Dolles geträumt«, hatte Joseph aufgeregt gesagt, »ich hab geträumt, die Sonne, der Mond und elf Sterne neigten sich vor mir!«
›Und ich bin so wütend geworden‹, dachte Jakob reuevoll, ›ich hab ihn angebrüllt und geschlagen, ach, wie furchtbar sich jede Lieblosigkeit rächt.‹
Es war jetzt völlig dunkel im Zimmer. Benjamins Hände suchten auf dem Tisch die Kastanienkette.
»Du hättest ihn lieber nicht schlagen sollen«, sagte er und streichelte die Kette.

Im Hof

Der Ismaelit schüttelte den Reisestaub aus seinen Kleidern und wusch seine Hände in dem Brunnen, der mitten im Hof stand. »Hier bleibst du sitzen, bis ich wiederkomme«, sagte er, »und sieh zu, dass niemand an meine Waren geht. Ich geh hinein, um mit dem Herrn zu reden. Das ist ein gewaltiger Mann bei Pharao, der Herr.« Er zog seinen Gürtel zurecht und ging durch eine der Hintertüren ins Haus.

Joseph blieb allein in dem Hof zurück. Der Hof hatte eine hohe Mauer. Das große Tor war mit dicken Bohlen und eisernen Stangen versperrt. In den Hofecken lag und stand allerhand Gerümpel herum, zerbrochene Wagenräder, einige Töpfe mit welken Blumen, unbrauchbar gewordener Hausrat, Scherben von Geschirr und alte Körbe ohne Boden. An der Hauswand hingen Peitschen, Pferdegeschirre und einige große Kessel.

›Er hat gar keine Angst, dass ich ihm weglaufe‹, dachte Joseph, ›na, weshalb auch, bei dem Tor hätte ich auch eine hübsch lange Zeit zu tun, bis ich's aufbrächte. Und dann – ja, was dann? Was soll ich dann draußen, so halbnackt, wie ich bin?‹

Er betrachtete das schmutzige, viel zu große alte Hemd, das ihm dauernd von den Schultern rutschte. Er hatte den Saum davon abgerissen, um ihn als Gürtel zu benützen, was den ismaelitischen Kaufmann, der ihm das Hemd geliehen hatte, jedes Mal wieder erboste, wenn sein Blick darauf fiel.

›Meinen bunten Rock haben sie mir genommen, diese Schweine‹, dachte Joseph grimmig. ›Na wart, ich soll euch wieder begegnen, dann werden nicht nur eure Röcke daran glauben!‹ Er sah an der Hauswand empor. Nur wenige Fenster des Hauses gingen auf den Hof, einige waren mit Vorhängen verhängt.

Während er so überlegte, wer wohl hinter diesen Fenstern und Vorhängen sein könnte, wurde an einem Fenster eine Frau sichtbar, die einen kleinen blauen Krug, aus dem am Rand ein Stück ausgebrochen war, in der Hand hielt. Offenbar war sie im Begriff gewesen, den Krug zu dem übrigen Gerümpel in eine der Hofecken zu werfen. Sie sah Joseph an und er sie. Die unverhohlene Neugier in ihrem Blick machte ihn verlegen, und er schaute weg und sah nach einer Weile doch wieder zu dem Fenster hinauf. Die Frau starrte ihn immer noch an. Aus der Tür, durch die der ismaelitische Kaufmann verschwunden war, kam ein junger Mann in den Hof, der ein leeres Sieb in der Hand hatte. Als er Josephs ansichtig wurde, blieb er unter der Tür stehen. Seine weißblonden Haare hingen ihm ins Gesicht, und er schaute aus blässlichen Augen auf Joseph.

Joseph fühlte sich unbehaglich. In diesem Moment kam der Kaufmann zurück mit einem großen breitschultrigen Mann, der einen weißen, gesteiften Rock anhatte und eine goldene Kette um den Hals. Er antwortete kaum auf das Geschwätz des Ismaeliten, der Joseph beim Handgelenk packte und näherzerrte. Joseph verstand nicht, was der Kaufmann mit dem gesteiften Mann sprach, er verstand kein Ägyptisch, aber die Art, wie der Kaufmann ihn herumzerrte, missfiel ihm. Er zog seine Hand zurück und sagte böse: »Lass los, ich mag das nicht!«

»Halt's Maul«, erwiderte der Kaufmann, diesmal für Joseph verständlich. »Du hast hier gar nichts zu vermelden!«

Er streifte Joseph das Hemd über die Schultern, packte ihn an den Armen und versuchte, ihn herumzudrehen. Der große Mann sagte etwas, da ließ der Kaufmann Joseph los, und der Mann ging um ihn herum und betrachtete ihn von allen Seiten. Er hob Josephs Arm auf und ließ ihn wieder fallen. Diese sachliche Musterung störte Joseph nicht, er empfand sie

nicht als demütigend, nach den tausend Demütigungen der letzten Wochen, dem Verrat der Brüder, den Quälereien auf dem Weg nach hier, der launischen Behandlung vonseiten des Kaufmannes empfand er die Art des Mannes mit der Goldkette beinah als angenehm. Der Mann wandte sich zu dem Ismaeliten und sagte etwas. Dann legte er Joseph leicht die Hand auf die Schulter und lächelte ihm zu. »Gut!«, sagte er in Josephs Sprache.
»Er hat dich gekauft«, sagte der Kaufmann. »Kannst dich freuen. Ist ein gewaltiger Mann bei Pharao, der Herr.«
Etwas flog hinunter in den Hof und zerschellte in viele blaue Scherben. Der Weißblonde mit dem Sieb erschrak sichtlich und verschwand. Joseph folgte seinem neuen Besitzer ins Haus. Er widerstand der Versuchung, noch einmal zu dem Fenster hinaufzuschauen.

Der Mantel

Das Küchenmädchen befestigte eine feuchte blaue Blume neben ihrem linken Ohr und bemühte sich, in dem halbblinden Spiegel den Effekt zu erfassen.
»Sieh mal«, sagte sie schließlich zu Joseph und drehte sich ihm zu, »ist das hübsch so? Kann ich so gehn?«
Sie legte den Spiegel weg, zerrte ihren Rock zurecht, stemmte den Arm zierlich in die Seite und hielt den Kopf vorsichtig schief.
Joseph stand am Küchenfenster, seinen weißen wollenen Mantel nachlässig über die Schulter gehängt, und sah auf den Hof hinaus. Seit Tagen fiel dieser un-

ablässige Regen, er würde noch viele Tage fallen und den Nil zum Steigen bringen, bis er über seine Ufer träte und die Felder überschwemmte – so wie letztes Jahr, wie vor zwei Jahren, als er hierherkam, wie vor hundert Jahren auch schon.

»Na, schau doch schon her!«, sagte das Mädchen ungeduldig.

»Reizend!«, sagte Joseph, »wirklich wunderschön! Und nun willst du diese Pracht wahrhaftig in den Regen hinaustragen? Bei dem Wetter kommt doch dein Soldat gar nicht!«

»Der kommt bestimmt«, sagte das Küchenmädchen und nahm wieder den Spiegel vom Tisch.

»Spiegelaff!«, sagte die Köchin, die mit einem großen Korb in die Küche kam. »Nein, diese Weiber. Bei dem Regen rennt die nun weg. Die muss doch rein des Teufels sein!« Sie band sich ein Tuch um den Kopf. »Hör mal«, sagte sie zu Joseph, »ich geh rasch zu meiner Schwester hinüber, in spätestens einer halben Stunde bin ich wieder da. Der Herr kommt ja bald zurück, und die Frau schläft. Es macht dir doch nichts aus, wenn du mal was aufs Feuer legst, damit es nicht ausgeht?«

»Schon recht«, sagte Joseph. Er schaute wieder aus dem Fenster. Die beiden Frauen verließen die Küche. ›Eigentlich könnte ich den Nachmittag dazu benützen, auf dem Speicher einige Fallen aufzustellen. Der Herr behauptet, die Mäuse trampelten nachts so über seinem Zimmer herum, dass er nicht schlafen könne.‹ Er ging zum Herd und fischte unter dem Holzhaufen einige Fallen hervor und ging aus der Küche. Die hölzernen Treppenstufen knarrten, er bemühte sich, leise aufzutreten und die knarrenden Stufen auszulassen. Aber als er über den Vorplatz ging, klirrten die Fallen aneinander, und aus einem Zimmer

rief jemand: »Anna!« Joseph blieb unschlüssig stehen. Das war die Frau. Aber Anna war nicht da, die Köchin war zu ihrer Schwester gegangen, und der blassäugige Knecht war im Stall und kam sowieso nicht in Frage. Aber er war ja schließlich auch nicht Anna, und so schickte er sich eben an, weiterzugehn, als die Frau nochmal rief: »Anna! Hörst du denn nicht?«
›Herrje!‹, dachte Joseph, ›jetzt wird die auch noch bös!‹ Er ging einige zögernde Schritte auf die Tür zu.
»Anna!«
Joseph seufzte, legte die Mausefallen neben die Tür und öffnete diese vorsichtig einen Spalt: Das Zimmer war mit gelbem Stoff bespannt, es standen wenige Möbel darin, ein paar Stühle und ein flaches Bett mit gelben Vorhängen. Es herrschte ein gedämpftes Licht, anscheinend waren die Fenster zugehängt, aber das konnte Joseph nicht sehen durch den Türspalt. Er sah nur das Bett mit den vielen Polstern und Decken, und einen mageren Arm.
»Anna ist nicht da«, sagte Joseph, »die Köchin auch nicht, und der Herr ist ausgegangen. Kann ich vielleicht irgendwas…?« Die Frau hob den Kopf.
»Ah, du bist das«, sagte sie. »Nein, du kannst – das heißt – komm mal her… ja, vielleicht machst du die Tür zu. Lässt du immer alle Türen offen?«
»So«, sagte sie, als Joseph die Tür geschlossen hatte, »komm doch mal her und fühl, mir ist so schrecklich heiß, ich glaub, ich hab Fieber.«
Joseph ging leise und unbeholfen zum Bett, ergriff vorsichtig ihre magere weiße Hand am Handgelenk und ließ sie gleich wieder fallen.
»Glaub nicht«, sagte er.
»Nein, auf meiner Stirn natürlich!«, sagte die Frau. »Du bist aber ungeschickt!« Sie nahm seine Hand, legte sie sich auf die Stirn und hielt sie da fest.

›Was für eine Kraft die hat, diese magere Ziege‹, dachte Joseph unwillig und versuchte, seine Hand wegzuziehn. Er erinnerte sich an Ruben, der immer gesagt hatte: ›Nimm dich vor solchen mageren Frauenzimmern in Acht, die sind gefährlich.‹ Er musste lächeln.
»Nein«, sagte er, »ich glaube, Fieber hast du nicht. Aber ich bin kein Arzt, ich versteh nichts davon.«
Die Frau sah ihn unverwandt aus schmalen dunklen Augen an. »Ach, ich weiß gar nicht«, sagte sie leidend, »vielleicht, wenn du mich etwas stützen würdest, wenn ich vielleicht ans Fenster ginge und ein bisschen frische Luft…«
Sie erhob sich, und Joseph stützte sie und führte sie ans Fenster. Sie hob den Vorhang hoch, sah auf den verregneten Hof, der wirklich einen trostlosen Anblick bot, und seufzte. »Der Herr hält große Stücke auf dich?«, sagte sie matt und schaute ihn wieder an und lehnte sich gegen ihn.
»Ich weiß nicht«, sagte Joseph.
»Was tust du immer – Anna sagt, du gehst nie fort«, sagte die Frau. »Hast du keine Freundin?«
Er schüttelte den Kopf. ›Ich wünschte, sie ginge wieder ins Bett und ließe mich in Frieden meine Mausefallen stellen‹, dachte er.
»Vielleicht einen Freund?«, fragte sie weiter.
»Solltest du nicht lieber wieder zu Bett gehen?«, fragte Joseph dagegen. »Das Stehen ist bestimmt zu anstrengend für dich!« ›Was will sie bloß, zum Teufel!‹, dachte er verdrießlich.
»Ja, wenn du meinst«, sagte die Frau und schlich müde wieder zum Bett, »ich – ach, mir ist so schwindlig!«
Sie schwankte, und Joseph konnte sie gerade noch auffangen. Er hob sie auf und trug sie zum Bett, sie

hatte einen Arm um seinen Hals gelegt und hing wie tot auf seinen Armen. Joseph legte sie vorsichtig nieder. In diesem Moment öffnete sie die Augen, legte auch den anderen Arm um seinen Hals und hielt ihn fest. Er rutschte aus und fiel mit einem Knie ins Bett.

»Bitte, lass mich los«, sagte er, bemüht, sich aus ihren Armen zu befreien.

»Aber sei doch nicht so dumm«, sagte sie eindringlich und zog ihn noch etwas näher zu sich herunter.

›O Gott‹, dachte Joseph bestürzt, ›was bin ich für ein Ross, dass ich's jetzt erst merke, wozu das ganze Theater war.‹ Er versuchte, sich mit einem Ruck loszureißen, aber sie hielt ihn mit unheimlicher Kraft fest, und er wollte ihr auch nicht wehtun.

»Bitte, lass mich los«, sagte er noch einmal und versuchte, wenigstens seinen einen Arm unter ihr hervorzuziehen. »Aber es ist doch niemand im Haus, sei doch nicht so blöd«, sagte die Frau, »kein Mensch wird was merken!«

»Was willst du denn eigentlich!«, sagte Joseph zornig.

»Dich«, sagte die Frau einfach und lächelte ihn ganz von der Nähe an. »Ich will nur dich, weiter gar nichts!«

»Such dir einen anderen für deine Scherze«, sagte Joseph. Er vermied es, ihr in die Augen zu schauen, sie fing an, ihm schrecklich auf die Nerven zu gehn, aber er konnte ihrem Blick nicht ausweichen, er hatte das Gefühl zu ersticken, seine halb kniende Stellung war schauderhaft und unbequem, und seine Augen brannten, dass er sie einen Moment schloss.

»Komm«, sagte die Frau flüsternd, »geh, sei doch gescheit!« Joseph öffnete die Augen. »Der Herr wird gleich heimkommen«, sagte er. »Er hat mir alles übergeben, seine Schlüssel, seine Speicher und Keller, seine Gelder, er vertraut mir. Glaubst du, ich bin

ein Schuft und vergelte ihm auf diese Weise sein Vertrauen und grab mir selbst das Wasser ab? Ich bin doch nicht verrückt!«
»Feigling«, sagte die Frau, »also doch! Aber ich will dich haben, und ich werde dich haben.«
»Bitte, lass mich los, bitte«, sagte Joseph flüsternd. »Ich …, bitte …, ich kann doch … lass mich doch gehn … der Herr …« Der Raum schien zu schwanken, alles drehte sich um ihn, nur ihre Augen blieben dicht vor ihm, er spürte ihren Atem. Es würgte ihn im Hals so, als müsste er weinen, oder als ob ihm gleich schlecht würde.
»Es kommt doch niemand«, sagte sie zärtlich. Sie hob ihren Kopf etwas und legte ihre Wange an seine.
In diesem Moment ging unten im Haus eine Tür. Joseph hob so unvermutet rasch den Kopf, dass die Frau ihn überrascht losließ, und stand auf.
»Nein«, sagte er.
Die Frau stieß einen wütenden Schrei aus und sprang aus dem Bett. Joseph wandte sich um und lief aus dem Zimmer. Er raste die Treppen herunter. Die Frau schrie laut und gellend hinter ihm her. Auf der untersten Treppe begegnete er dem Kämmerer Potiphar.
»Nanu!«, rief Potiphar erstaunt. »Was ist los?«
Joseph gab keine Antwort und hetzte an ihm vorbei.
Im Hof lehnte er sich schwer atmend gegen die regennasse Mauer. Sein Kopf glühte, trotzdem ließ ihn der Regen schaudern. ›Und mein Mantel liegt auf ihrem Bett‹, dachte er zähneklappernd.
Etwa eine Stunde später kamen die Soldaten des Pharao und führten ihn in das Gefängnis, wo des Königs Gefangene lagen.

Die beiden Kämmerer

Der Raum lag halb unter der Erde, so dass man durch das vergitterte Fenster nur die Füße derjenigen, die vorbeigingen, sehen konnte.
»Einer mit vergoldeten Sandalen, ein feiner Hund«, sagte der große dicke Mann, der am Fenster lehnte, »der war gestern noch nicht dabei! Hier wieder der mit den Stiefeln, der ohne Stiefel, der mit dem Bastschuh – Schluss.« Er seufzte und wandte sich vom Fenster weg. Man hörte die Schritte draußen sich entfernen.
»Gar nicht viel Leute, im oberen Stock. Warum wir hier in diesem Loch liegen müssen.« Er setzte sich neben Joseph auf die schmale Pritsche und begann, seinen linken Schuh auszuziehn. Joseph flocht eben aus Strohhalmen einen Ring, zerriss ihn wieder und nahm eine Handvoll Stroh, um einen neuen zu machen.
»Wir haben neues Stroh«, sagte er. »Ist das nicht genug für uns?« Der dritte Gefangene, der die ganze Zeit über in einem winzigen Spiegel mit den Resten eines Kammes seine schwarzen öligen Haare gekämmt hatte, hob sein bleiches Gesicht und sah aus tiefliegenden Augen missbilligend auf den nackten Fuß des dicken Mannes auf der Pritsche.
»Jedem nach Recht und Gerechtigkeit«, sagte er und verstaute Kamm und Spiegel in einer Mauerritze. »Pharao ist gerecht. Er straft und belohnt jeden nach seinem Verdienst!« Er schloss die Augen und lehnte sich zurück, sein Gesicht nahm einen ergebenen Ausdruck an.
Der Dicke nahm vorsichtig ein Stück Mörtel aus einer Mauerritze, zog aus der entstandenen Höhlung

ein kleines Messer hervor und begann ächzend, sich die Fußnägel zu schneiden. »Recht und Verdienst«, sagte er höhnisch, »jawohl, Recht und Verdienst. Es gibt kein Recht und kein Verdienst, es gibt kein Talent, keine Gerechtigkeit, keine Ungerechtigkeit – alles ist Glück oder Unglück des Betreffenden. Wenn dich Pharao ins Gefängnis wirft, hast du Unglück, wenn er dich herauslässt, hast du Glück, das heißt, bei mir ist das anders – ich hatte Glück, dass ich ins Gefängnis kam. Da war eine wilde alte Witwe mit vielen Ersparnissen, die wollte mich heiraten. Jetzt wird sie mich nicht mehr wollen – Pharao, dieser liebe alte Knabe, weiß gar nicht, was er mir Gutes getan hat.« – »Wie du von unserm Herrn sprichst«, sagte der Bleiche matt. Er saß, mit dem Rücken an die Wand gelehnt, auf einem großen Strohhaufen, den er sich in die Ecke getragen hatte, und streckte seine Beine von sich.

»Was er für krumme Beine hat!«, sagte der Dicke in bewunderndem Ton zu Joseph und nahm seinen rechten Fuß in Angriff. Joseph lachte, und der Bleiche sagte, ohne die Augen zu öffnen: »Es kommt auf den Kopf an, mein Lieber.«

»Manchmal«, erwiderte der Dicke.

»Und als die schöne Anne
am Morgen früh erwacht,
da sprach sie zu dem Manne,
zu dem gänzlich krummbeinigen Manne und lacht …«

sang er mit lauter Stimme und bewegte die nackten Zehen zum Text.

Der Bleiche öffnete die Augen und schrie zornig: »Aber das ist unerträglich! Mit dem Messer, mit dem ich mein Brot zu schneiden pflege!«

»Hast du's gehört?«, sagte der Dicke flüsternd zu Joseph. »Unerträglich – er pflegt …« Laut sagte er:

»Mein Brot – was heißt hier überhaupt mein Brot? Du wirst vermutlich noch eine hübsche Weile drauf warten können, bis du wieder dein Brot schneiden kannst. Hättest du nicht so miserables Brot gebacken, dann säßest du nicht hier.« Er legte das Messer wieder in die Mauerritze.

»Eigentlich«, sagte er, während er seine Schuhe wieder anzog, »eigentlich hatte ich mir noch die Haare schneiden wollen! Aber es ist mir ekelhaft, mit dem Messer, mit welchem du dein schäbiges Brot schneidest.«

»Es wird jedem mit seinem Maß gemessen«, sagte der Bleiche fromm. »Quatsch«, erwiderte der Dicke. »Sieh hier unsern Freund Joseph. Ihm hat sein Vater einen bunten Rock geschenkt. Da hatte er Glück, denn seine Brüder hatten keine bunten Röcke. Da haben sie ihn nach Ägypten verkauft aus Wut. Das war Unglück. Er kam ins Haus des Kämmerers Potiphar, das war Glück, er hätte keinen besseren Herrn finden können! Aber er wollte nicht mit der Frau schlafen, und das war sein Unglück, und er kam ins Gefängnis. Na – bitte! Wo ist da von einem Maß was zu bemerken? Was haben ihm seine Talente genützt? Was seine Ordnungsliebe und das Mausefallenstellen? Was seine ganze Unschuld? War er nicht im Recht? Und einen Dreck hat er davon!«, schloss er befriedigt.

Ein Schlüssel knirschte im Schloss, die Türen wurden einen Spalt geöffnet und drei Schüsseln, auf denen je ein Stück Brot lag, hereingeschoben. Dann knallte die Tür wieder zu. »Wie der Kerl schleicht«, sagte der Dicke und fischte mit dem Stück Brot in dem Napf herum, den ihm Joseph gebracht hatte, »glaubt wohl, er erfährt was, wenn er vor der Tür horcht. Willst du das Messer haben, Bäcker?«

»Schweinerei«, sagte Joseph plötzlich. Der Dicke sah ihm interessiert zu, wie er eine halb abgegessene Traube aus seiner Schüssel zog. »Ist das nun Glück oder Unglück, Mundschenk?«, sagte Joseph und hielt sie ihm hin.
Der Dicke betrachtete die Traube voll Nachdenklichkeit. »Hör mal«, sagte er, ohne Josephs Frage zu beantworten, »da hat's mir doch heute Nacht geträumt, ich stünde vor einem Weinstock mit drei Reben, und die grünten und blühten und trugen Trauben, und ich nahm die Trauben und drückte sie aus in Pharaos Becher, und ich gab ihm den Becher in die Hand. Und das war so deutlich – ich wünschte, jemand könnte mir sagen, ob das was bedeutet.«
»Drei Reben«, sagte Joseph, »na, das ist doch einfach. Das sind drei Tage. Nach drei Tagen wird dich Pharao wieder in dein Amt einsetzen. Dann sieh aber zu, dass du mich hier herausbringst, damit ich auch mal wieder Glück hab.«
Der Bäcker stand auf und setzte sich zu ihnen auf die Pritsche. »Mir hat auch was geträumt«, sagte er zutraulich. Die gute Deutung des Traumes hatte ihm gefallen. »Ich hatte drei neue weiße Körbe auf dem Kopf mit Brot und Kuchen für Pharao, und es kamen Vögel, schwarze Vögel, die fraßen das Brot aus den Körben. Kannst du mir sagen, was das bedeutet?« Joseph sah vor seinem geistigen Auge den Bäcker mit den Körben durch die Stadt gehen, eine ganz lange Straße war das, und am Ende stand ein Galgen von weißem Holz, auf dem schwarze Vögel saßen. ›Ich wünschte, ich hätte dem anderen nichts gesagt‹, dachte er bedrängt.
»Nun?«, fragte der Bäcker ängstlich.
»Nach drei Tagen werden sie dich hängen«, sagte Joseph. Er lächelte, als wäre es nur ein Scherz.

Der Bäcker fuhr zusammen, dass er sein Essen verschüttete, stand auf und setzte sich wieder in seine Ecke. Seine Hände zitterten. Er war noch bleicher als gewöhnlich. »Ihr seid ein boshaftes Volk, ihr Juden«, sagte er mit bebender Stimme. »Aber ich werd's dir gedenken, du Aas!«

Die bunte Katze

»Genau die gleiche Katze«, sagte Joseph und drehte das Holzstück, an dem er schnitzte, herum, um es von unten zu betrachten, »grad so eine haben wir auch zu Haus. Wir waren immer sehr stolz auf sie, mein Bruder Ben und ich. Meine Mutter sagte, solche Katzen wären selten, und keiner von all unsern Nachbarn hatte so eine.« Er schnitzte, dass die Späne flogen. Das dicke kleine Mädchen mit der Katze unterm Arm setzte sich neben ihn. »Hier haben auch nur wir so eine bunte«, sagte sie und arrangierte die Katze auf ihrem Schoß. »Aber Papa sagt, er hat es von einem gehört, der am Hof ist, und der sagte, Pharaos Schwester hätte auch so eine.« Sie streichelte die Katze voller Stolz. »Und nun erzähl weiter, wie's bei euch war!«

Joseph hielt einen Moment inne und schaute nach oben, als fiele ihm auf diese Weise eher etwas ein. Über ihm war der kleine Balkon am Haus des Aufsehers, der mit Glyzinien bewachsen war, die blühten und jetzt in der reglosen Mittagshitze betäubend dufteten. ›Schon als Kind hätte ich immer gern gewusst‹, dachte Joseph, ›ob sie eigentlich gut riechen oder nicht. Aber das hab ich bis heut noch nicht herausgefunden. Wenn die Blüten vorbei sind, haben sie merkwürdige Bohnen, wie aus hellgrünem Samt.‹

»Mit den Bohnen, die später dran sind«, sagte er und klopfte an die gewundenen Stämme der Glyzinie, »kann man wunderbar spielen. Ben und ich haben sie immer gesammelt. Aber Kastanien sind noch hübscher und halten länger. Kastanienbäume, das habt ihr hier nicht. Große Bäume, die viel Schatten machen. Im Frühjahr blühen sie wie – na, wie was denn gleich –, wie lauter spitze Mützen ganz aus Blüten. Im Herbst haben sie stachlige grüne Früchte, ganz rund, die platzen auf, und innen sind glänzende, runde, braune Kugeln, eine oder manchmal auch zwei oder sogar drei. Ich hatte Benjamin eine Kette davon gemacht…« Er stellte den Holzklotz auf den Boden vor sich hin und betrachtete ihn.

Das Mädchen ließ die Katze los und betrachtete ebenfalls den Klotz von allen Seiten.

»Das sieht aber noch nach nicht viel aus«, sagte sie, langte nach der Katze, zerrte sie wieder auf ihren Schoß und pflückte ihr die Späne aus dem Fell. »Erzähl weiter!«

»Wart's ab«, sagte Joseph. Er schaute über den kahlen Gefängnishof, der bei gutem wie bei schlechtem Wetter gleich trostlos und staubig aussah und so verlassen, als hätte ihn seit Jahrzehnten kein Mensch betreten. Dabei gingen doch jeden Tag zwanzig Gefangene unter Josephs Aufsicht hier spazieren. Was man so spazieren nennt – sie schlurften mürrisch im Kreis herum, den Blick auf den Boden geheftet, als verlohne es sich schon nicht mehr, die kahlen Mauern, das Haus des Aufsehers mit seinem engbrüstigen Balkon und das Gefängnis mit seinen dick vergitterten Fenstern zu betrachten. Tatsächlich konnte man sich auch kaum etwas Uninteressanteres vorstellen.

Joseph schärfte das Messer an einem Stein. Das hatte ihm der Bäcker großmütig geschenkt, an dem Morgen, an dem sie ihn abholten. »Behalt's nur, Jud«, hatte er gesagt. »Du wirst wohl bis an dein Lebensende kein anderes zu sehen kriegen.« Das war nun drei Jahre her, es sah aus, als sollte der Bäcker recht behalten. Der Einzige, der ihm hätte heraushelfen können, war der Mundschenk, aber der hatte ihn wohl längst vergessen. So würde er auch hier sein Leben beschließen, als Gefangener, der Gefangene bewacht, so wie der weißbärtige Vater des kleinen Mädchens im blaugrün gestreiften Rock hier neben ihm, der seit dreißig Jahren im Gefängnis lebte und geheiratet hatte und auf seinem schmalen Balkon Blattpflanzen in Töpfen zog und Küchenkräuter. Gar nicht daran zu denken, dass er je seinen Vater wiedersähe und Benjamin und das Haus, in dem er aufgewachsen war und das er liebte. Nie wieder würde er die Landschaft von Sichem wiedersehn, wo des Vaters Herden standen, und es wäre am besten, wenn er sich alle solche Gedanken beizeiten aus dem Kopf schlüge. Aber er wusste nicht, was schmerzlicher war – an all das zu denken oder alles das zu vergessen.

»Da ist ein Tal nah bei uns«, sagte er ganz in Gedanken, »tief und grün, solche Täler habt ihr hier nicht. Rings an seinen Hängen ist ein lichter Wald, und im Herbst stehen viele Pilze dort. Im Frühjahr findet man die sonderbarsten Blumen, und ein Bach geht mitten durch, ganz schmal, nur so breit etwa« – er zeichnete mit dem Messergriff in den Sand –, »rechts und links neigen sich die Gräser drüber hin und verstecken ihn. Er fließt über flache Steine, unter denen sich die Fische verbergen, und es ist ganz still da, als wäre es am Ende der Welt.« Er verstummte. Das klei-

ne Mädchen hörte auf, mit der Katze zu spielen, und legte ihre kleine dicke Hand auf seinen Arm. »Ist das da, wo die Bäume stehn, von denen du gesagt hast?«, fragte sie.
»Ja«, sagte Joseph kurz. Eine Weile schwiegen beide. Dann stellte Joseph das fertige Pferdchen vor ihr auf den Boden und sagte laut, als säße sie am Ende des Hofes. »Na, ist das nun ein Pferd oder nicht?«
Die Tür neben ihnen ging auf, und der alte Aufseher erschien mit einem zerbeulten Blechkessel. »Hier«, sagte er unfreundlich, »bring den Kerlen ihr Essen.«
Joseph stand auf und ergriff den Kessel, die Katze strich um seine Beine. »Papa«, rief das Mädchen, »schau, mein Pferd!«
»Ein Petersilienstock ist eingegangen«, sagte der Alte gramvoll, ohne auf sie zu hören, »ob da ein Wurm im Topf ist?« – »Mein Pferd!«, rief das Kind ungeduldig, hielt es ihm hin und hing sich an seinen Arm. »Schnitzt du mir morgen wieder was?«, rief sie hinter Joseph her, der, von der Katze begleitet, den Hof überquerte und vorsichtig den Kessel balancierte. »Morgen Mittag!«, rief Joseph über die Schulter zurück. Der Kessel hinderte ihn daran, sich herumzudrehn. Die Katze versuchte, sich im Gehen an seinen Beinen zu reiben.
Am andern Morgen bei Tagesanbruch kamen fünf Soldaten und holten Joseph ab. Ehe er das Aufseherhaus betrat, das den einzigen Zugang und somit auch Ausgang aus dem Gefängnis bildete, blickte er noch einmal zum Balkon hinauf. Sämtliche Läden des Hauses waren geschlossen, auf der Balkonbrüstung saß zwischen den Petersilientöpfen die bunte Katze und schaute auf ihn herab.

Der Garten des Pharao

Die vier Soldaten saßen in der Ecke der Wachstube auf der Bank, flegelten sich über den Tisch und sahen stumpfsinnig zu, wie der fünfte Josephs Haare auf dem Boden zusammenfegte, die er eben abgeschnitten hatte.
»Na ja«, sagte Joseph, »jetzt geht's einigermaßen. War nett von dir, danke vielmals. Und jetzt brauch ich einen Rock!« Der Soldat warf die Kehrichtschaufel in die Ecke. »Was? Einen Rock brauchst du auch noch? Deiner geht doch noch!«, sagte er vorwurfsvoll.
»Du wirst nicht glauben, dass ich mich in diesem Aufzug vor Pharao sehen lasse«, sagte Joseph, »in diesem Ding, in dem ich mich drei Jahre im Gefängnisdreck herumgewälzt hab!« Der Soldat ging ins Nebenzimmer und kam mit einem grauen Kleidungsstück wieder. »Hier«, sagte er, »damit du siehst, dass ich nicht so bin!« Er sah kummervoll zu, wie Joseph den grauen Rock anzog. »Den zieh ich sonst nur sonntags an«, sagte er traurig. »Du kriegst ihn ja nachher wieder«, sagte Joseph. Der Soldat schüttelte bekümmert den Kopf. Sie verließen die Wachstube und gingen einen breiten, mit rotem Sand bestreuten Weg zwischen Wiesen und Büschen hin. Große Blumenbeete waren rechts und links vom Weg, Pfauen gingen dazwischen spazieren, stießen ihre merkwürdigen klagenden Schreie aus und schlugen Räder. Ab und zu kam eine Gruppe von hohen dunklen Bäumen, an denen weiße Winden hochkletterten. Perlhühner liefen herum und schwätzten leise vor sich hin. In einem Tulpenbeet stand still und beschaulich ein schöner weißer Stier. Er hatte das Maul voll Gras und dunkelroten Tulpen und sah unter seinen geschwungenen Hörnern ge-

ruhsam auf die Vorübergehenden. Joseph wäre gern stehen geblieben, um den Stier noch eine Weile zu betrachten, das Tulpenbeet, über dem die Schmetterlinge dahintorkelten, und den ganzen Garten überhaupt. Drei Jahre lang hatte ihm der Balkon am Haus des Aufsehers mit seinen Glyzinien und Petersilientöpfen als Garten genügen müssen, und er fraß diese ganzen Wiesen und Blumen und Bäume förmlich in sich hinein. Aber die Soldaten hatten es eilig, ihn abzuliefern, und der rote Sand, der in ihre Sandalen lief bei jedem Schritt, machte sie noch verdrießlicher. Drei Männer kamen ihnen entgegen, zwei Dicke, die rosig und wohlgenährt waren und ihre langen Mäntel aufhoben, damit sie nicht im Sand schleppten, und ein magerer Mann in prunkvollem, aber schmierigem Aufzug. Unter dem gelben Tuch, das er auf dem Kopf trug, hingen graue Haare unordentlich hervor. Die drei gingen vorbei, ohne Joseph oder die Soldaten, die an den Rand des Weges getreten waren, eines Blickes zu würdigen.

»Er ist nervös und launisch«, sagte der eine dicke Mann zu dem schmuddeligen mit dem gelben Kopftuch, »weiß sich nicht zu beherrschen. Er ist noch jung!«

»Ja, könnt ihr ihm nicht zeigen, was Manieren sind? Wer regiert denn das Land, der Pharao oder seine Räte? Das wäre noch schöner!«, rief der Unordentliche empört.

»Wir können es versuchen«, sagte der andere Dicke beschwichtigend. »Ich will sehen, dass er deine Deutung doch noch annimmt. Ich werde nach dir schicken.«

»Ein verzogener, ein unerzogener Knabe, das ist meine Meinung!«, schrie der Unordentliche. Einige weiße Tauben mit gestutzten Flügeln, die unter einem

Strauch im Schatten gesessen hatten, krochen aufgescheucht hervor und rannten auf ihren befiederten Beinen mühevoll über die Wiesen.

»Wer war das?«, fragte Joseph.

»Hofleute, zwei von seinen Kämmerern«, erwiderte einer der Soldaten.

Sie waren vor dem Tor des Palastes angelangt. »Weiter dürfen wir nicht«, sagte der Soldat, »geh du nur rein. Da drinnen wimmelt es von Dienern und Beamten und Höflingen. Sag du nur, wenn man dich fragt, du wärst der, von dem der Mundschenk gesprochen hätte, und Pharao hätte nach dir geschickt. Kannst du das behalten? Ich leg mich hier derweil hinter einen Busch und warte, bis du rauskommst. Du weißt doch…«, er strich mit der Hand zögernd und besorgt über Josephs Rockärmel.

Im Palast war es kühl und still. Joseph schauderte, als er mit seinen nackten Füßen über die kalten Steinplatten ging. Kein Mensch war weit und breit weder zu sehen noch zu hören. Es schien, als wäre das ganze Haus völlig unbewohnt. Joseph stieg die Treppen ins nächste Stockwerk hinauf, als er plötzlich ein leises regelmäßiges Geräusch hinter einer Tür hörte. Er öffnete und trat in einen Saal, dessen Boden mit großen schwarzen und blaugrünen Steinplatten belegt war. An den Wänden entlang liefen schmale steinerne Bänke. An einer Wand zwischen zwei Fenstern war eine Treppe von drei Stufen, auf deren oberster ein steinerner Stuhl stand. Ein junger Mann in einem weißen wollenen Rock ging allein in dem Saal auf und ab und spielte mit einer goldenen Kette, die um seinen Hals hing.

»Kannst du mir sagen, bitte, wo Pharao ist?«, fragte Joseph leise. Irgendwie scheute er sich, den jungen Mann anzusprechen, er hatte noch nie jemanden gesehn, der so durchaus allein war. ›Ich glaube, wenn hier hundert Leute wären, er wäre immer noch allein‹, dachte er.

Der junge Mann zog die Schultern etwas hoch, als fröre er. Sein Blick war schnell und schüchtern, er senkte ihn sofort wieder.

»Pharao hat nach mir geschickt«, sagte Joseph. »Ich bin der, von dem der Mundschenk sprach.«

Der junge Mann räusperte sich und errötete etwas, sah zu Boden und sagte endlich: »Bist du der, der Pharaos Traum deuten kann?«

Joseph lächelte. »Nein«, sagte er, »das kann ich nicht. ›Auslegen gehört Gott zu‹, sagt man bei uns.«

Der junge Mann hörte auf, mit der Kette zu spielen. Nicht nur seine Stimme, auch seine ganze Haltung drückte Enttäuschung aus, als er jetzt sagte: »Aber der Mundschenk hat es doch gesagt. Du hast ihm doch einen Traum gedeutet, richtig gedeutet, und dem Bäcker auch!«

»Ein Zufall«, sagte Joseph, »ein Scherz. Zufällig hat es gestimmt. Eine Spielerei. Ich hätte es nicht tun sollen.«

›Wenn ich's doch könnte‹, dachte er bekümmert, ›ihm zuliebe, da er doch so unglücklich drüber ist. Er ist so allein.‹ »Warst du lang im Gefängnis?«, fragte der andere.

»Drei Jahre«, sagte Joseph, dem langsam dämmerte, wer der junge Mann war.

»Du warst unschuldig eingesperrt?«

»In den drei Jahren«, sagte Joseph, »hab ich keinen getroffen, der nicht unschuldig eingesperrt war.« Er dachte an die vielen Häftlinge, die er gekannt hatte und an die zum Tod Verurteilten, die noch auf dem Weg zur Hinrichtung unausgesetzt schrien: »Ich bin unschuldig.«

»Und ich dachte, du könntest mir helfen«, sagte der junge Mann.
»Du kannst es mir ja erzählen«, sagte Joseph, von dem Wunsch beseelt, den anderen zu trösten. »Gott wird dir doch nichts Schlechtes weissagen?«

Der Traum des Pharao

»Mir träumte«, sagte Pharao und ging wieder auf und ab, »ich stünde am Nil, in der Abenddämmerung, und sah sieben schöne, fette Kühe aufsteigen aus dem Wasser. Und ich wunderte mich, woher so schöne Kühe kämen, denn meinen Knechten ist das Viehzüchten ein Gräuel, wie allen Ägyptern. Und während ich sie noch bewunderte und mich fragte, wem sie wohl gehören könnten, stiegen hinter ihnen sieben scheußliche, magere, hässliche Kühe aus dem Wasser – so hässliche, wie ich selbst in Ägypten noch keine gesehen hab, und fraßen die sieben fetten, schönen ohne weitere Umstände auf, und man merkte es ihnen nicht mal an, sie wurden keine Spur dicker oder ansehnlicher davon. Und weiter, als ich wieder einschlief, sah ich sieben Ähren, reif und schön und voll, dick und ganz golden ...« Während Pharao sprach, dachte Joseph an die Hochebene von Sichem, wo seines Vaters Kühe weideten, und an den Stier in Pharaos Garten. ›Wenn ich je wieder heimkäme und ich hätte Geld, wollte ich so einen Stier kaufen und meinem Vater mitbringen. Ich könnte ihn auch stehlen ...‹
»... und die sieben dünnen Ähren verschlangen die sieben dicken. Ich hab nun eine Woche lang mit den

Wahrsagern herumgesessen und hab den Traum zum hundertsten und tausendsten Mal erzählt, und mir wurde nicht leichter davon, und keiner konnte ihn deuten«, sagte Pharao müde. »Und ich hatte so darauf gehofft, dass du mir etwas sagen könntest?« Er streifte Joseph mit seinem schnellen, scheuen Blick und drehte an der goldenen Kette. »Oder willst du mir nur nichts sagen?«

›Wenn ich doch könnte‹, dachte Joseph verzweifelt. ›Sieben dicke Kühe, sieben magere Kühe – der Stier im Garten ist schön, wie hübsch die roten Tulpen und das grüne Gras in seinem Maul aussahen, sieben fette Kühe …‹ »Das ist nichts Schlechtes«, sagte er zögernd. »Gott will dir nur sagen, was er vorhat. Sieben fette Kühe, das bedeutet … sieben Jahre. Und sieben magere Kühe auch. Sieben reiche Jahre und sieben Hungerjahre. Und die Ähren bedeuten ganz dasselbe. Damit wollte Er dir nur noch deutlicher sagen, was du tun sollst. Es werden sieben reiche Jahre kommen, wo die Bauern in Ägypten nicht wissen werden, was sie mit all dem Korn und den Früchten des Feldes und dem Vieh, der Wolle, dem Wein, dem Obst und dem Öl anfangen sollen. Dem Vieh wird man das Korn füttern, und es wird es nicht mehr fressen, man wird es in den Lehm der Ziegel mischen statt Stroh und Häcksel, und es wird noch so viel sein, dass die Speicher überquellen und die Vorratshäuser bersten. Dann aber kommen sieben elende Jahre, da wird so wenig sein, dass man nicht mehr wissen wird, was Korn ist. Kalte und trockne Winde werden das Land ausdörren und den Samen verwehen, und endlose Regen werden alles verfaulen lassen. Die Kälte wird die junge Saat erfrieren und die Sonne sie verbrennen lassen. Die Brunnen werden austrocknen, wilde Tiere werden in die Herden einfallen und das Volk

wird schreien, dass du ihm zu essen geben sollst. Nun solltest du dich nach einem umsehen, der gescheit ist und verständig und der überall Getreide aufspeichern lässt während der reichen Zeit und Vorratshäuser bauen und alles sammeln, damit das Volk in den sieben mageren Jahren nicht zugrunde geht.«
›Da steh ich und rede was zusammen‹, dachte Joseph dabei und wunderte sich, wie leicht das ging.
Pharao blieb stehen und stieß ein kurzes zorniges Lachen aus. »Sehr schön«, sagte er, »ich möchte wohl wissen, wo ich einen klugen und verständigen Mann finden soll, der tut, was ich sage. Da du das aber alles weißt und mir geraten hast«, sagte er und wandte sich zu Joseph, »willst du nicht derjenige sein, der das alles macht? Willst du nicht durchs Land fahren, an meiner Stelle, und Scheunen bauen lassen und Speicher und das Korn, Wein, Öl und alles, was sich aufbewahren lässt, sammeln und dir Leute aussuchen, die auf alles das aufpassen und dafür sorgen, dass kein Ungeziefer und so drangeht und so das Land vor der Hungersnot bewahren?«
»Ich?!«, rief Joseph erschrocken. »Um Gotteswillen! Ich bin hier fremd, kein Mensch kennt mich, ich versteh eure Sprache noch nicht gut, niemand wird mir gehorchen, – nein, Pharao, das ist kein Geschäft für mich.«
»Ich werde dich über ganz Ägypten setzen«, sagte Pharao überredend, »ich werde dich selbst über mein Haus setzen. Ich will nur um den Thron höher sein als du. Ich bin Pharao, aber ohne deinen Willen oder deine Erlaubnis soll niemand sich rühren im Land.«
»Ägypten ist groß«, sagte Joseph schwach, »ich kann da nicht überall zu Fuß hingehn.«
»Du wirst in meinem zweiten Wagen fahren«, sagte Pharao. Er nahm die Kette von seinem Hals und hing

sie Joseph um. »Und du wirst mir helfen gegen die anderen.«
»Wirklich, Pharao…«, begann Joseph verzweifelt.
In diesem Moment ging die Tür auf und einer der dicken Männer, denen Joseph vorhin im Garten begegnet war, kam herein.
»Nein«, sagte er empört, »Pharao, deine Soldaten sind zu frech. Ich gehe zum Tor hinein, liegt da einer unter einem Busch und schläft. Ich sage: ›Kerl‹, sag ich, ›steh auf, was liegst du hier und schläfst?‹ Und er sagt…«
»Und das erzählst du mir?«, rief Pharao mit leichter Ungeduld. »Dieser Lümmel vor der Tür…«, begann der Dicke wieder. »Untersteh dich, ihn wegzujagen!«, rief Joseph. »Der wartet auf mich! Er hat mir seinen Rock geliehen, damit ich hier anständig aussehe.«
Der dicke Mann starrte Joseph in seinem schlecht gewaschenen Rock und der goldenen Kette am Hals an, der mit ihm sprach wie zu seinesgleichen.
»Wer ist das?«, sagte er fassungslos, zu Pharao gewandt. »Das ist mein heimlicher Rat«, sagte Pharao. Er zog einen Ring vom Finger und steckte ihn an Josephs Hand. »Er fährt in meinem zweiten Wagen. Ich habe ihn über ganz Ägypten gesetzt.«

Der Erntewagen

Der Hohlweg war so eng, dass Joseph rechts und links die Äste der Sträucher, die sich an den Sandsteinfelsen anklammerten, fassen konnte, wenn er sich nur etwas über den Wagenrand neigte. Die hohen, blau gemalten Räder des Wagens versanken tief im Sand, und die vier Apfelschimmel, die den Wagen zogen, keuchten und arbeiteten sich mühsam vorwärts. Der Weg war steil, die Sonne brannte. Joseph und der Knecht, der ihn fuhr, schwitzten ungeheuer. Sie waren ganz mit dem feinen Staub, den die Pferde und der Wagen aufwirbelten, bedeckt, der überall eindrang, ihnen die Haut aufscheuerte und schmerzhaft in Augen, Nase und Mund drang. Schon die neunte Woche fuhr Joseph nun im Land herum und sah nach seinen Neubauten, die er vor einem halben Jahr in Auftrag gegeben hatte. Jetzt befand er sich auf dem Heimweg von On. Er hatte lange ermüdende Gespräche mit Bürgermeistern, Großbauern und Landpflegern hinter sich und freute sich auf sein kühles Haus, seinen Teich im Garten, das kalte Wasser in seinem Brunnen im Hof und die langen Abende mit Pharao, der den Sommer auf seinem großen Schiff auf dem Nil verbrachte. Den halben Sommer fuhr er hinauf, den anderen halben hinunter. Joseph liebte das Leben auf dem Fluss, besonders bei Nacht, wenn man sich vorkam wie allein auf der Welt. Der Hohlweg machte eine scharfe Biegung. Bald mussten sie die Höhe erreicht haben und aus diesem stickigen, staubigen, engen Schlauch herauskommen. Dort oben, hoffte Joseph, würde vielleicht ein leichter Wind gehn. Er blickte zurück. Der Hohlweg war noch mit einer Staubwolke gefüllt, die der Wagen aufgewirbelt hatte.

»Gottverdammich!«, rief der Knecht. Der Wagen hielt mit einem Ruck, die Pferde setzten sich fast und Joseph fiel von der Bank. Vor ihnen stand, den Weg verstopfend, ein von zwei großen Stieren gezogener Erntewagen, hoch beladen mit gelbem Korn und so breit, dass er die Büsche rechts und links an die Felsen drückte. Zwei Knechte führten die Stiere. »Macht Platz!«, rief Josephs Kutscher völlig blödsinnigerwei-

se, denn es war gänzlich aussichtslos, dass der Wagen zur Seite ging. »Wir müssen vorbei!«
»Oder wir«, erwiderte der Knecht, der nur eine blaue leinene Hose trug, voller Seelenruhe. »Du siehst doch, dass wir nicht auf die Seite können!«
»Dann geht zurück!«, rief Josephs Knecht.
»Wieso denn wir!«, sagte der andere. »Wir können unmöglich zurück mit dem geladenen Wagen. Wir kommen eben hier runter ...«
»Das seh ich!« Josephs Knecht begann sich zu erbosen. »Hinter uns ist ein elend langer Weg, ich kann hier auch nicht umkehren!«
»Dann werd ich's für dich tun«, sagte der fremde Knecht verträglich. Er verließ sein Gespann und näherte sich den Apfelschimmeln.
»Untersteh dich, meine Pferde anzurühren! Wir fahren in Pharaos Namen!«
»Wir auch«, sagte der fremde Knecht, »wir fahren Korn in Pharaos Scheuern.«
»Wir sind wichtiger, das seht ihr doch wohl ein!«, rief Josephs Kutscher und fuchtelte mit der Peitsche.
»Idiot«, erwiderte der Fremde, der allmählich in Hitze geriet, »wir können doch nicht zurück, sieh *das* doch ein, Blödian!«
»Er hat recht«, sagte Joseph zu seinem Kutscher, »aber wir auch. Vielleicht sagst du uns, was wir machen sollen?«, rief er zu dem Gespannführer hinüber.
»Schlagt euren billigen Karren ab, dann trag ich ihn euch vorbei und eure Schindmähren und euch Kerle dazu«, brüllte der mürrisch zurück. »Man hat uns überall durchzulassen«, schrie Josephs Kutscher, »wir haben einen Pass von Pharao!«
»Sagt's das nächste Mal, wenn ihr kommt. Wir werden euch dann Blumen streuen«, sagte der Blaubehoste höhnisch.

»Hört jetzt auf, euch anzubrüllen«, sagte Joseph ungeduldig. »Das ist ja zu blöd. Überlegt lieber, was hier zu machen ist!«
»Du hast mir einen Dreck zu befehlen«, sagte der Mann. »Schön!«, rief Joseph zornig. »Ich hab Zeit!«
»Ich schon lange«, sagte der Mann, kreuzte die Arme und sah Joseph herausfordernd an.
Joseph seufzte und wischte sich den Schweiß von der Stirn. »Dann versuch, die Pferde am Wagen vorbeizubringen, und vielleicht lässt sich's doch kehren«, sagte er zu seinem Knecht. »Pharaos Pferde!«, rief der Knecht und breitete die Arme aus, als wolle er die vier dampfenden Apfelschimmel, die unruhig und keuchend mit ihren kleinen Hufen den Sand aufwühlten, gegen diese Zumutung schützen. »Egal, versucht eben«, sagte Joseph.
»Das wird aber auch allmählich Zeit«, rief eine weibliche Stimme von oben herunter, »wie lang soll das Geblödel noch dauern?«
Joseph und sein Knecht sahen nach oben. Über den Garbenhaufen sah ein junges Mädchen herunter. Ihre zerwühlten dunklen Haare hingen wirr um ihr gerötetes Gesicht. Sie trug ein enges rosa Leibchen. Ihre braunen runden Arme waren vom Stroh zerkratzt. Ihre Augen waren dunkel, sie war nicht hübsch, dazu sah sie wohl zu streng aus, aber vielleicht fand Joseph sie grade deshalb so reizvoll.
»Komm gefälligst herunter, wenn du was willst, alberne Gans«, sagte er trotzdem, denn er ärgerte sich immer noch, wenn auch nicht mehr ganz so deutlich. Er kletterte aus seinem Wagen, drückte sich an den Pferden vorbei und kam grade zurecht, das zornige Mädchen aufzufangen, die, den Rock zwischen ihre Knie geklemmt, über den Garbenberg heruntergerutscht kam. Einen Moment lang hielt er sie fest. Sie

ließ es überrascht geschehen, dann schien sie sich zu besinnen und machte sich los. Sie senkte die Augen, rückte ihren Rock zurecht und wünschte sehnlichst, dass ihr etwas einfiele, was sie jetzt sagen könnte. Nach einer Weile schaute sie auf. Ihre Blicke begegneten sich, und sie mussten beide lachen.

Josephs Kutscher und die fremden Knechte begannen inzwischen einträchtig und geruhsam, Pharaos Wagen auseinanderzunehmen und umzudrehen. Der Mann mit der blauen Hose zog eine Handvoll Stroh aus dem Wagen und schickte sich an, die Pferde abzureiben.

Joseph und das Mädchen lehnten sich an die Wand des Hohlwegs, die ihnen kühl erschien.

»Du bist der, den Pharao zum Vater des Landes gemacht hat«, sagte das Mädchen immer noch lächelnd. »Komisch. Ich hätte gedacht, du wärst ein alter Mann.«

»Nicht alle Väter sind alt«, sagte Joseph. »Das heißt – meiner ist auch alt, das stimmt. Aber es ist anzunehmen, dass er auch mal jung war. Ich hab ihn nur alt gekannt.«

›Warum erzähl ich dir das‹, dachte er dabei, ›was soll dieses wildfremde Mädchen damit anfangen?‹

»Hast du Geschwister?«, fragte das Mädchen.

Joseph nickte.

»Viele? Brüder auch?«

»Einen«, sagte Joseph. »Einen und dann nochmal zehn.«

»So ein Unsinn«, rief das Mädchen amüsiert. »Also elf! Kannst du nur bis zehn zählen?«

»Dass du überhaupt bis drei zählen kannst«, sagte Joseph spottend.

Sie verschluckte die heftige Erwiderung, die ihr auf der Zunge lag und sah ihn schnell und zornig an.

Dann sagte sie: »Ist das schön, wenn man so viele Brüder hat?«
»Wunderbar«, sagte Joseph kurz.
Sie schwiegen eine Zeit lang und sahen den drei Knechten zu, die mit Zungenschnalzen und beruhigenden Worten die Pferde an dem auseinandergenommenen Wagen vorbeiführten.
»Wie langsam das geht«, sagte das Mädchen, lediglich als Feststellung. Joseph dachte bei sich, dass das von ihm aus noch langsamer gehen könnte. Er fand es so schön, hier an dem Sandsteinfelsen zu lehnen neben diesem fremden Mädchen und sie anzuschauen. Er wünschte lebhaft, dass irgendeine Schwierigkeit auftreten möchte, die das Zusammensetzen des Wagens noch hinauszögern würde. »Du wirst kaum mehr heimkommen«, sagte das Mädchen.
»Nicht so wichtig«, murmelte Joseph. Er wusste nichts zu sagen und war verzweifelt über sich selbst. Ihm fiel weiter nichts ein, als das Mädchen anzuschauen, aber auch das getraute er sich nicht andauernd zu tun – es wäre schrecklich, wenn er ihr lästig fiele.
»Also, wir wären dann so weit«, sagte Josephs Knecht, er ordnete die Zügel in seiner Hand. Die beiden anderen Knechte klopften sich die staubigen Hände ab und gingen zu ihrem Gespann zurück.
»Ja dann –«, sagte das Mädchen, »leb wohl.«
Sie streckte Joseph ihre kleine braune Hand hin. Er hielt sie fest und setzte ein paarmal zum Reden an. Schließlich sagte er. »Wie ist das auf so einem hohen Erntewagen?«
»Du könntest ja mitfahren mit mir bis ans Ende des Hohlwegs oder bis On. Du könntest bei uns bleiben über Nacht. Mein Vater ist Priester in On.«
Sie setzte ihren nackten Fuß in die Hand des Knech-

tes und ließ sich auf den Wagen heben. »Nun?«, fragte sie von oben herunter und hielt Joseph die Hand hin.
»Wie ist es, Herr«, sagte der Knecht, »fährst du mit uns?« Er half Joseph, auf den Wagen zu klettern. Es war ein schweres Stück Arbeit. Joseph und das Mädchen setzten sich im Stroh zurecht. Schwankend fuhr der Wagen los.
»Wie ein Schiff«, sagte das Mädchen. »Wird dir nicht schlecht?« Joseph schüttelte den Kopf. Sie fuhren langsam und auf knarrenden Rädern hinter Pharaos Wagen und Pferden her, den Weg zurück, den Joseph gekommen war.
»Ich heiße Asnath«, sagte das Mädchen, als die Wagen den Hohlweg verließen und auf die Straße nach On kamen.
»Und ich Joseph.«
Er vergaß ganz, dass er hier hatte umsteigen wollen in seinen eigenen Wagen und dass zu Hause ein kühles Haus, ein Teich im Garten und ein Brunnen mit schönem kalten Wasser wartete, und er vergaß Pharao in seinem großen Boot auf dem Nil und die langen Gespräche mit ihm, auf die er sich gefreut hatte. Im Hof des Priesters lenkte der Kutscher die Schimmel auf die Seite vor die große Treppe, und der Erntewagen rumpelte über die holperigen Steine in die große Scheuer. Joseph rutschte über die Garben herunter und drehte sich schnell um, weil er Asnath aufzufangen hoffte. Aber die war schon heruntergeklettert und ging vor ihm her aus der halbdunklen Scheune. Unter der Tür drehte sie sich noch mal um und lächelte ihn an. Dann lief sie schnell über den Hof ins Haus.

Der Vater des Landes

Joseph saß am Tisch und kramte in seinen Rechnungen. Er grub unwirsch in dem Haufen herum, zur geheimen Verzweiflung des Dolmetschs Ephron, der danebenstand und dessen Stolz es war, all diese Rechnungen so geordnet zu haben, dass man auf den ersten Griff fand, was man suchte. ›Ein Kind‹, dachte Ephron, ›kann da sofort alles Gewünschte finden, und er gräbt und scharrt wie ein Eichhörnchen drin herum und ist doch sonst so ein intelligenter Mensch.‹

Auf dem Fensterbrett saß Josephs ältester Sohn Manasse. Er lehnte sich weit hinaus, um im Hof die Getreidekäufer aus Ägypten und den angrenzenden Ländern zu betrachten. »Sie sind nach Farben sortiert, Papa«, sagte er über die Schulter zurück, bäuchlings auf dem langen Fensterbrett liegend. »Wie Mamas Glasperlen in der blauen Schachtel.«

Joseph warf ihm über eine Schriftrolle weg einen schnellen Blick zu. »Lehn dich nicht so raus«, sagte er, »du wirst runterfallen und dir den Hals brechen, und das ist blöd!« »Dann fall ich auf den Dicken im rosa Mantel. Und jetzt auf einen ohne Haare. Da, der hat auch einen Hund. Dahinten in der Hofecke stehn zehn Kerle, ganz in Blau und in Grau und Rosa und Schwarz, hübsch sieht das aus. Sie getrauen sich gar nicht ran. Sie haben schon viele vorgelassen und waren zuallererst da.«

»So hab ich's gern«, sagte der Dolmetsch anerkennend. »Das ist wahre Bescheidenheit. Wie sehn sie aus?«

»Mit Bärten«, sagte Manasse. Er rutschte vom Fensterbrett und kam zum Tisch. »Papa, warum haben

diese Männer Angst?« »Ich weiß nicht«, sagte Joseph, »vielleicht sind sie von weit hergekommen und kennen die Sprache nicht.«
»Dafür bin ich da«, sagte der Dolmetsch würdig. Er zog einen Span aus den rissigen Fußbodendielen und begann, sich die Fingernägel damit auszukratzen. »Sie fürchten sich«, sagte er dazu, »weil dein Vater ein großer und gewaltiger Mann ist.«
»Ist das so, Papa?«, fragte Manasse.
»Nein«, sagte Joseph ernst. Er schob seinen Stuhl zurück und hob Manasse auf seine Knie. »Nein«, sagte er noch einmal, »ich bin kein gewaltiger großer Mann. Ich bin ein Mann von Pharaos Gnaden und hätte Pharao mich nicht in dieses Amt eingesetzt, dann wäre ich heute noch, was ich vordem war: ein Sklave, der in des Königs Gefängnissen liegt, weil er seinen Herrn nicht hintergehn wollte. Ein großer Mann, das nenn ich einen, der von sich aus groß ist, weil er viel kann oder weiß, und ein gewaltiger, das ist einer, der Gewalt über die andern hat, weil er ein guter oder weiser oder starker Mann ist. Ich bin nur einer, der Glück hatte – ein ganz mittelmäßiger Mensch. Und wenn Pharao heute seine Hand von mir abzöge, würde ich wieder zu einem Nichts, so wie ich vordem eins war. Und jeder andere an meiner Stelle würde dem König ebenso gut oder noch besser dienen können, und niemand würde mein Fehlen bemerken.«
Er ließ Manasse auf seinen Knien schaukeln. »Das vergess ich nie und du sollst das auch nicht vergessen und dir das merken, dass nichts ewig ist, nichts bestehn bleibt und der Mensch herumgeworfen wird wie ein alter Sack. Manchmal schütten sie Gold hinein und manchmal Stroh. Der Sack bleibt derselbe. Mein Amt, das mir Pharao gab, hat mich nicht klüger

machen können und nicht besser. Ich bin noch der Gleiche, der ich damals war – ich bin vielleicht schlauer geworden, hab rechnen gelernt, hab gelernt, Weizen und Hafer zu unterscheiden, aber ich bin ja allmählich auch alt genug dazu.« »Aber du hast doch wahrsagen können! Und du hast Pharao einen großen Dienst erwiesen!«, rief Manasse etwas bestürzt. »Wer sagt das?«, fragte Joseph ärgerlich.
»Der Schulmeister hat's gesagt. Erst neulich«, sagte Manasse, »als mich einer mit Dreck beschmissen hat, da hat er ihn ausgeschimpft und abgeohrfeigt und dann der ganzen Klasse gesagt, was du für ein großer Mann bist.«
»Der Schulmeister soll dir lieber anständig rechnen und lesen beibringen und sich nicht in deine Händel mischen, nicht auf diese Weise!«, rief Joseph zornig. »Darauf brauchst vor allem du nicht stolz sein, dass dir einer auf diese Art hilft!«
Ephron warf den Span zum Fenster hinaus. »Trotzdem«, sagte er in schlechtem Hebräisch zu Joseph, »solltest du etwas stolzer sein.«
»Ich hab wirklich keine Ursache dazu«, antwortete Joseph. »Ich war ein junger Bursch wie tausend andere, genauso dumm oder schlau, mit genau denselben Chancen, dem Zufall ausgesetzt wie alle, die kein Talent haben – ach was – wie überhaupt alle. Und so bin ich noch heute. Glück ist eine Sache des Zufalls, nicht des Verdienstes.«
Eine Weile schwiegen alle drei und lauschten abwesend auf das vielsprachige Stimmengewirr im Hof.
»Geh, lass jemand rein«, sagte Joseph schließlich. Manasse kletterte von seinen Knien, und Joseph stand auf, beugte sich wieder über den Haufen von Schriftrollen. Ephron verließ den Raum, um unter den Wartenden diejenigen auszusuchen, die er heut

seiner Gnade teilhaftig werden lassen wollte. Er war stolz auf seine Unbestechlichkeit, seinen Ordnungssinn, seine Sprachkenntnisse – er ließ sich Schmiergelder in jeder Höhe geben, ohne dass diejenigen, die ihm ihr Geld opferten, jemals auch nur die allergeringsten Vorteile davon gehabt hätten, in seiner Ordnung fand sich niemand zurecht, und seine Sprachkenntnisse waren mangelhaft. Auch brauchte ihn Joseph eigentlich gar nicht, aber er störte ihn auch nicht sonderlich, und da ihn Pharao vorgeschlagen hatte, hatte Joseph ihn angestellt. Schritte näherten sich, Ephron ließ eine Handvoll Leute eintreten. Joseph hatte eben die Rechnung gefunden, die er so lange gesucht hatte und studierte sie mit gerunzelter Stirn, ohne aufzusehen.
»Bleibt hier stehn«, hörte er Ephron in seinem schlechten Hebräisch sagen.
»Schon recht«, erwiderte einer der Männer. Joseph hob überrascht den Kopf. Die Männer da an der Tür, die sich eng aneinanderdrängelten wie Hammel im Gewitter und vor Befangenheit kaum zu atmen wagten, waren seine Brüder.

Galle und Essig

»Wir waren so ziemlich die Ersten, die in den Hof des Mannes kamen, aber weil wir niemand fragen konnten, stellten wir uns in eine Ecke und wollten warten, bis vielleicht einer käme, der unsere Sprache spricht. Aber das waren alles Leute, die seltsame und unverständliche Sprachen redeten, und wir waren sehr verloren und allein. Plötzlich kam aus dem Haus einer in den Hof, der trug eine silberne Kette um den Hals und mit einem blauen Band waren seine Haare aufgebunden. Er ging geradewegs auf uns zu und sprach uns an. Es klang vertraut, aber es währte doch eine kleine Weile, ehe wir merkten, dass er hebräisch sprach, und wir beeilten uns zu antworten, als wir das herausgefunden hatten, damit er uns nicht für unhöfliche Leute hielte. Er hieß uns mitkommen und führte uns ins Haus zu dem Manne, den sie den Vater des Landes nennen. In dem Zimmer stand ein Tisch und ein Stuhl, sonst nichts, und ein Mann beugte sich über Schriftrollen auf dem Tisch und las etwas. Neben ihm stand ein kleiner Knabe, vielleicht acht Jahre alt, und als ich ihn zuerst sah, erschrak ich, denn er sah meinem jüngsten Buben sehr ähnlich.«

Ruben hielt inne und strich sich in Gedanken über die Stirn. Er sah nicht auf, denn es war ihm schmerzlich, in das verstörte Gesicht seines Vaters zu sehen.

»Dann sah der Mann uns, und er wurde sehr rot im Gesicht. Seine Augen kamen ihm fast aus dem Kopf, und er fiel mit einer Art Schrei auf den Stuhl. Der Knabe und der Dolmetsch sahen sehr erschrocken auf ihn und fragten ihn etwas in ihrer Sprache, aber er hatte sich wieder gefasst und redete durch den Dolmetsch mit uns. Offenbar hatten wir ihn an jemanden erinnert, den er hasste, denn er war sehr unfreundlich zu uns. Das erstaunte und ängstigte uns, denn man hatte uns gesagt, er wäre sehr gut und sanft mit allen, die zu ihm kämen. Auch der Knabe und der Dolmetsch schienen überrascht zu sein, und ich glaube, der Knabe bat seinen Vater mehr als einmal, nicht so hart mit uns zu sein. Das kam mir jedenfalls so vor. Aber der Mann wurde immer böser.

›Ihr seid Spione‹, sagte er, ›Kundschafter, oh, ich kenne diese Sorte. Ihr wollt sehen, wie es hier um alles steht und den Stand unserer Herden, unseres Heeres und alles das auskundschaften!‹ Wir erwiderten ihm, dass wir nie an dergleichen gedacht hätten, wir seien gekommen, um Lebensmittel zu kaufen gegen gutes Geld. Wir seien alle Brüder, eines Mannes Söhne, Jakobs, auch Israel genannt, wir seien zwölf im Ganzen – der Jüngste wäre noch daheim, und einer sei nicht mehr da. ›Ach was‹, rief der Mann zornig. ›Kundschafter seid ihr, dabei bleibt's!‹ Darauf sperrte er uns drei Tage in ein erbärmliches Loch, dasselbe, in dem Simeon jetzt noch liegt.«

»Mein Gott!«, murmelte Jakob verzweifelt.

»Nach drei Tagen«, fuhr Ruben eilig fort, »ließ er uns laufen und sprach zu uns. ›Ich habe über eure Sache nachgedacht‹, sagte er, ›und ich glaube doch, dass ihr Spione seid.‹ Wir waren sehr verzweifelt, und wir beschworen ihn beim Leben seines Vaters, gnädig zu sein und uns Glauben zu schenken. Hierbei bemerkten wir zum ersten Mal, dass der Mann hebräisch sprach, denn in seinem Zorn fiel er dem Dolmetsch ins Wort und redete selbst mit uns, und er sprach ein so reines Hebräisch, wie es nur einer kann, der lange in unserm Land gelebt hat. Auch ist mir aufgefallen, dass der Knabe und der Dolmetsch beide hebräische Namen hatten – Manasse der eine, Ephron der andere.

Als wir merkten, dass er unsere Sprache sprach, flehten wir ihn noch eindringlicher an, barmherzig zu sein, aber der Mann war hart wie ein Felsen. Einmal glaubte ich, ich hätte ihn schon kleingekriegt, als ich davon sprach, wie du dich grämen würdest, wenn wir nicht alle miteinander wieder nach Haus kämen. Er drehte sich weg und ging zum Fenster und sah hinaus, und es sah aus, als weinte er. Auch seine Augen waren ganz rot, als er sich umdrehte, aber er gab nicht nach. – Schließlich sahen wir, dass nichts zu machen war. Er gab uns Getreide, so viel wir wollten, und wir bezahlten, und er nahm den Simeon und fesselte ihn mit seinem eigenen Gürtel. ›Zieht nur wieder heim‹, sagte er dabei, ›und wenn ihr wiederkommt, bringt euren jüngsten Bruder mit, und wenn mir der gefällt, dann will ich euch diesen hier wiedergeben.‹«

»O! So einer ist das«, rief Jakob zornig. »Jawohl, das fehlte noch, dass ich meinen Benjamin, den Trost meiner alten Tage, mein geliebtes Kind, so einem Kerl hinschicke. Ach! Joseph ist nicht mehr, Simeon liegt in einem fremden Land im Kerker, und Benjamin soll mir nun auch noch genommen werden. Ach, ich muss sein wie einer, der gar keine Kinder hat!«

Er legte den Kopf auf den Tisch und stöhnte.

»Und nun«, sagte Naphtali leise und räusperte sich nervös, wie das seine Gewohnheit war, wenn er in einer Klemme steckte, »als wir unsere Säcke aufmachten, um das Getreide auszuleeren, lag auf jedem obendrauf genau das Geld, das wir dem Mann bezahlt hatten. Wir haben sogar eine Quittung bekommen.«

»Zeigt mal die Quittung her!«, sagte Jakob und streckte die Hand danach aus.

»Lieber nicht«, sagte Naphtali und schob die dünne Schriftrolle tiefer in den Gürtel. Es war überflüssig, dem Vater auch noch das anzutun. Auf der Quittung war Simeon beschrieben und registriert wie ein Pfand, das man irgendwo hinterlegt. »Ach, wir kamen uns wie Diebe vor«, sagte Naphtali, »aber es war schon zu weit weg, um noch mal umzukehren. So kamen wir heim und uns ist nicht gut zumut.«

»Was ihr nur für Kerle seid«, sagte Jakob und zog die Augenbrauen schmerzlich zusammen. »Euch passie-

ren Dinge, die sonst keinem vernünftigen Menschen begegnen, und dazu seid ihr zu zehnt und groß und stark wie die Bären!« Er schüttelte den Kopf in traurigem Erstaunen. »Aber es kommt alles über mich. Alles. Nein, nie werd ich zugeben, dass Benjamin mit euch da hinunterzieht.«
»Aber wir müssen doch Simeon aus dem Gefängnis bringen!«, rief Ruben entsetzt. »Soll er denn da unten verschmachten? Oh, wenn du das Loch gesehn hättest, in das sie ihn eingesperrt haben, ließest du uns lieber heut wie morgen hinreisen mit Benjamin. Vater, gib ihn mir mit. Wenn ich ihn nicht wiederbringe, so tu mit mir, was du willst, erwürg meine zwei Kinder, nimm mein Geld und alles, was ich hab…« Er verlor den Faden und schwieg.
Jakob sah auf. »Glaubst du im Ernst, dass man einen Menschen ersetzen kann?«, fragte er verächtlich. »Nicht durch zwei andere, nicht durch tausend und niemals durch Geld, du musst sehr dumm sein, dass du das nicht verstehst. Was soll mir das nützen, wenn meine Kinder nicht mehr sind, dass ich auch noch deine umbringe? Das ist schon so«, sagte er und fuhr mit der Hand durch seinen langen grauen Bart, »aber mir geben sie Galle zu saufen – nichts als Galle und Essig.«

Simeon

»Soll ich morgen wiederkommen?«, sagte Manasse, wie jedes Mal beim Abschied.
»Mir egal!«, sagte Simeon, auch wie jedes Mal und zuckte gleichgültig die Achseln, aber er wusste doch

genau, dass das gar nicht egal war und dass er jeden Tag sehnsüchtig auf Manasses Erscheinen hoffte und wartete. Er lag ganz allein in seinem Kerkerloch unter der Erde, und die einzige Abwechslung während der zweieinhalb Jahre seiner Gefangenschaft waren Manasses Besuche. Mit den anderen Gefangenen konnte er nicht viel anfangen, es waren zumeist Ägypter, deren Sprache er nicht verstand. Und anfangs hatte er gedacht, er müsse verrückt werden hier unten, ganz allein, ohne jemanden, mit dem er hätte reden können, und vor allem eingesperrt, bis auf die zwei Stunden Spaziergang auf dem engen Hof – er, der gewohnt war, meilenweit über Felder und Wiesen und Wüsten zu reiten, der die fünfzig Jahre seines Lebens fast immer in der frischen Luft zugebracht hatte. Es quälte ihn unsagbar, er war so grenzenlos verlassen. Seine einzige Gesellschaft waren die Ratten, die sich nach jeder seiner Mahlzeiten über die Reste seines Essens hermachten. Man konnte richtig sehen, wie sie fett wurden dabei, denn Simeon fand das Essen schauderhaft und ließ es oft stehen. Der Raum lag unter der Erde, man sah die Füße der Vorübergehenden durch das Fenster, das dicht unter der Decke war. Quer über die Wand unterhalb des Fensters waren mit roter Farbe, vermutlich mit einem Stück Ziegelstein, mit ungelenker Schrift die Worte ›Joseph der Träumer‹ geschrieben und ein kleines Männchen hingekritzelt, das über seinem Kopf eine Menge Sterne hatte und Mond und Sonne. Simeon hatte sie gezählt, es waren genau elf Sterne, und es erinnerte ihn qualvoll oft an Josephs Traum. ›Ein merkwürdiger Zufall‹, dachte Simeon jedes Mal, wenn sein Blick darauf fiel. ›Ob das die Strafe ist dafür, dass wir damals auf das Flehen unseres Bruders nicht hörten? So kommt sein unschuldiges Blut über uns.‹ Er hatte Zeit, darüber nachzudenken, die Tage waren lang und die Nächte endlos für einen, der nicht schlafen kann, weil er nicht müde ist, der schwere Arbeit braucht, um müde zu werden.

Zweimal am Tag öffneten sie die Tür – einmal, um das Essen zu bringen, und das andere Mal, um ihn auf den Hof zu lassen. Simeon hasste diese Spaziergänge, immer im Kreis, immer im Kreis, wie ein angepflocktes Schaf, ohne stehen bleiben zu dürfen, ohne Raum damit zu gewinnen. Es war zum Verzweifeln. Aber eines Tages erschien während des Spaziergangs Manasse in der Tür unter dem glyzinienbewachsenen Balkon. Er blieb da stehen, solange der Spaziergang dauerte, und sah Simeon unverwandt an. Am nächsten Tag kam er wieder, und am dritten Tag kam er auf Simeon zu und fragte mühsam auf Hebräisch: »Du Hebräer, wie heißt du?« Simeon war stehen geblieben, er schaute Manasse von oben herab an wie ein Kamel, aber in Manasses Gesicht lag so viel Vertrauen und Sanftmut, dass er's nicht übers Herz brachte, ihm unfreundlich zu antworten.

»Weitergehn! Hebräer!«, schrie der Aufseher. Als Simeon das nächste Mal an Manasse vorbeikam, sagte er leise: »Simeon heiß ich.«

Er sah immer noch hochmütig aus, aber innerlich war ihm zumute, als müsste er weinen, zum ersten Mal seit seiner Kindheit wieder. Er war so allein, und da kam einer, der Sohn des verhassten Mannes zwar, ein Kind noch, nicht mal ein erwachsener Mensch und sprach in seiner Sprache mit ihm. Ach, das konnte keiner verstehen, wie das war, auch dieser Knabe nicht.

Manasse kam fast jeden Tag, und jedes Mal fragte er etwas, wenn Simeon vorbeikam, oder erzählte ihm hastig etwas, und nie kam er ohne ein Geschenk, das

er ihm verstohlen und eilig zusteckte. Ein Brot, irgendeine Blume, ein Spielzeug, eine neue Mütze, ein Band, ein Geldstück, irgendwas.
»Du kommst wohl zum Spionieren, was? Hat dich dein Vater dazu abgerichtet? Ihr habt's ja so mit Spionen, hierzulande!«, hatte Simeon anfangs mal höhnisch gesagt.
Manasse hatte einfach erwidert: »Sie wissen daheim nicht, wo ich hingeh. Ich würde meinen Bruder mitbringen, aber der ist noch zu klein, vielleicht würde er mich verraten. Aber ich würde euch gern miteinander bekannt machen. Hast du keine kleinen Jungens daheim?«
»Nein«, sagte Simeon, »und das ist auch gut so. Möchtest du, dass dein Vater so lange eingesperrt wäre in einem fremden Affenland?«
»Mein Vater war auch eingesperrt, lange Zeit. Aber da war ich noch nicht auf der Welt.«
»Geschieht ihm recht«, sagte Simeon unfreundlich, »ich wollte, er säße heute noch. Müsste eine nette Gesellschaft sein für einen wie mich.«
»Du musst mich nicht kränken wollen«, sagte Manasse, »ich bin doch sein Sohn, und du möchtest sicher auch nichts Schlechtes über deinen Vater hören.«
Eines Tages wurde die Tür zu Simeons Kerker zu einer ungewöhnlichen Zeit geöffnet, und die Tochter des Schließers, ein hübsches, dickes Mädchen, schob Manasse in Simeons Kerker. »Aber macht keinen Lärm«, sagte sie, »sonst prügelt mich mein Vater, und das seh ich nicht ein.«
Als die Tür wieder zu war, standen sich Manasse und Simeon eine Weile schweigend gegenüber. Manasse blickte sich in dem Kellerloch um und sagte dann trocken: »Elegant wohnen Pharaos Gäste!«
Simeon lächelte, zum ersten Mal, seit Manasse ihn

im Gefängnis besuchte – vermutlich überhaupt zum ersten Mal, seit er in Ägypten war. »Wie kommt's, dass sie dich hier hereingelassen haben?«
»Ich hab ihr was mitgebracht«, sagte Manasse lässig. Er setzte sich neben Simeon auf die Pritsche und legte die Arme um die hochgezogenen Knie. »Und nun haben wir endlich mal Zeit, richtig miteinander zu reden«, sagte er zufrieden. Als die Zeit des Spaziergangs kam, ging Manasse mit Simeon auf den Hof und blieb dort, bis man die Gefangenen wieder einschloss. Manasse kam nun oft in Simeons Kerker und jedes Mal, wenn er ging, fragte er: »Soll ich wiederkommen?« Und Simeon erwiderte: »Mir egal«, obwohl er immer fürchtete, Manasse würde eines Tages wirklich wegbleiben.
Manasse erzählte alles Mögliche, was so den Tag über passiert war, und Simeon erzählte ihm merkwürdige Geschichten, die sich vor langen Zeiten in seinem Land ereignet hatten – von seinem Vater Israel, der mit einem Engel gekämpft hatte auf der Stätte Pniel und ihn besiegt hätte, wenn der Engel, der wie ein Mann anzuschauen war, soviel man von ihm sehen konnte, denn es war in der Nacht, ihn nicht an der Hüfte verzaubert hätte, wovon Jakob hinkte für sein ganzes Leben.
Und wie Israel, als er noch Jakob hieß, so wie ihn sein Vater Isaak genannt hatte, seinem Bruder Esau das Recht der Erstgeburt abgekauft und sich auf diese Weise den besseren väterlichen Segen erschlichen hatte. Und von der großen Fehde zwischen den Brüdern Esau und Jakob, und von Jakobs Dienst bei Laban und dessen Tochter Rahel. Und wie ihn Laban vierzehn Jahre dienen ließ, eh er ihm Rahel gab, nachdem er ihn zunächst mal mit Lea angeführt hatte. Das war Simeons Mutter, und sie lebte noch, aber

Rahel war tot. Und von dem Urgroßvater Isaak, den sein Vater Abraham dem Herrn opfern sollte, um seinen Gehorsam zu beweisen.
All das erzählte Simeon, und Manasse war ein dankbarer Zuhörer. Das waren noch Leute, diese Hebräer. Und Simeon erzählte noch ältere Geschichten, von Sodoms Vernichtung und der Frau des Lot, die für ihre Neugier so schrecklich bestraft wurde, »denn«, sagte Simeon, »man soll sich nicht am Elend anderer ergötzen«. Er erzählte von Noah und der Sintflut und endlich vom Garten Eden, und von Adam und Eva, die durch ihre Dummheit das Paradies verloren.
»Aber wo waren die Ägypter, als die große Flut kam?«, fragte Manasse aufgeregt.
Simeon wusste es nicht. Er zerrte an seinem langen Bart, der ihm während der Gefangenschaft gewachsen war, und dachte angestrengt darüber nach.
»Du fragst einen aber auch Sachen«, sagte er endlich, »wie ein Esel fragst du. Wo die Ägypter waren? Hier natürlich!«
»Ja dann«, sagte Manasse beruhigt, »natürlich, wo sollten sie sonst gewesen sein?«
»Heute beim Essen«, sagte Manasse nach einer Weile, »hat Papa gesagt: ›Dieser verdammte Hebräer da – wenn ihn seine Brüder nicht bald holen, werd ich ihn tatsächlich laufen lassen müssen. Diese Leute haben nicht den geringsten Familiensinn!‹
›Du hättest ihn längst freilassen sollen – es war Unrecht, ihn überhaupt einzusperren‹, sagte meine Mutter.
›Davon verstehst du nichts‹, sagte Papa und klopfte mit dem Messergriff auf den Tisch, aber er sah sehr verlegen aus.
›Ich kann Recht und Unrecht gut unterscheiden‹, sagte Mama.

›Da kannst du mehr als ich‹, sagte Papa, ›ich warte noch eine Weile, dann soll er sich heimscheren.‹«
»Ich denke nicht daran«, sagte Simeon verdrießlich. »Meine Brüder suchen mich hier, also muss ich hier auf sie warten!«
»Du gingst also nicht, auch nicht, wenn ich dir die Tür aufmachte?«, fragte Manasse eindringlich.
»Manasse«, sagte Simeon, »hab ich dir schon von Abraham erzählt, als eines Tages drei Engel zu ihm zu Besuch kamen und bei ihm zu Mittag aßen?«

Der silberne Becher

Simeon und Benjamin standen unter dem Tor der Herberge, in der sie abgestiegen waren, und betrachteten den Sternhimmel. »Schön, was?«, sagte Benjamin. »Sie stehn anders als bei uns und sind sie nicht auch größer?«
»So?« Simeon zog die Augenbrauen hoch und versuchte, sich zu erinnern, wie die Sterne daheim gewesen waren.
»Ich dachte immer, zu Haus wären sie viel größer. In den sternklaren Nächten, wenn wir mit den Herden draußen bei Sichem waren, waren sie doch riesengroß! Hier ist auch Nebel, das macht die Lichter alle größer!«
»Ja«, sagte Benjamin, »kann sein, du – das ist schön, so weit reisen, so in ein ganz fremdes Land –, das nenn ich ›leben‹ schlechthin. So ganz fremde Leute, ganz anderes Essen, andere Sterne, andere Kleider, fremdartige Häuser und Städte …«
»Ich hab's genossen«, sagte Simeon ruhig. »Für mich

ist leben was anderes. Leben ist von Leuten umgeben sein, die man liebt und für die es Spaß macht zu arbeiten, weil man zu ihnen gehört. Leben ist, aus seiner Tür herausgehen können und wieder hinein, wann's einem passt. Leben ist, seinen Tag zu verbringen, dass man keine einzige Minute als verloren betrachten muss, und wenn man den ganzen Tag nur auf dem Bauch am Bach gelegen ist und den Forellen zugeschaut hat. Leben ist – gar nicht merken, dass die Zeit herumgeht und dass es schön ist, auf der Welt zu sein!«

»Lieber Gott«, sagte Benjamin und steckte die flachen Hände in seinen ledernen Gürtel, »wenn das alles sein soll! – Verlangst du denn überhaupt nichts von deinem Leben? Das ist ja so, wie Tausende leben!«

»Eben«, erwiderte Simeon und sah wieder in den bestirnten Himmel, »wie Millionen. Verlangen kann man eine Menge, kriegen tust du nur das, was du kriegen sollst, an Gutem und Schlechtem. Und darauf kann ich ganz hübsch warten, ohne mich noch besonders abzustrapazieren.«

»Nein«, sagte Benjamin und reckte sich. Einen Moment lang stand er auf den Zehenspitzen, beide Arme nach oben gestreckt, dass sie den oberen Torrand erreichten. »Ich möcht ein Leben führen wie der Mann heute. Als wir von dem Geld sprachen, das die andern damals bezahlt hatten und das sie hernach wieder in ihren Sachen oben auf dem Getreide fanden, sagte er nur so obenhin: ›Das ist erledigt. Ich bin schon bezahlt.‹ Dabei war's ein hübsches Stück Geld, und wir brauchten damals eine lange Zeit, bis wir's zusammenhatten. Wir haben eine Menge Zeugs verkauft. Und dann gibt er uns ein Gastmahl, obwohl wir doch wildfremde Leute waren für ihn.« – »Mir hat er jeden Tag eines gegeben«, sagte Simeon. »Drei Jahre lang. Ja, sieh nur zu, dass du so wirst wie der Mann, dann bist du was Rechtes. Glaubst du aber vielleicht, dass er mit einem goldenen Löffel im Mund geboren wurde? Weißt du, wie viele Jahre er gebraucht hat, um das zu erreichen, was er heute ist und hat, weißt du, was er alles dafür gegeben hat? Man soll sich besser nicht das Geschick eines anderen wünschen. Weißt du, was der Mann morgen ist und was aus ihm wird, wenn Pharao seine Hand von ihm abzieht? Na also.« Er seufzte und hoffte in Manasses Interesse, dass Pharao nicht auf diese Idee kommen möchte.

»Ja«, sagte Benjamin nachdenklich, »das ist möglich. Hast du bemerkt…« Er brach ab, gähnte und schlug sich leicht mit der Faust vor den offenen Mund. »Komm, gehn wir schlafen.« Sie gingen ins Haus, und während sich Benjamin zwischen seinen Brüdern, die schon schliefen und im Schlaf stöhnten und schnarchten, ins Stroh eingrub und mit seinem Mantel zudeckte, dachte er an das, was er eben hatte sagen wollen, aber dann doch lieber verschluckt hatte. Als er dem Mann das Geschenk gegeben hatte, das sein Vater Israel für ihn gerichtet und ihnen mitgegeben hatte, hatte der Mann ihn so sonderbar angeschaut und ganz abwesend zugehört, als er sagte: »Das ist ein Geschenk von meinem Vater, Würze, Honig, Balsam, Myrrhe, Datteln und Mandeln, und ich bin Benjamin, den du sehen wolltest.« Und schließlich, nachdem das Schweigen in dem großen Zimmer schon drückend geworden war, hatte der Mann endlich gesagt, ganz leise: »Das bist du also, Benjamin. Wie groß du geworden bist!« Das hatte er wohl nur so gesagt, denn jeder kommt klein in die Welt und wird mal groß, und er, Benjamin, stand ganz dämlich da mit seinem großen, flachen Korb auf dem Arm, und der Mann biss sich auf die Lippen und sah aus dem

Fenster, und seine Lippen waren ganz weiß. Dann stand er plötzlich auf und ging hinaus. Inzwischen hatte sie der Dolmetsch unterhalten, und der Mann kam wieder, und seine Augen waren ganz rot, aber er war ganz munter und fragte nach ihrem Vater und nahm Benjamin endlich den elend schweren Korb ab, und seine beiden kleinen Jungens fielen über die Datteln und den Honig her. Als dann das große Essen aufgetragen wurde, zu dem sie eingeladen wurden, war dem kleinsten Jungen schon übel, und seine Mutter brachte ihn hinaus. Und ihm, Benjamin, hatte man fünfmal mehr als den anderen vorgesetzt. ›Wenn er hinausgegangen war, um zu weinen‹, überlegte Benjamin, ›so wie mir das vorkam, dann soll man doch lieber nicht davon sprechen, denn das wär ihm bestimmt nicht lieb.‹

In diesem Moment wurde Pferdegetrappel vor der Herberge laut, und durch die Ritzen des Tores fiel Lichtschein. Ein Mann rief laut nach dem Wirt, und Benjamin lauschte mit angehaltenem Atem. Aber er verstand nur einzelne Worte, er hörte »elf Männer«, »Getreide kaufen, gestohlen«. »Simeon!«, flüsterte Benjamin.

»Ja, ich hab's gehört. Aber das geht uns nichts an. Wir haben alles redlich bezahlt, was wir gekauft haben. Ich hab eine Quittung.« Benjamin seufzte beruhigt.

Die Tür wurde aufgerissen, drei Männer mit Laternen kamen laut herein.

»Das sind die elf Männer?«, fragte einer von ihnen den Wirt, der dabeistand, eine Kerze in der Hand, und Benjamin und Simeon erkannten in dem Sprecher den Dolmetsch des Mannes, bei dem sie Getreide gekauft hatten. Er stand auf. »Ihr sucht uns?«, fragte er.

»Na, wisst ihr«, sagte der Mann vorwurfsvoll, »wie

konntet ihr das tun? Seid zum Essen eingeladen, und jeder ist nett zu euch, und ihr geht hin und vergeltet das so und nehmt den Becher meines Herrn mit! Seit eurem Weggang ist er verschwunden. Und außer euch war doch niemand bei meinem Herrn zu Gast!«
»Bei uns stiehlt keiner«, sagte Simeon. »Bitte, du kannst uns ja durchsuchen. Aber ich fürchte, du bist umsonst so weit geritten und noch dazu in der Nacht.«
Die anderen Brüder hatten sich aufgerichtet und suchten nach ihren Schuhen und Gürteln. Sie waren verdrießlich über die Störung, was ging sie das schließlich an, wenn irgendwo was wegkam?
»Bitte«, sagte Simeon noch einmal und wies in die Ecke, wo die dreißig Getreidesäcke standen. Die Männer gingen daran, einen Sack nach dem anderen zu öffnen.
»Hier liegt Geld«, sagte einer, »gilt das?«
»Geht mich nichts an«, sagte der Dolmetsch, »ich suche meines Herrn silbernen Becher!«
»Geld?«, sagte Ruben, von einem unangenehmen Gefühl befallen. Die Brüder drängten sich heran, und Ruben sah entsetzt, wie sich das Schauspiel von ehedem wiederholte – auf dem Getreide lag jeweils das Geld, das sie dafür gezahlt hatten. Er spürte, wie er blass wurde.
»Wir sind keine Diebe, Herr«, sagte er besorgt, »von uns stiehlt niemand. Das mit dem Geld, das versteh ich nicht. Wir haben alles bezahlt, da, mein Bruder hat sogar eine Quittung.«
»Ich such den Becher«, sagte der Dolmetsch nachdrücklich und ungehalten und öffnete den vorletzten Sack.
»Du wirst keinen finden«, rief Gad.
»Keinen?« Der Dolmetsch öffnete den letzten Sack.

Der silberne Becher glänzte im matten Licht der Laternen. Der Dolmetsch zog ihn heraus und pfiff leise. »Benjamin!«, schrie Ruben verzweifelt und griff sich an den Kopf. »Ruben!«, rief Benjamin und warf sich dem Bruder an den Hals. »Ruben, ich hab ihn nicht genommen, glaub mir! Ich bin doch kein Dieb, Ruben, sag dem Mann, dass ich kein Dieb bin!« Der Dolmetsch drehte den Becher in den Händen. »Der Becher ist der beste Beweis dafür«, sagte er gelassen. »Komm mit, junger Mann!« Niemand hörte auf ihn. Die Brüder drängten sich um den verzweifelt schluchzenden Benjamin wie eine Herde Schafe, so, als könnten sie ihn beschützen.

»Komm mit, junger Mann!«, sagte der Dolmetsch lauter. »Ihr andern reist am besten heim. Los, weg da!«

»Was – was soll mit Benjamin geschehen?«, fragte Dan. Der Dolmetsch legte die Handgelenke aufeinander und schüttelte sie etwas, dann fuhr er mit dem Daumen um den Hals und pfiff. Benjamin starrte ihn aus weiten Augen an, völlig ausdruckslos vor Entsetzen. Simeon ergriff das neue Kleid, das ihm Joseph hatte bringen lassen, als er ihn aus dem Gefängnis holen ließ, und riss es von oben bis unten durch, stieg nackt aus den Fetzen heraus und wandte sich an Benjamin. »Gib mir deinen Mantel, Kleiner«, sagte er, »da wo wir beide hingehn, brauchst du keinen Mantel und ich keinen Rock. Für die hier sind wir lange schön genug!« Benjamin erwachte aus seiner Erstarrung, er löste sich aus Rubens Armen, hob seinen Mantel auf und warf ihn Simeon zu. Er war schrecklich blass, aber er lächelte, als er sich wieder aufrichtete, und als er als Erster von den elfen in den Stall ging, um seinen Esel zu satteln und die zwei Packesel zu satteln, die er zu führen hatte, pfiff er sogar. ›Diese dreckigen Ägypter‹, dachte er in hochmütiger Verzweiflung. ›Denen ein Schauspiel bieten, die zu großartig sind, dass sie mit Andersgläubigen am gleichen Tisch essen. Das fehlte noch.‹

Der Dolmetsch band seine Hände zusammen und knotete den Riemen an den Sattel seines eigenen Esels.

»Den schönen silbernen Becher meines Herrn, bei dem er weissagt!«, sagte er vorwurfsvoll und kletterte auf seinen Esel. Weder Simeon noch Benjamin dachten während dieser Nacht über die Größe der Sterne nach, unter denen sie mit den Brüdern in die Stadt zurückkehrten. Mit dem neuen Tag zusammen ritten sie unter den verblassenden Sternen durch das östliche Tor der Stadt.

Joseph der Träumer

»Ich hab mich längst gewundert«, sagte Asnath und schob Ephraim einen Löffel Brei in den Mund, »wie du damit einmal zu Ende kommen willst. Aber du wusstest es ja immer besser, also hab ich schließlich nichts mehr gesagt. Und nun stehst du da und weißt nicht weiter. Musstest du das unbedingt so auf die Spitze treiben? Na, komm, schluck schön, Liebchen!«

Joseph saß auf der Fensterbank neben Manasse. »Das verstehst du nicht«, sagte er, »schließlich ist das ja auch meine Sache. Sicher, ich hätte es nicht so weit treiben sollen. Aber glaubst du, dass man die Gelegenheit, sich zu rächen für eine Gemeinheit, die sie mit einem gemacht haben, so leicht vorbeigehn lassen kann? Ich hab jahrelang darauf gewartet. Ich hatte mir geschworen, es ihnen heimzuzahlen.«

»In Wirklichkeit hattest du das alles längst vergessen«, sagte Asnath, kratzte den Rest Brei zusammen und aß ihn selbst auf. »Und wenn du ehrlich bist, weißt du ganz gut, dass es irgendwie gar nicht deines Amtes ist, andere Leute abzustrafen. Aber alles das regt mich nicht so auf, wie dass du den Einzigen, der absolut nichts damit zu tun hatte, am schlimmsten behandelst. Was hat dir dein Bruder Benjamin getan?«

»Ich hab ihnen das Korn umsonst gegeben«, sagte Joseph lahm.

»Deinen Brüdern!«, rief Asnath spöttisch. »Umsonst! Deinen Brüdern umsonst!«

»Dein Bruder Benjamin!«, rief Manasse aufgeregt. Er sprang von der Fensterbank und legte seine Arme auf Josephs Knie.

»Benjamin – ja, dann – dann sind diese elf Männer deine Brüder? Und auch Simeon, den du zweieinhalb Jahre eingesperrt hast. Oh, Papa!«

Joseph schob ihn weg und stand auf.

»Jawohl«, sagte er ärgerlich und gereizt. »Auch Simeon. Jetzt fängst du auch noch an!«

»Das ist sonderbar«, sagte Asnath und starrte auf den steinernen Fußboden. »Ich hätte nie gedacht – nun bin ich schon fast sieben Jahre deine Frau, aber ich hätte nie gedacht, dass du so sein könntest.«

»Was heißt so«, rief Joseph verzweifelt, »so – ja, wie denn? Wer kann das überhaupt verstehn, was ein anderer tut? Was heißt sonderbar?«

»Man macht sich ein Bild von jemand«, sagte Asnath leise, »und glaubt jahrelang, dass das richtig ist, und dann ...«

»Bild«, sagte Joseph, »hilf mir lieber.«

»Da bringt man sie«, sagte Manasse, der zum Fenster hinausgeschaut hatte. Simeon und Benjamin gingen als Letzte der traurigen Herde, und Simeon schaute nach oben und sah Manasse am Fenster. Aber er drehte sofort den Kopf weg, als hätte er ihn nicht gesehen, und Manasse fühlte zum ersten Mal in seinem Leben einen wirklichen Schmerz – es war ihm, als hätte er seinen Freund irgendwie verraten.

Asnath ging im Zimmer auf und ab und klopfte dem Kind, das sie auf dem Arm hatte, leicht auf den Rücken.

»Ich wünschte, ich könnte dir helfen«, sagte sie leise, »aber hier weiß ich keinen Rat. Du musstest doch selber wissen, was dir wichtiger ist – deine Liebe oder deine billige Rache. Du musstest doch wissen, dass du damit nichts wiedergutmachst, wenn du endlich sagst: Ich bin euer Bruder, nun ist alles wieder gut. Hast du nie daran gedacht, was du alles zerstört hast mit diesem Scherz? Hast du denn vergessen, wie das war, als deine Brüder dich verkauften – hast du vergessen, wie groß der Schmerz war, dass dich deine eigenen Brüder, denen du arglos vertrautest, verrieten? Meinst du nicht, dass es genug Strafe war für sie, dass dein Vater Israel dich nie vergessen konnte und so oft von dir sprach? Und sie also immer wieder an ihre Untat erinnerte?«

»Eben deshalb«, sagte Joseph.

»Und Benjamin?«, fragte Asnath.

Ephron steckte den Kopf zur Tür herein.

»Herr, die bewussten Männer …«, sagte er.

Joseph gab sich einen Ruck und ging sehr gerade aus dem Zimmer. Manasse lief neben ihm her, und Joseph ergriff seine Hand und hielt sie sehr fest. Er kam sich selbst lächerlich vor, aber es half ihm irgendwie, Manasses kleine warme Hand in der seinen zu halten, und er hätte sie in diesem Augenblick um nichts in der Welt losgelassen.

Joseph sah seine Brüder der Reihe nach an. Es war so still, dass man das Stampfen der Pferde unten in den Ställen hörte und das Klappern von Geschirr in der Küche und Asnaths regelmäßige, leichte Schritte im Nebenzimmer.

»Da ist auch der Becher«, sagte Ephron schließlich.

Joseph ließ nun Manasses Hand doch los und nahm den Becher. Er betrachtete ihn, als sähe er ihn zum ersten Mal.

»Wie habt ihr das tun können«, sagte er schließlich, nicht sehr überzeugend und sehr leise, »meinen silbernen Becher! Wenn das euer Vater wüsste, von dem ihr mir erzähltet!« Er sah auf.

»Wie geht es ihm«, fragte er Ruben, »eurem Vater Israel?«

Niemand antwortete. Joseph setzte sich nieder, er unterdrückte gewaltsam das Unbehagen, das ihn erfüllte angesichts dieser Männer, die unschuldig waren an dem Vergehen, dessen man sie anklagte und deren Augen hasserfüllt jede seiner Bewegungen verfolgten. Plötzlich erkannte er, dass er wirklich nicht befugt war, sie für die Untat an ihm zu bestrafen.

»Es geht ihm gut«, sagte Ruben schließlich. »Es wird ihm noch besser gehn, wenn wir alle nicht mehr heimkommen.«

»Oh«, sagte Joseph, »ihr könnt gehn. Alle bis auf Benjamin.«

Ruben zuckte die Achseln. »Nein«, sagte er.

»Hattet ihr nicht noch einen Bruder«, sagte Joseph und spielte mit dem Becher, »was ist aus ihm geworden?«

Ruben zuckte noch Mal die Achseln.

»Befrage doch deinen Becher, bei dem du weissagst«, sagte er spröd.

Joseph betrachtete aufmerksam den Eindruck, den

der Becherrand in seiner Hand zurückgelassen hatte. »Warum nicht«, sagte er. »Ein argloses Kind, euer Bruder – selbst als er in den Brunnen geworfen war, glaubte er noch an einen Witz, an irgendeinen rohen Spaß seiner großen Brüder. Aber das hat er dann doch bald gemerkt, als der Kaufmann für ihn bezahlte, dass das kein Scherz war. Was hat denn euer Vater dazu gesagt? Ihr werdet ihm das Geld doch gebracht haben?«

Ruben wurde weiß wie die Wand und wich zurück. Benjamin tat einen Schritt auf Joseph zu.

»Du brauchst nicht weggehn«, sagte Joseph, »du hast bis zuletzt für ihn gebeten. Das alles sagt mir mein Becher. Wollt ihr noch mehr hören, oder wollt ihr mir euren Bruder Benjamin lassen und heimgehn?«

»Herr«, schrie Ruben verzweifelt, »lass uns alle deine Knechte sein, lass uns die schwerste Arbeit tun, aber lass unsern Bruder Benjamin heimkehren. Dieser letzte Kummer würde unsern Vater unter die Erde bringen. O Herr, erbarm dich und sprich nicht weiter aus, was dir dein Becher sagt – bedenke, unser Bruder ist noch ein Kind und er hat Leid genug erfahren, dadurch, dass man ihn ungerecht angeklagt hat. Herr, dein Becher muss dir auch sagen, dass unser Bruder ihn nicht gestohlen hat!«

Er fiel vor Joseph nieder und umfasste seine Füße.

»Erbarm dich«, flüsterte er.

Die anderen betrachteten ausdruckslos und stumpf vor Angst das Schauspiel. Etwas beiseite standen Simeon und Benjamin. Joseph hätte in diesem Moment viel darum gegeben, wenn Manasse bei ihm gewesen wäre, aber Manasse hatte sich zu Simeon geschlichen und dessen Hand ergriffen, und Joseph kam sich grenzenlos verlassen vor. Asnaths Schritte nebenan hörten sich endlos weit weg an, und es war,

als würde der Raum immer größer und er stünde gänzlich allein da.
»Steh auf«, sagte er und versuchte, Ruben aufzuheben. »Steh auf, du sollst nicht vor mir knien. Ich bin nämlich – ich war, das heißt – ich bin euer Bruder Joseph.«
Er errötete und stand mit hängenden Schultern vor ihnen, als hätte er ihnen abzubitten.
Ruben hob den Kopf und starrte Joseph an.
»Ja«, sagte Joseph ganz verloren und nickte.
»Joseph, der Träumer«, sagte Simeon nachdenklich und ruhig, »das warst du, und das Messer in der Mauer war auch deins?«

Joseph stand unter der Tür seines Hauses und sah dem Aufbruch der Brüder zu. Er hatte Ephraim auf dem Arm und wiegte ihn geistesabwesend hin und her, während die Knechte die mit Geschenken beladenen Esel und Eselinnen aus den Ställen führten und die Brüder in zaghafter Fröhlichkeit ihre Freude äußerten. Ach, es war ein schrecklich peinlicher Tag gewesen, und alle waren froh, dass es vorbei war, und bestrebt, so wenig wie möglich davon zu reden. Nur Manasse trabte unbefangen zwischen den Aufbrechenden umher, bemühte sich, die Namen seiner neuen Onkels zu merken, und prahlte vor den Knechten mit seiner neuen Verwandtschaft.
Joseph konnte sich nicht freuen – keiner konnte das, auch die Brüder nicht, die nun mit Geschenken beladen nach Hause reisten. Vielleicht, wenn sie das nächste Mal kämen, würden sie alle viel ungezwungener und harmloser miteinander umgehen können, aber heute hatten alle es eilig – die Brüder, wegzukommen, und Joseph, sie reisen zu sehen.
Einer nach dem anderen bestieg seinen Esel und

nahm den Knechten die Leitseile der Packesel ab. Manasse hatte viel zu tun, alle Brüder seines Vaters zu umarmen. Einer nach dem anderen ritt langsam aus dem Tor, im Vorbeireiten Joseph zuwinkend, als letzter Benjamin. »Wiedersehn, Joseph!«, rief Benjamin. »Hallo Ephraim.«
Manasse kam die Stufen zu Joseph hinaufgehopst.
»Nun sind sie weg«, sagte er kläglich, der kleinen Schar nachschauend, die sich langsam auf dem staubigen Weg entfernte. Joseph hatte das Gefühl, als habe er eine Rechnung bezahlt und bliebe nun ohne einen Pfennig zurück.
Er wunderte sich, dass er keinerlei Genugtuung empfand, weder über die Rache, die er genommen hatte, noch auch über die Geschenke, mit denen er seine Brüder zuletzt überschüttet hatte. Irgendwie war das alles zu spät, und es war im Grunde genommen egal, was er tat. ›Vielleicht hätte ich alles ganz anders machen müssen. Aber wie sollte das so einer wie ich wissen?‹
»Halt mal«, sagte er plötzlich und gab Manasse das Kind zu halten. Eben drehte sich Benjamin noch mal um und winkte. Er ritt als Letzter, sein weißer Esel hatte einen roten Sattel mit Goldfransen. Eine Staubwolke verhüllte die Beine des Esels, und es sah aus, als schwebe er mit seinem Reiter davon.
Joseph legte die Hände an den Mund.
»Benjamin«, rief er.
Benjamin hielt einen Augenblick an.
»Zankt euch nicht auf dem Heimweg!«

[Mammi gewidmet, 29. Juli 1951]

König David

Der Gesalbte des Herrn

Der heiße Sommerwind trieb einen Geruch nach blühenden Akazien und wilden Rosen ins Zimmer, bewegte leicht die zerfetzten Vorhänge am Bett und streute ab und zu Blütenblätter auf den staubigen Boden. David atmete etwas mühsam; er ließ die Hand vom Bett herabhängen, tastete nach seinem Becher und trank seufzend etwas von dem lauwarmen Wein, auf dem einige Akazienblüten schwammen und der nach Metall schmeckte. Er stellte sich eine kalte Quelle vor, einen Brunnen. Man hält die Hände unter den Wasserstrahl, das Wasser spritzt nach allen Seiten, kühl und sauber – oder einen Keller, feucht, kalt, in dem Fässer liegen und Brot auf einem Brett, das an Drähten von der Decke herabhängt, und er überlegte eine Sekunde lang, ob er nicht jemand rufen solle, der ihm kaltes Wasser brächte oder neuen Wein. Aber er verwarf diesen Gedanken; es war ihm von jeher unangenehm gewesen, jemanden um etwas zu bitten, und er genierte sich etwas vor Joab, dem General, der auf der einen Fensterbank saß und nun schon den dritten Tag sich abmühte, ihn etwas zu unterhalten. Joab war nicht gesprächig; und es war bestimmt nicht das erste Mal, dass er einen Menschen sterben sah; er war von einem Feldzug in den andern geraten, er hatte Sterbende und Verwundete auf staubigen Lagern und in finsteren Wäldern gesehen, in

Kellern und heißen Zelten, die voll waren mit Geschrei und nach Blut und Eiter und Verwesung rochen – aber diese Sterbenden, die mit ihrem Tod die Eroberungslust und die Machtgier ihrer Feldherren büßten, waren ihm nicht weiter interessant oder bemerkenswert erschienen. Denn was fängt ein General mit Toten an? Dieser hier jedoch, der hier oben in dem windigen, staubigen Turmzimmer starb, in einem wurmzerfressenen Bett mit dünnen zerschlissenen Decken und Vorhängen, war ein Mensch, der eines natürlichen Todes starb, der nicht durch das Schwert umkam, das Joab sein Lebtag geführt hatte. Es war ein König und sein Freund, und Joab hatte das Gefühl, als müsse man hier ein Übriges tun. So saß er hier auf der Fensterbank und brachte nach längerem Nachdenken hin und wieder einen Satz zustande. Manchmal drehte er sich um und spuckte zum Fenster hinaus oder kam an Davids Bett, trank aus Davids Becher und goss neuen Wein aus der Kanne und dachte dabei flüchtig, dass es sicher für den König angenehmer sein müsste, wenn er ein Frauenzimmer um sich hätte, die ihm die Kissen schüttelte und die Decken grade zog und den Puls fühlte und nasse Fetzen auf den Kopf oder die Füße packte und all den verdammten Unfug anstellte, den Weiber immer mit Kranken treiben. Zweimal hatte er sich schon überwunden und gefragt: »Soll ich die – na, das Mädchen da, die von Sunem rufen? Vor der Tür hockt sie rum!«
Aber David kannte Joab gut genug; er wusste, dass er Abisag hasste, weil sie so schweigsam war und er schweigsame Weiber für intrigante Schlangen hielt. Drum sagte er: »Jetzt nicht, Joab, erzähl du mir lieber was.«
Joab grunzte zufrieden, nahm eine neue Kalmuswur-

zel aus der Brusttasche seines hirschledernen Hemdes und spuckte zum Fenster hinaus.
Aus dem Tempel drangen die Stimmen der Vorsänger und des Chores herauf; sie übten Davids Psalmen, und David und Joab hörten zu, Joab bewundernd und gelangweilt, und David zerstreut und wie immer etwas erstaunt, dass er das geschrieben hatte.
»Herr, mein Gott, da ich schrie zu Dir, machtest Du mich gesund«, sang der Vorbeter, »Herr, Du hast meine Seele aus der Hölle geführet. Du hast mich lebend erhalten, da jene in die Grube fuhren!«
Die tiefen Bässe und hohen spröden Knabenstimmen nahmen sich energisch des nächsten Verses an.
»Bei dieser Hitze, mein Gott!«, sagte David matt, er streckte sich lang aus und verschränkte die Arme hinterm Kopf.
»Wie groß du bist, König David«, sagte Joab, »ich meine – lang.«
David lächelte schwach. »Dich hol ich doch nicht mehr ein, du bist doch einen Kopf größer.«
»Dein Sohn Salomo wird den Unterschied schon verschwinden machen«, erwiderte Joab kauend.
»Meinst du?«, fragte David ungläubig.
Joab zeigte einen Moment seine breiten weißen Zähne, die einen merkwürdigen Kontrast bildeten zu seinem faltigen, grünlichbraunen Gesicht, und zuckte die Achseln.
»Ein alter General, ein junger König – dazu ist Salomo zu gescheit«, sagte er faul.
David betrachtete ihn, wie er gleichmütig kauend auf der Fensterbank saß, den Hals eingezogen zwischen den Schultern und den Kopf vorgereckt, diesen kühnen Kopf, dem ein glatter Schwerthieb die Nase säuberlich abgeschnitten hatte, der mit vertrockneter, faltiger Haut bespannt war wie bei einer Mumie, in

dem helle, kalte, etwas leere Augen saßen. Sein Schädel war geschoren, der sommerlichen Hitze wegen. Auf seiner kurzen Oberlippe wuchs ein schauderhafter gelblicher Bart, der das Fehlen der Nase noch betonte. Um sein hirschledernes Hemd, das bis an die Knie ging, war in der Taille kunstlos eine blaue verblichene Schärpe gewickelt; er saß auf seinem alten Mantel aus Schaffell, der Brandlöcher hatte und an vielen Stellen schon sehr haarlos war. David dachte, dass er in seinem Leben schon viele Generale gesehen hatte, aber nie einen, der so gräulich aussah und dessen Erscheinen auf dem Schlachtfeld eine größere Panik beim Feind verursachte. Dann kam er wieder auf Joabs Bemerkung zurück und dachte an seinen Sohn Salomo, der nach ihm König wurde und der jetzt in seinem schönen marmornen Haus saß und drauf wartete, dass ihm das Geschrei aus dem Sterbezimmer den Tod seines Vaters ankündigte. Er war nicht sentimental, der Knabe Salomo, das war gut. Ein König braucht einen kühlen Kopf und Geduld. Trotzdem wäre es David lieber, Salomo wäre etwas hitziger und alberner, so wie Adonia, sein Stiefbruder, Abigails Sohn, der vor einigen Tagen einen Putsch versucht hatte, der sich schon als König feiern ließ bei einem tollen Gastmahl, zu dem er seine Geschwister und Freunde und die einflussreichen Leute eingeladen hatte. Salomo war hingegangen und hatte mitgegessen und getrunken, hatte dann seine Mutter Bathseba zum König David geschickt mit der Rechnung des Gastmahls. David zog die Nase kraus. Er hasste Auseinandersetzungen, mit Weibern überhaupt; so hatte er sich breitschlagen und Salomo zu seinem Nachfolger erklären lassen. Sie können's scheinbar nicht erwarten, dass ich den Löffel wegschmeiß, dachte er angewidert, und dieser Salomo, wie wird er mit sechzig Jahren sein, wenn er heute schon ist wie ein alter Mann, mit neunzehn Jahren? Vorgestern war das: Da saß er hier am Fußende meines Bettes, und ich redete mit ihm, sagte ihm noch ein paar Sachen, die man so sagt. Er hatte es wohl erwartet, es entsprach wohl seiner Vorstellung von einem sterbenden königlichen Vater, und er saß da, mit seinen weit auseinanderstehenden Augen und der runden Nase, die er von Bathseba geerbt hat, und spielte den artigen Sohn. Er ist zu kalt, um ein guter Schauspieler zu sein, und ich zu faul, um den liebenden Vater erfolgreich heucheln zu können. So kam nicht viel heraus bei der Unterredung; beide waren wir froh, als sie zu Ende war und Salomo aus der Tür ging und Joab wieder hereinkam. Salomo hatte ihn kalt angesehen, diesen alten ledernen Soldaten, hatte sich nicht bemüht, seinen Widerwillen zu verbergen und war doch an der Leere und Verständnislosigkeit in Joabs Blick etwas unsicher geworden.

»Gedenke, Herr, an Deine Barmherzigkeit und an Deine Güte, die von der Welt vergessen ist«, rief der Vorsänger hoch und klagend. »Gedenke nicht der Sünden meiner Jugend und meiner Übertretungen, gedenke mein nach Deiner Barmherzigkeit um Deiner Güte willen!« – »Sünden meiner Jugend ...«

»Barmherzigkeit ...«, antwortete der Chor vielstimmig. David sah an die Decke, von der der Kalkbewurf losgebröckelt war, so dass man das Rohrgeflecht darunter sah. Er versuchte angestrengt, sich der Sünden seiner Jugend zu erinnern.

1. Samuel 16,1: *Und der Herr sprach zu Samuel: Wie lange trägst du Leid um Saul, den ich verworfen habe, dass er nicht König sei über Israel? Fülle dein Horn mit Öl und gehe hin: ich will dich senden zu dem Bethlehemiter Isai; denn unter seinen Söhnen habe ich mir einen König ersehen.*

»David!«
David hörte am Tonfall, dass sein Bruder Eliab verärgert war. Trotzdem hatte er jetzt tatsächlich keine Lust und auch keine Zeit, nach Haus zu kommen. Seine Lieblingskuh stand im Begriff zu kalben, und es war wirklich wichtiger, dass er jetzt hierblieb, um sich irgendwie nützlich zu machen und ihr gut zuzureden und nachher mit Stroh abzureiben oder irgendwas der Art, wovon er annahm, dass es sie freuen würde.
»David!«
›Dreck!‹, dachte David wütend und kummervoll, sollen mich in Ruh lassen. »Hab keine Zeit«, rief er unfreundlich und war schon wieder um die Kuh beschäftigt.
»David!!«, brüllte Eliab wie ein gereizter Stier. »Soll ich dich vielleicht holen kommen?«
David stand auf, nahm seine Schleuder und seine Flöte vom Boden, warf noch einen verzweifelten Blick auf die Kuh und rannte nach Haus. Die Kuh stöhnte hinter ihm her. Im Laufen fluchte er unablässig auf seinen idiotischen Bruder, der ihn kommandierte. Tränen der Wut traten ihm in die Augen, und er sagte bei jedem Schritt: »Hol's der Teufel, hol's der Teufel.«
Eliab stand unter der Tür; David konnte durch seine nassen Wimpern nichts sehen; aber an der Art, wie der Ältere ihn an der Schulter packte und über die Schwelle stieß, war zu erkennen, dass er kochte vor Wut. In der Hütte war's dunkel gegen draußen. David schneuzte sich und schüttelte Eliabs Hand ab.
»Das ist also David, dein jüngster Sohn, nicht wahr?«, hörte er eine fremde Stimme sagen, die aus der Ecke kam, wo David, der sich allmählich an die Dunkelheit gewöhnte, eine Gruppe Menschen unterschied.

»So ist es«, erwiderte Isai, Davids Vater. Die geschraubte Antwort klang merkwürdig feierlich und vermehrte die unangenehme ehrerbietig-feindselige Stimmung noch, die in dem engen Raum lastete.
»Wie alt bist du denn, David?«, sagte die fremde Stimme, die einem alten weißhaarigen Mann in langen Kleidern gehörte.
David schwieg. Er dachte an seine Kuh.
»Zehn Jahre ist er, Herr«, sagte Eliab, vergeblich bemüht, seine Wut gänzlich zu unterdrücken. Auf dem Tisch unterschied David die Reste eines Opfermahles. Er stand verlegen mitten im Raum und schwang seine Schleuder etwas hin und her. Er fühlte sich schuldbeladen und wusste doch nicht wieso. Alle standen da in der Ecke außer Eliab und schauten so ernst und feindselig. Niemand sprach. Der alte Mann kam plötzlich auf ihn zu, holte aus seinem Ärmel ein kleines Horn, das mit einem silbernen Deckel zugeschraubt war. David sah, wie seine Lippen sich bewegten, als er das Horn aufschraubte und etwas Öl heraustropfen ließ. Es war kühl auf Davids Kopf, das Öl, und ein Tropfen lief herunter an seinem rechten Ohr und über seinen Hals und seine Brust; aber David wagte sich nicht zu rühren. Er fand es gleichzeitig schön und albern, was der Greis da tat, und hielt blinzelnd still. Dann schraubte der Alte das Horn wieder zu, und David stand noch immer krampfhaft still, bis Eliab höhnisch sagte: »Na, König David, nun kannst du wieder gehen.«
»Er soll dableiben und mit uns essen«, sagte der Alte sanft verweisend, »das heißt, wenn er will.«
David blieb noch einen Moment stehen, dann schüttelte er den Kopf und lief schnell aus der Hütte.
›Das Horn ist nett‹, dachte er, während er zu seiner Kuh zurücklief, ›das hätt' ich gern gehabt. Aber was

soll ich damit anfangen.‹ Er erwischte den Tropfen Öl, der ihm über Brust und Bauch lief und verschmierte ihn auf seiner bräunlichen glatten Haut.

Das Lager im Eichgrund

1. Samuel 17, 23–25: *Und da er noch mit ihnen redete, siehe, da trat herauf der Riese mit Namen Goliath, der Philister von Gath, aus der Philister Heer und redete wie vorhin und David hörte es. Aber jedermann in Israel, wenn er den Mann sah, floh vor ihm und fürchtete sich sehr. Und jedermann in Israel sprach: Habt ihr den Mann gesehen herauftreten? Denn er ist heraufgetreten, Israel Hohn zu sprechen. Und wer ihn schlägt, den will der König sehr reich machen und will ihm seine Tochter geben und will seines Vaters Haus freimachen in Israel.*

»Nein, König Saul«, sagte David bekümmert und betrachtete seine nackten Hände und Füße, die aus den eisernen Arm- und Beinschienen dürftig herausragten. »In dem Zeug lern ich mich verdammt nicht bewegen. Also raus.«
König Saul seufzte, stand träge von seinem Lager auf und half David ungeschickt aus der Rüstung. Er war zwei Köpfe größer als David. Kein Wunder, dass die Rüstung nicht passte.
»Ja, wie du meinst«, sagte er abwesend und warf die einzelnen Teile, die er losschnallte, in eine Ecke des Zeltes.
»Ich nehm meine Schleuder und such mir noch ein paar Steine am Bach, fünf, sechs«, sagte David, der verstrubbelt aus seinem Hemd auftauchte, »ich hab schon mal einen Bären kleingekriegt«, setzte er hinzu, nicht ohne Prahlerei. König Saul hatte sich wieder auf sein Lager geworfen. Sein Gesicht und seine Hän-

de, die von einer wächsernen Blässe waren, sahen noch durchsichtiger aus im halbdämmrigen Zelt. »Also bis nachher«, sagte David abschließend und strebte dem Ausgang zu. »Du gehst wirklich«, fragte Saul träge und sah David dabei wach und lauernd an. ›Er ist wirklich schön‹, dachte David, ›so blass und etwas schafsmäßig. Das sieht edel aus, mit seinen vorstehenden dunkelblauen Augen und den glänzenden dunklen Haaren; aber, meiner Seel, wie kann man so schlapp sein, so ohne jede Energie!‹ »Spiel mir noch was«, sagte König Saul. Er lächelte David fade an, seine Zähne waren raubtierartig spitz.
David seufzte, aber nur für sich, suchte unter einer Menge Kram seine kleine Harfe heraus, setzte sich ans Fußende des Bettes und fing an zu spielen. Mit gerunzelter Stirn griff er ein paar Akkorde, wobei er sich wünschte, es möchte ihm irgendeine Melodie einfallen. Zwischendurch warf er einen schnellen Blick auf den König, der sich auf die Ellbogen erhoben hatte und ihm zusah. ›Es war doch eine ganz gute Idee von Väterchen‹, dachte David während des Spielens, ›mich mit Brot und Käse ins Lager in den Eichgrund zu schicken zum Hauptmann, bei dem meine Brüder sind. So komm ich doch noch in die Schlacht. Es war überhaupt allerhand, dass man ihn als König Sauls Waffenträger daheimgelassen hatte. Aber jetzt war er hier, und keine zehn Pferde brachten ihn jetzt mehr hier weg, von den Soldaten! Ach, er wollte auch mit Geschrei und in Waffen gegen die Philister ziehen. Er wollte auch nachts am Feuer sitzen und die Späße und Lügenmärchen der Soldaten hören; er wollte auch unter denen sein, die siegreich heimkommen und in den Schenken sitzen und saufen und Weiber auf dem Schoß haben.‹
Er änderte die Tonart und spielte eine schnelle, auf-

reizende, düstere Melodie, ein israelitisches Kriegslied. Er dachte an die Herausforderungen des Philisters Goliath, der die Israeliten so in Schrecken versetzte, dass sie seit einer Woche nur noch in ihren Zelten herumlagen und nicht wagten, etwas zu unternehmen. Er dachte daran, wie er gestern ins Lager gekommen war, als eben Goliath auf dem Hügel gegenüber erschien und seine hohnlachenden Schmähreden, die wie aus einem eisernen Kessel kamen, ins israelitische Lager brüllte. David stand gerade vor König Sauls Zelt, mit seinem Korb mit Nahrungsmitteln auf dem Kopf, und er sah, wie drin im Zelt der König sich mit vor Wut verdrehten Augen auf sein Lager warf und die Ohren zuhielt. Die Wachen liefen und ließen die Zeltbahn herunter. Und die Israeliten saßen da wie geprügelte Hunde, diese Feiglinge, und ließen sich beleidigen, und keiner stand auf und schlug dem unverschämten Brüller den Schädel ein! ›Ich werd's ihm zeigen!‹, dachte David und beendigte sein Lied.

»Dass dich das so ärgert«, sagte König Saul. »Na, alles Gute. Soll nicht doch jemand mit dir gehen?«

»Ach was«, sagte David und hob die Zeltbahn.

»Na, geh mit Gott, mein Lieber«, sagte Saul und verschränkte die Arme hinterm Kopf.

›Ärgert‹, dachte David auf dem Weg durchs Lager zum Bach, ›ärgert mich der Philister? Nein, hier, diese feige Sippschaft bringt mich so auf! Was ist an diesem Goliath, dass man ihn so fürchten muss? König Saul ist der beste Soldat weit und breit. Warum hat er Angst vor diesem Mann?‹

Am Bach saßen zwei Soldaten. Sie hingen die Füße ins Wasser und spielten Karten. Neben sich hatten sie einen Krug Wein stehen. David stieg in den Bach und suchte sich schöne glatte Steine. Die Soldaten unter-

brachen einen Moment ihr Spiel. »Spatzenjagd?«, fragte der eine in anzüglichem Ton.
David sah ihn gemessen an, hob die Nase in die Luft und stieg aus dem Bach, wobei er die Steine in seiner Hirtentasche verstaute.
»Was Neues? Geht's bald los?«, fragte der andere.
»Steht ja bei dir«, sagte David achselzuckend. »Geh hin und erschlag den Philister Goliath.« Der Soldat hob den Krug. »Prost«, sagte er, »ich bin schon verheiratet! Was soll ich mit König Sauls Töchterlein? Mir langt's mit einer!«
»Das Geld wär schon gut«, sagte der andere.
David überließ sie ihrem unfruchtbaren Geschwätz und stieg den Hügel zu Goliath hinauf.

In der Schilfhütte

1. Samuel 18, 1–4: *Und da er ausgeredet mit Saul verband sich das Herz Jonathans mit dem Herzen Davids, und Jonathan gewann ihn lieb wie sein eigen Herz. Und Jonathan zog aus seinen Rock, den er anhatte, und gab ihn David, dazu seinen Mantel, sein Schwert, seinen Bogen und seinen Gürtel.*

»Nun?«, fragte Jonathan, als David in die Schilfhütte am See kam, wo sie sich allabendlich zur Entenjagd trafen. »Zweimal hat er heut nach mir geschmissen. Er muss verrückt sein, dein Alter!«, erwiderte David erschöpft und setzte sich zu Jonathan auf die Rüstung des Goliath, die in der Ecke lag.
»Ich hab dir ja gesagt, du sollst dich in Acht nehmen!«, rief Jonathan verzweifelt. »Du sollst sehen, er bringt dich noch um.« »Ich seh's kommen«, sagte David gleichgültig. Allmählich fand er seine Ruhe wieder. »Übrigens, dein Kram ist wirklich schick. Ich

find, ich seh doll aus. Das war wirklich verdammt anständig von dir, Johnny, mir das alles zu schenken. Weißt du, mir haben sie zu Haus nie was Ordentliches zum Anziehen gegeben. Ich musste immer den ollen Kram von meinen Brüdern auftragen.« Er suchte sein Jagdgerät zusammen. »Komm, gehn wir!«
»Nicht der Rede wert«, murmelte Jonathan. »Wäre ja eigentlich Vaters Sache gewesen, dir mal endlich was anzuziehn zu geben. Und da wir grade davon reden …«
»Ach was«, sagte David schnell, »reden wir lieber nicht davon. Komm, wir gehn!«
»Nein«, sagte Jonathan ernst, »wir reden davon. Es kommt alles von dem Tag her, wo wir heimkamen, nachdem du Goliath erschlagen hattest und die Philister besiegt waren, und diese dämlichen Weiber aus allen Städten gelaufen kamen und sangen: ›Saul hat tausend geschlagen, David aber zehntausend.‹ Abgesehen davon, dass ich das Gesinge von Weibern sowieso schon nicht mag. Seit der Zeit reitet den Alten der Teufel mehr als je. Er hat Angst vor dir. Ich hab selber gehört, wie er sagte: ›Er wird noch das Königreich erben wollen.‹ Seit der Zeit hasst er dich!«
»Na wenn schon«, sagte David unbeeindruckt. Er schlug sich mit der Hand auf den mächtigen Brustharnisch des verblichenen Goliath, »er hat mich sowieso nie gemocht.«
»Natürlich nicht, weil du stärker bist als er«, sagte Jonathan. »Das verträgt er nicht. Und drum hat er dich zum Fürsten über tausend Mann gemacht und lauert drauf, dass du dir was zuschulden kommen lässt, damit er einen Grund hat, dich um die Ecke zu bringen. Aber er hat auch schon gemerkt, dass es faul war; denn alle mögen dich leiden, und du lässt dir nichts zuschulden kommen.«

»Wirklich«, sagte David, »du machst die Sache wichtiger, als sie ist. Was soll mir schon passieren? Na, nun nimm schon dein Zeug und komm.« Er sah Jonathan aufmunternd an. Dieser senkte den hübschen Kopf, der Saul so ähnlich war. »Ich geniere mich für den Alten«, sagte er gequält.
»So was Blödes«, rief David munter, »da nimm dein Zeug, so, nun komm!«

Michal

1. Samuel 18, 20–21: *Aber Michal, Sauls Tochter hatte den David lieb. Da das Saul angesagt ward, sprach er: Das ist recht; ich will sie ihm geben, dass sie ihm zum Fall gerate und der Philister Hände über ihn kommen. Und sprach zu David: Du sollst heute mit der andern mein Eidam werden.*

Eigentlich war es seine Tochter Merob gewesen, die Saul demjenigen versprochen hatte, der Goliath erschlüge. Aber Merob hatte sich geweigert, David zu heiraten. Sie erklärte, sie dächte nicht daran, sich lächerlich zu machen und einen Mann zu nehmen, der zwölf Jahre jünger sei als sie, ein halbes Kind noch. So hatte Saul sie voller Ärger mit Adriel, dem Meholathiter, verheiratet, einem fröhlichen Kriegsmann, und David mit Michal, seiner jüngsten Tochter. Sicher hatte er geglaubt, mit Michals Hilfe ein einfaches Spionagesystem aufzurichten, indem er sich von ihr alles über David und seine Pläne berichten ließ. Aber Michal liebte David, und Saul erkannte bald, dass auch dieser feine Plan nichts taugte.
David zog die Tür des Turmzimmers, in dem er nun mit Michal hausen sollte, hinter sich zu und stellte den Leuchter, den er trug, auf eine Truhe, die neben

dem großen flachen Bett das einzige Möbelstück im Zimmer war. Er sah Michal befangen an. Es war so ungewohnt, mit einer Prinzessin allein zu sein, mit ihr verheiratet zu sein. Er wusste nicht, was er nun tun oder sagen sollte und betrachtete sie mit einem schüchternen Lächeln, wie sie dastand, mit hängenden Armen, ein Kind mit dem Aussehen einer mageren Katze. Er räusperte sich angestrengt. Dann sagte er zögernd: »Ich weiß nun nicht, was – ich meine, vermutlich erwarten sie von uns, dass wir irgendwas täten…« Er brach ab und zuckte hilflos die Schultern. Wenn Michal vielleicht wusste, was man von ihnen erwartete, so dachte sie zwar nicht daran, es zu sagen. Aber da sie die Unmöglichkeit einsah, die ganze Nacht einander gegenüberzustehen und sich mit bangem Lächeln anzuschauen, sagte sie: »Wollen wir uns nicht setzen?«, und setzte sich selber ans Fußende des Bettes, an eine der Säulen gelehnt, die den Betthimmel trugen. David setzte sich ihr gegenüber, ebenfalls an eine der Säulen. So saßen sie, artig durch die Breite des niedrigen Bettes getrennt, gar nicht, als wär es ihr eigenes Bett, sondern als ob sie einen unsichtbaren Kranken besuchten, der in dem Bett lag. David sah vor sich hin, und Michal betrachtete ihn. Sie hätte ihm so gern etwas Hübsches gesagt, etwas, das ihn freuen würde, aber sie wagte es nicht. So entschloss sie sich, eine harmlose Unterhaltung einzuleiten; denn schließlich, fand sie, konnten sie ja nicht die ganze Nacht hier so stumm sitzen.
»Unten tanzen sie noch«, sagte sie mit Bezug auf ihre Hochzeitsgesellschaft, »Merob kann nie genug kriegen. Ich werd immer schneller müde, du auch?« David erschien es unhöflich, ihr zu sagen, dass es lang dauerte, bis er müde würde, deshalb fragte er: »Was für einer ist das, dieser Adriel?«

»Einer, der daheim rumschreit und in Stiefeln zu Bett geht«, sagte Michal.
»Aha, so einer ist das«, sagte David darauf und wusste wieder nichts mehr zu sagen. Ach, nie würde er diese Schüchternheit Michal gegenüber loswerden, nie würde er es wagen, ihr zu zeigen, dass er sie gern hatte, aus Angst, ihr auf die Nerven zu fallen.
»Wie war das, als du Goliath erschlugst?«, fragte Michal voller Besorgnis, das Gespräch könnte einschlafen.
»Ach, es war nicht besonders – oder irgendwie großartig«, sagte David, »ich ging eben an den Bach und suchte mir Steine …«
»Und dann?«
»Dann bin ich hingegangen auf den Platz, wo er war, und da kam er grade an mit seinem Schildträger und verhöhnte mich, das kannst du dir denken; ich war ja ein Zwerg gegen ihn. Na, und da hab ich meine Schleuder geladen und hab ihn auf die Stirn getroffen. Da fiel er um. Das hat mich gewundert, der Stein war gar nicht so groß, und der Schildträger lief weg, der Feigling; der hätte mich gut erledigen können, wenn er gewollt hätte.«
»Ja, aber du hattest gerufen: Ich komme im Namen des Herrn!«, sagte Michal lebhaft und sie zog die Beine aufs Bett.
»Ach weißt du«, sagte David etwas geniert, »das war so eine Redensart, nicht? In der Hitze des Gefechts sagt man oft eine Menge, auf was man sonst nie käme …« Er dachte an ihre Heimkehr damals, die er sich ganz anders vorgestellt hatte. Man hatte ihm nicht erlaubt, in die Kneipen zu gehen mit den Soldaten. Er war König Sauls Waffenträger, er ritt neben dem König, und als sie am Schloss abstiegen, packte ihn Saul an der Hand und zerrte ihn mit in den Saal

an den Tisch, setzte ihn neben sich und ließ ihn nicht aus den Augen. Und ließ sich von ihm vorspielen die ganze Nacht, weil er Kopfweh hatte, der König Saul, und schlechte Laune.

Michal war beunruhigt von seinem langen Schweigen. »Bist – bist du traurig?«, fragte sie zögernd. David schüttelte den Kopf. Er sah sie an mit seinem guten Lächeln, die Tochter Sauls, die neben ihm auf dem Bett saß und mit ihren mageren blassen Fingern mit der Halskette aus blauen Glasperlen spielte. Er sah auf seine verschrammten braunen Pfoten. Ach, er war eben ein Bauer und blieb es. Er hätte sie gern gestreichelt oder in die Arme genommen; aber wie konnte ein Bauernkerl wie er überhaupt auf solche Ideen kommen?

Michal legte die Fingerspitzen aneinander und bog die Hände durch; sie schaute angestrengt woandershin. »David«, sagte sie und bemühte sich, nicht aufgeregt zu sein, »hättest du lieber meine Schwester Merob geheiratet?« Sie schaute immer noch woandershin, voller Angst, er könnte vielleicht Ja sagen.

»Aber so ein Unfug!«, rief David liebend und erheitert und zog gleichfalls die Beine aufs Bett. »Was soll ich denn mit einem Mädchen, die mich nicht mag? Ach und dann, weißt du, du bist so schön und so, wie eine Prinzessin ist, und ich wünschte verdammt nur, ich könnte dir was schenken; aber ich hab gar nichts, was Mädchen freut, wo sogar meine Kleider von Jonathan sind …« Er brach verwirrt ab, bewegte seine Zehen und murmelte mit gerunzelter Stirn: »…Ich wünschte, ich hätte … ach, ich bin froh, dass ich hier bin … vielleicht hättest du Hunde gern; ich würde mal sehn, ob ich dir einen besorgen könnte.«

Michal schluckte. »O David«, sagte sie glücklich, »ich bin nicht hübsch, aber wenigstens …« In diesem Mo-

ment zerriss die Schnur der Kette; die blauen Glasperlen spritzten durchs ganze Zimmer. David schickte sich an, vom Bett zu steigen, um sie aufzuheben. Aber Michal legte ihre Hand auf seine.
»Das können wir dann immer noch zusammen suchen«, sagte sie.

Jonathan

1. Samuel 19, 9–10: *Aber der böse Geist vom Herrn kam über Saul, und er saß in seinem Hause und hatte einen Spieß in seiner Hand; David aber spielte auf den Saiten mit der Hand.*
Und Saul trachtete, David mit dem Spieß an die Wand zu spießen. Er aber riss sich von Saul, und der Spieß fuhr in die Wand …

»Habt ihr schon gegessen?«, fragte Jonathan und schaute zur Tür herein. »Schön. Michal, scher dich raus. Ich muss mit David reden!« Michal kramte gehorsam ihr Nähzeug zusammen und ging aus dem Zimmer.
»Lass sie doch«, sagte David gutmütig. »Sie stört doch hier niemanden.«
»Mich«, erwiderte Jonathan unfreundlich. »Also hör, David, das ist ja grässlich.«
»Es war meine eigene Blödheit«, sagte David unbekümmert, »ich hatte es schon ganz vergessen. Er war so manierlich die Zeit her, und in einem Anfall geistiger Umnachtung hab ich ihm seinen Speer so bequem zur Hand gestellt. Man kann ihm wirklich keinen Vorwurf machen; ich hätt' ja dran denken müssen. Aber ich dachte wie immer gar nichts, merkte nur, dass er anfing, nervös zu werden und sich auf die Lippen zu beißen, und da war's dann auch gleich

zu spät. Aber sonst ist er doch ganz nett und umgänglich.« – »Du bist ein fürchterlicher Idiot«, rief Jonathan verzweifelt, »du bemerkst überhaupt nichts. Ich weiß bei Gott nicht, was du im Kopf hast. Stroh oder was. Ja, merkst du denn nicht, dass er dir tatsächlich ans Leben will. Ist dir entgangen, dass du ihm mehr als außergewöhnlich auf die Nerven fällst? O du trauriger Esel! Ich kann's schon fast verstehen, dass ihn deine schauderhafte Ruhe um den Verstand bringt! Du sagst von Michal: Ach, lass sie doch dableiben – ausgerechnet, Sauls Spion Nummer eins!« »Das ist nicht wahr«, sagte David zornig, »Michal liebt mich, sie würde das nie tun! Außerdem gibt's da nichts in meinem Leben, das nicht jeder wissen könnte.«
»Hauptsache, du bildest es dir ein«, sagte Jonathan kalt. »Sie ist eine Tochter ihres Vaters, vergiss das nicht! Dann: Dieses Frühjahr, der zweite Philisterkrieg, wie die Geschichtsschreiber sagen. Du ziehst ins Feld, schlägst eine gewaltige Schlacht und die Feinde in die Flucht und hast auch noch die Seelenruhe und kehrst lebend heim. Mein liebes Herz: Ehe du ins Feld zogst, hat mein lieber Alter versucht, mich und alle Knechte im Haus zu überreden, dass wir dich umbringen sollten. Ich hab ihn damals wieder in die Reihe gebracht, hab ihm gesagt, dass es eine Eselei wäre und politisch eine Torheit, wo du doch so beliebt bist beim Pöbel, und das sah er denn auch ein und versprach mir mit allerheiligsten Schwüren, dir nichts zu tun. ›So wahr der Herr lebt, er soll nicht sterben‹, hat er in seiner gewohnten faulpathetischen Manier erklärt. Ob er nun inzwischen seine Meinung bezüglich des Herrn geändert hat – kurz, er ist ein Halbirrer; ein kranker Mann, und es wird ein Tag kommen, wo er dich trifft!« – »Ich hab keine Angst, sag ich dir doch«, erwiderte David

stur. »Oh!«, Jonathan stöhnte, er hielt seinen Kopf mit beiden Händen und wälzte sich wütend auf Davids Bett herum.

David betrachtete ihn aufmerksam und sagte plötzlich gedankenverloren und eigentlich unabsichtlich: »Wie du König Saul gleichst!« »Oh!«, rief Jonathan nochmal; er sprang auf und lief um den alten wackligen Tisch, der in Sauls Haushalt nicht mehr gebraucht wurde und den er Davids neuem Hausstand großmütig überlassen hatte. Er kam zu David und legte ihm die Arme um den Hals. »O David«, sagte er traurig und mit völlig veränderter Stimme, »ich will nicht, dass dir was zustößt; du bist doch mein einziger Freund. Geh fort, eh es zu spät ist. Ich werd es verdammt langweilig haben ohne dich, aber besser, du gehst und kommst wieder, wenn er ein bisschen normaler ist!«

»Na, wenn du unbedingt willst«, sagte David seufzend, »aber dann sei wenigstens bisschen netter zu Michal. Sie ist wirklich ein patentes Mädchen; sie würde mit einem Pferde stehlen gehn, es gibt ihr nur niemand Gelegenheit. Und nimm dir Goliaths Rüstung, sie passt dir zwar nicht; aber du kannst sie ja verscherbeln, wenn's gar nicht anders ist.«

»Denkst du«, rief Jonathan entrüstet, »deine Trophäen werd ich im Gegenteil ehrenvoll aufbewahren, wie sich das gehört. Wohin soll ich dir Nachricht geben, wenn du wiederkommen kannst?« – »Ach, du hörst schon von mir«, sagte David bekümmert. »Ich werd wahrscheinlich irgendwo in irgend jemands Dienste treten. Soldatenhandwerk kann ich ja einigermaßen und Vieh hüten auch.« – »Und Musik«, sagte Jonathan kläglich, »ach, David, wer wird mir nun neue Griffe auf der Laute zeigen?«

In Najoth

1. Samuel 19, 18: *David aber entfloh und entrann und kam zu Samuel nach Rama und sagte ihm alles an, was ihm Saul getan hatte. Und er ging hin mit Samuel, und sie blieben zu Najoth.*

»Und dann«, sagte David und wälzte sich auf die Seite, dass der mit Maishülsen gefüllte Sack, auf dem er lag, trocken raschelte, »und dann kamen sie unten über den Hof. Es war schon ganz dunkel; ich hörte ihre Waffen klappern, und einer war dabei, der dauernd ausspuckte und sich räusperte. Dann stolperten sie die ganzen alten hölzernen Treppen hinauf, vorsichtig, denn sie sind ziemlich wacklig und Licht hatte natürlich keiner. Es war nicht angenehm, kannst du dir denken, da im Korb vom Fensterkreuz herunterzuhängen; kalt war's auch, und ich hatte eine Heidenangst, sie könnten das Seil bemerken und mich wieder hochziehn. In einem Korb – wie lächerlich.«
David stützte gedankenvoll den Kopf in die Hand. Eine billige Öllampe verbreitete ein rauchiges Licht, und der Kopf des Sehers Samuel war wie eine Art heller Wolke das Einzige, was David unterscheiden konnte. Samuel saß am Tisch auf dem dreibeinigen Hocker, der immer umzukippen drohte, auch mit Samuel, obwohl dieser doch allmählich eine gewisse Technik erworben haben sollte, wie David dachte. ›Hier möchte man bleiben, bei diesem ruhigen alten Mann, der einem so vertraut ist; der ruhig sitzt und zuhört. Vielleicht interessiert es ihn gar nicht, aber er hört doch zu. Vielleicht ist er's nicht gewohnt, andern zuzuhören, vielleicht redet er ungern?‹
Samuel strich seinen Bart und sah dann auf seine dürren braunen Finger, die wie trockene Wurzeln

waren, und kratzte sich anschließend gedankenvoll am Hals. »Und dann?«, ermunterte er den Erzähler.
»Michal hatte eine Puppe gemacht und ins Bett gelegt. Ich hörte, wie der Offizier nach mir fragte, und sie sagte so ruhig, als wäre es die gewöhnlichste Sache der Welt, dass ein halbes Dutzend Schergen um Mitternacht ins Zimmer kommt: ›Er ist krank, da liegt er!‹
Eine Weile war es still. Dann stieß der Offizier einen komischen Laut aus. Ich sah sie im Geist um mein Bett stehen und das sonderbare Gewurschtel betrachten, das mich darstellen sollte; dann sagte der Offizier: ›Scheint, dass er das sein soll. Los, fasst an, Jungs. Leg ihm ein Tuch über, damit sich dein lieber Gatte nicht erkältet. Und leuchten kannst du uns auch, kleines Biest.‹« David wandte sich direkt zu Samuel: »Das hätten sie nie zu sagen gewagt, wenn nicht Saul so wütend auf mich und Michal gewesen wäre. Michal, weißt du, ist wirklich kein Biest. Sie ist so nett und hübsch, ach und so gescheit, wie ich nie …«
»Ich kenne Sauls Tochter«, sagte Samuel mit einer leisen Ungeduld in der Stimme, und David schien es mit einem Mal nicht mehr so sicher, dass er hierbleiben könnte.
»Und dann«, sagte David bemüht, sachlich zu erzählen, »sagte der Offizier, ein Hauptmann war es, glaub ich, noch: ›Und du, Joab, du kannst mal in die Truhe schauen und unters Bett, aber Sinn hat's wohl nicht. Los, hauruck!‹ Und die Kerls packten mein Bettzeug und polterten die Treppe hinab, und Michal leuchtete. Ich konnte von Glück sagen, dass ich nicht in dem Bündel war; sie gingen verdammt unsanft damit um. Ich hörte den namens Joab die Truhe öffnen und den Deckel wieder zufallen lassen. Dann zog er das

Schwert und stocherte unters Bett. Und dann kam er in die Nähe des Fensters, unter dem ich hing. Ich dachte, ich würde verrückt. Ich fürchtete mich, nach oben zu schauen, und dabei war ich doch so neugierig, ich musste nach oben schauen. Also drehte ich ganz schnell den Kopf nach oben und sah ihm grade ins Gesicht, denn er bog sich über die Fensterbrüstung. Ein ganz junger Kerl noch, mit einer Hakennase und einem blonden Bärtchen und rasiertem Kopf. Er kaute Kalmus, das roch ich, und seine blauen Augen, dicht über mir, einen halben Meter etwa, sahen so genau durch mich hindurch, als wäre ich nicht da. Er schüttelte den Kopf, sagte laut zu sich selber: ›Nichts!‹, und spuckte haarscharf an meinem Ohr vorbei. Dann zog er den Kopf zurück. Ich hörte ihn durchs Zimmer schlurren, die Tür zuschmettern, die die andern offen gelassen hatten, und langsam und tastend die Treppe hinuntergehn. Die andern kamen eben unten aus dem Haus. Sie entfernten sich schwatzend und klappernd. Ich hörte noch ein paar Fetzen von ihrem Gespräch, ›schwer ist der Kerl auch noch!‹, und ›so ein Aas, was?‹ Nach einer Weile kam der namens Joab; dann war's wieder still. Nicht lang, denn nach einer halben Stunde fuhr unten ein Kriegswagen in den Hof, und ich hörte an der Art, wie er hielt, dass das König Saul war!«
David schwieg. Er dachte an den schnellen Schritt des Königs auf der Treppe, oh König Saul kannte sich aus in dem alten Turm; er hatte selber als Knabe drin gewohnt, er brauchte kein Licht auf der Treppe, und an Michals unregelmäßige, etwas schleppende Schritte, die, seitdem sie wieder oben war, durchs Zimmer wanderte. Er hatte gehört, als König Saul die Tür mit einem Stoß öffnete, dass er seinen Spieß in der Hand hielt. David hatte seine Finger fest um die

blaue Glasperlenkette in seiner Hand geschlossen; er hatte solche Angst um Michal gehabt. O Michal!

Samuel räusperte sich, und David erinnerte sich, dass er nicht allein war, dass er hier in Rama war bei Samuel.

»Na, also, er machte es kurz«, sagte David, »er brüllte Michal an: ›Wo ist dieser Hund, dieser verdammte Bastard?‹ Und Michal antwortete leise und kalt: ›Ich weiß nicht, wovon du sprichst.‹

›David, dein Mann, du verdammtes Biest!‹, rief Saul aufgebracht und stieß mit dem Schaftende des Spießes auf den Boden. ›Wie konntest du ihn gehn lassen? Pass auf, du, dass ich dir nicht einheize, Schlangenbrut.‹« David sah sie im Geist vor sich stehen, die magere kleine Michal, die nicht eigentlich hübsch war und nicht eigentlich hässlich, vor ihrem schönen Vater, der dunkle Augen haben mochte vor Zorn und sich wütend durch die Haare fuhr, weil er die Hände nicht ruhig halten konnte.

»Wie kommt's«, sagte er zusammenhanglos, »dass in Sauls Familie die Männer so viel hübscher sind als – bei andern Leuten?« Samuel scharrte mit seinen harten nackten Füßen auf den Steinfliesen. »Ich kenne Sauls Familie«, sagte er abweisend, und David hörte aus dieser Antwort, die eigentlich keine war, wieder die Ungeduld, die er schon vorhin einmal an Samuel bemerkt hatte. »Schön«, sagte David eilig, um zum Schluss zu kommen, »sie sagte: ›Er hat mich bedroht, da ließ ich ihn gehn!‹ Daraufhin sagte er nichts mehr, drehte um und ging so schnell, wie er gekommen war. Eine halbe Stunde nachdem der Wagen weg war, ließ mich Michal ganz herab, ich ging los und da bin ich.«

»Bisschen verwirrt, das Ganze, was?«, fügte er nach einer Pause noch hinzu.

Samuel dachte, dass das Leben überhaupt nur aus Verwirrung und Wirrnis bestünde und dass dieser Knabe David, König Sauls Waffenträger, noch eine Menge Durcheinander und Verwicklungen in seinem Leben vorfinden würde, denn Gott hatte Großes mit ihm vor. Er erhob sich.
»Schlaf«, sagte er, »ich geh in den Tempel, es geht auf fünf zu.« – »Hör mal«, sagte David, »hast du vielleicht Tinte und was zum Schreiben. Mir ist auf dem Weg da was eingefallen, was ich nicht gern vergessen möchte. Ob's was taugt, weiß ich zwar nicht…« Während Samuel im Tempel sich verneigte und betete und dabei Mühe hatte, seine Gedanken zu sammeln, die immer um David kreisten und dessen abenteuerliche Flucht, saß dieser auf dem dreibeinigen Hocker, der die Tendenz hatte umzufallen, und schrieb beim Licht der billigen Ölfunzel den ersten seiner Psalmen.

Am Stein Asel

1. Samuel 20, 19–23: *Des dritten Tages aber komm bald hernieder und gehe an einen Ort, da du dich verbergest am Werktage, und setze dich an den Stein Asel. So will ich zu seiner Seite drei Pfeile schießen, als ob ich nach dem Ziele schösse. Und siehe, ich will den Knaben senden: Gehe hin, suche die Pfeile! Werde ich zum Knaben sagen: Siehe, die Pfeile liegen hierwärts hinter dir, hole sie! So komm, denn es ist Friede und hat keine Gefahr, so wahr der Herr lebt. Sage ich aber zum Jüngling: Siehe, die Pfeile dortwärts vor dir! So gehe hin, denn der Herr hat dich lassen gehen. Was aber du und ich miteinander geredet haben, da ist der Herr zwischen dir und mir ewiglich.*

David saß unter den Akazien an der Stelle, die der Stein Asel heißt, und wartete auf Jonathan. Sie hatten sich auf den dritten Tag nach dem Neumond fest verabredet, das war heute. Hoffentlich hatte Jon es nicht vergessen. David überlegte sich, von welcher Seite Jonathan kommen würde mit seinem Knecht, um ihm das verabredete Zeichen zu geben, ob er wieder an Sauls Hof kommen könnte oder nicht, und wie schön es wäre, wenn er wieder zu Michal käme und was er sagen würde zu ihr und was sie vielleicht darauf antworten würde. Ach, so viele Dinge waren ihm eingefallen, nachts auf Samuels Maishülsenbett, die er ihr sagen würde, wenn er erst wieder in der Stadt wäre, in ihrem kahlen Turmzimmer. Es ist schlecht, so allein zu schlafen, wenn man gewöhnt ist, jemanden neben sich zu fühlen und zu hören, jemand, der einen schlafen lässt, wenn man schlafen will, und mit einem spricht, wenn man nicht schlafen kann, und den man tröstet, wenn's ein Gewitter gibt und draußen herumdonnert. Was Samuel betraf, so pflegte er nachts kaum zu schlafen. Er hustete rasselnd, und es war allmählich unerträglich anzuhören, wie er Kakerlaken fing von seinem Strohsack aus und an die Wand warf, dass sie mit einem sonderbar knackenden Geräusch herunterfielen …

In diesem Moment hörte er Jonathans Stimme näherkommen. Er sprach mit seinem Knecht. David verkroch sich etwas hinter einem Busch, damit der Knecht ihn nicht sah.

»Du kannst mal immer loslaufen und mir die Pfeile suchen, die ich schieße«, sagte Jonathan, und seine Blicke gingen suchend über die Gebüsche ringsum. David erhob sich etwas. Jetzt hatte Jonathan ihn gesehn; er suchte umständlich einen Pfeil heraus, spannte den Bogen, wobei er David wieder ansah, der ihm hoffnungsvoll zulächelte. Jonathans Pfeil flog über den Knecht weg, und Jonathan rief: »Der Pfeil liegt da dortwärts vor dir!«, ohne selbst hinzuschauen, denn er sah David an, dessen Lächeln erlosch und der hinter seinem Busch untertauchte. Jonathan gab dem Diener sein Schießzeug, trug ihm auf, in die Stadt zurückzukehren und schlurfte müden Schrittes zu David hinter den Busch.

»Nichts zu machen, David«, sagte er, indem er sich neben ihm ins Gras fallen ließ und nervös die Schnüre seines gelben Rockes aufknüpfte. »Lieber Gott, ist mir heiß!«

»Also – es bleibt, wie's war – ein Schritt zwischen mir und dem Tode«, sagte David mit hoher Stimme. Er gab sich Mühe, seine Enttäuschung zu verbergen. Nun könnte eine Ewigkeit drüber hingehen, ehe er Michal wiedersah, die er sich vorstellte, einsam in diesem großen staubigen Zimmer, verloren in diesem schrecklichen großen Bett, das für einen allein sein musste wie eine Wüste. »War's schlimm?«, fragte er nach einer Weile. Jonathan spuckte in den Busch.

»Vor drei Tagen, beim Essen«, sagte er, »tat der Alte so, als bemerkte er zum ersten Mal, dass du nicht da bist. Ich sagte ihm, du hättest mich gefragt, ob du nach Bethlehem gehn dürftest und da wärst du jetzt wohl. Darauf geriet er in Wut, nannte mich einen ungehorsamen Bösewicht und noch eine Menge solcher Dinge, und ich wäre ein völliger Trottel, denn ich sähe wohl ein, dass ich nie König sein würde, solange du lebst. Also sollte ich sofort nach dir schicken und dich holen lassen. Ich sagte ganz harmlos, das wär doch wohl übertrieben, schließlich hättest du nichts verbrochen, und ich sähe keinen Grund und so weiter. Was das Königreich beträfe, so wär das verdammt meine Sache; das könnte er ruhig mir überlassen, mit dir durchzubeißen. Darauf nahm er den Spieß von der Wand, und ich konnte mich grade noch bücken. Ich sage dir, ich zitterte vor Wut und Scham, dass ich ihm nicht gleich für seine gottlose Anmaßung eins verpassen konnte. Ich kann seit der Zeit keinen gedeckten Tisch mehr sehen, ohne dass mir übel wird vor Zorn!«

David zog ein Stück trockenes Brot aus der Tasche, und als Jonathan es nahm, sah David, dass die Hände des anderen tatsächlich zitterten.

»Und Michal?«, fragte David vorsichtig.

»Michal«, sagte Jonathan, der gierig aß, unwirsch, mit vollem Mund, »Michal, der geht's doch gut, was soll ihr fehlen?«

»Ich dachte nur«, murmelte David schüchtern. Er hätte Jonathan gern eine Botschaft an Michal aufgetragen, aber er wusste, dass Jonathan sie nicht mochte, und dann genierte er sich auch irgendwie; es war wohl auch nicht der gegebene Moment.

»Aber das wollt ich dir sagen«, sagte Jonathan und wischte sich den Mund mit der Hand, »was mein sogenanntes Königreich anlangt, so hätte ich nichts lieber, als dass du es mir abnähmst, wenn ich's mal erbe, und ich in Ruhe ein alter Mann werden kann, der Tulpen züchtet und erst um halb elf aufsteht. Ich eigne mich nicht dazu, König zu sein, so wenig wie mein Vater.«

»Ach, wieso«, sagte David überrascht von diesen neuen Ideen, auf die er nie selber gekommen wäre, »es würde dir doch gut stehen. Du bist doch gut zum Herzeigen. Allerdings ist das ja auch nicht das, was einen König ausmacht«, fügte er vorsichtig hinzu.

»Wir sind eine alte Familie«, sagte Jonathan und zog einen Grashalm durch die Zähne, »alt und verdorben. Es taugt nichts mehr. Mein Vater geht noch; aber gehört es sich vielleicht für einen König, dass er wahllos mit Speeren schmeißt, wenn ihm was oder wer nicht passt? Das sind doch keine Umgangsformen. Und mir liegt auch gar nichts dran, König zu werden; das ist schon ein Fehler. Das ist kein Beruf, den man so zwischen elf und eins schnell erledigt. Meine Brüder sind auch zu nichts nütze: Soldaten, berufsmäßige Totschläger, damit allein kann man's auch nicht machen. Melchisna ist noch dazu erstaunlich dumm. Und meine Schwestern – sie kommen ja sowieso nicht in Frage; aber sieh mal, Michal ist nicht das, was man ein gesundes Mädchen nennt, so mager und blässlich. Merob sieht zwar gesund aus, aber ihre Art kann einen krank machen. So sind wir alle. Mich haben sie gewaltsam verheiratet, und du weißt ja selbst, was dabei herausgekommen ist – wenn ich meinen kleinen Jungen anschau, kann mir ganz schlecht werden!«

David nickte bekümmert. Er erinnerte sich, als er zum ersten Mal Jonathan besuchen kam, vor einem Jahr vielleicht. Jonathans Frau machte ihm die Tür auf. Sie kam ihm ganz gelb und schwarz vor, ihre öligen Haare waren glatt an den Kopf gebürstet. Sie hatte eine unerfreuliche Art, an ihrer langen Nase entlang zu schauen. Jonathan saß auf dem Boden und spielte mit dem Kind, er baute ein Schloss aus Klötzen, und das Kind sah ihm teilnahmslos und ergeben zu. Seine kleinen Beine waren mager und bleich und verkümmert, und David fiel ein, dass man in den Küchen erzählte, Jonathans Kind sei lahm geboren. Als er Davids ansichtig wurde, erhob sich Jonathan rasch und verlegen. Er sah sogar finster aus und verstört und machte eine Bewegung, als wolle er David aus dem Zimmer drängen. Dann knöpfte er hastig seinen Rock zu, küsste das Kind und zog David aus dem Zimmer. Im Hinausgehn sah sich David noch einmal um. Das Kind schleppte sich auf seinen kleinen Krü-

cken zu dem Schloss aus Klötzen. Seine Beine hingen an ihm wie tot.
»Kurz«, sagte Jonathan und schlug energisch auf sein Knie, »was ich hier sage, bleibt bestehn, hörst du? Wir wollen versuchen, uns immer zu vertragen, und wenn du hier mal – also, wie gesagt.« Er brach mit einem nervösen Lachen ab, Tränen standen in seinen Augen.
Die jungen Männer gingen eine Weile schweigend in Richtung der Stadt. Plötzlich wandte sich Jonathan seinem Freund zu. Er sah, dass David Mühe hatte, sein Schluchzen zu verbergen.
»Lebwohl«, murmelte David und umarmte und küsste Jonathan. »Verdammich, wenn ich je einen besseren Kerl gekannt hab als dich.« »Du wirst es nicht vergessen, nicht wahr?«, sagte Jonathan, das Gesicht an Davids Schulter. David schüttelte den Kopf und schwieg. Plötzlich riss sich Jonathan los und rannte in langen Sätzen zwischen den Akazien und niedrigen Büschen der Stadt Sauls zu.

König Achis und der Irrsinnige

1. Samuel 21, 11–13: *Aber die Knechte des Achis sprachen zu ihm: Das ist der David, des Landes König, von dem sie sangen im Reigen und sprachen: Saul schlug tausend, David aber zehntausend.*
Und David nahm die Rede zu Herzen und fürchtete sich sehr vor Achis, dem König zu Gath, und verstellte seine Gebärde vor ihnen und tobte unter ihren Händen und stieß sich an die Tür am Tor, und sein Geifer floss ihm in den Bart.

Die beiden Wachsoldaten waren schneller als David und vor allem so leise, dass er sie erst bemerkte, als

es schon zu spät war. Zwei kräftige Arme umschlangen ihn plötzlich von hinten, und in einer Wolke von Knoblauchgeruch kam eine Stimme keuchend über seine Schulter: »Nur ruhig Blut, mein Kleiner. Boas, ich hab ihn, schnell, die Kette!« Der mit Boas Angeredete näherte sich ohne Eile, zog eine Kette aus einer Ledertasche, die er umhängen hatte, und band Davids Hände zusammen. »Meiner Seel«, sagte er dabei, »er ist's, so wahr ich hier steh!«
David hatte vor Überraschung nicht an Gegenwehr gedacht. ›Sie haben mich‹, war das Einzige, was ihm einfiel zu denken, ›das soll doch der Teufel holen, was bin ich für ein Kamel.‹
»Ich bin's nicht, verlass dich drauf«, sagte er zu dem namens Boas.
»Willst du uns für blöd verkaufen, was?«, sagte Boas grinsend. »Los, rühr deine Beinchen!«
Sie gingen die Stadtmauer von Gath entlang, David in missmutigem Grübeln, die Soldaten sich in halblauten Andeutungen ergehend, was der Alte ihnen wohl dafür gäbe. Als sie ins Stadttor von Gath einbogen, versuchte es David nochmal. »Ich bin nicht der, für den ihr mich haltet«, sagte er, »also gebt's auf, lasst den blöden Spaß ein Ende haben.«
»Schätze, dass du's nicht beurteilen kannst, was?«, sagte der, der ihn gefangen hatte. »Also halt schon das Maul, nicht? Du könntest sonst in Unannehmlichkeiten geraten!«
Sie gingen innen an der Brustwehr entlang, stiegen eine Treppe hinauf, noch eine, dann kam ein Gang, dann ein Keller, wieder Treppen. Es begegnete ihnen kaum jemand, aber allmählich erhob sich ein leises Stimmengewirr, anscheinend näherten sie sich einer Menschenansammlung. Die Soldaten zerrten David durch eine schmale Tür, er stieß sich heftig am Tür-

rahmen und taumelte und sah sich urplötzlich in einem riesigen niedrigen Saal, in dem viele Leute an einem langen Tisch saßen und tafelten. Die Soldaten hielten an der Mitte des Tisches an, wo unter einer Art Thronhimmel ein alter Mann mit grauem Bart und listigen Augen saß, breit über den Tisch gelagert, in der einen Hand ein unwahrscheinlich spitzes Messer, dessen Schneide vom langen Gebrauch schon ganz dünn war, und in der anderen ein halbes Huhn. Der Alte nahm das Huhn aus dem Mund, und David erkannte zu Tode erschrocken Achis, den König von Gath, einen Freund und Verbündeten König Sauls. Er hatte ihn einmal bei König Saul gesehn, und schon damals war ihm das dünne Messer aufgefallen und die listigen Augen unter der hohen Stirn.

›Aus‹, dachte David, ›aus. Das ist das Ende. O Michal, o Jonathan, o Gott!‹

»Nanu!«, sagte König Achis ungehalten. »Wo habt ihr Kerls denn Anstand gelernt?«

Die Sicherheit der Soldaten schwand in der Gegenwart des Königs. Nach längerem Zögern, das David eine Ewigkeit deuchte, brachte der, der ihn gefangen hatte, stotternd hervor: »Herr, wir haben ihn!«

»Ach was!«, sagte König Achis höhnisch. »Und ist das ein hinreichender Grund, hier während des Essens hereinzustolpern? Ihr erledigt solche Kleinigkeiten doch sonst auch ohne mich!« Während er sprach, sah er David an mit seinen listigen Augen, und David wurde klar, dass der König ihn längst erkannt hatte und nur Zeit gewinnen wollte, um seine Entscheidung über den Fall David zu formulieren.

»Herr«, rief Boas aufgeregt, »es ist König Sauls Waffenträger, David, Isais Sohn, von dem sie sangen, Saul hat tausend geschlagen, David aber zehntausend. Du erinnerst dich, er schlug den Philister Goliath!«

›Herrgott‹, dachte David wütend, ›ich Idiot!‹ Er wusste selber nicht, was ihm plötzlich einfiel. Er riss sich los, hielt seine gefesselten Hände überm Kopf hoch, wobei er die Ketten rasseln ließ, machte einige Tanzschritte und rief mit hoher Stimme: »Also hat sie vor ihrem Herrn getanzt, und ach, es waren der Vögel zuviel – sie fand keine Gnade!« Er blieb mit auswärts verdrehten Füßen stehn, wie die Tänzerinnen tun. »O Herr«, fuhr er fort und schüttelte sich wie ein nasser Hund, »errette mich vor der bösen Pestilenz und den Steuern ewiglich. Ach, es waren viele Propheten; sie verdunkelten die Sonne wie Sand am Meer!« Er lachte albern und sang mit scheußlich krähender Stimme: »An diesem schönen Sommertag, heia heia Sommertag, da raubt er ihre Eeeehre!«
An der Tafel verstummten die Gespräche. Die Soldaten schauten David offenen Maules an. Er war ihnen unheimlich, sie wagten nicht, ihn anzufassen.
»Meiner Seel!«, sagte König Achis und erhob sich verblüfft. »Bist du der?«, fragte David in geheimnisvollem Ton und trat näher an den König heran. »Bist du der, der die Schulden macht, die die andern bezahlen? Trägst du nächtens blaue Lügengewebe und glaubst, dass der Mond aus grünem Käse gemacht ist? Kocht ihr eure Weinsuppen mit Wasser wie überall? Dann sage ich dir«, er hob feierlich die Hände, »bei Nacht sind alle Katzen grau.« Er sah triumphierend ringsum.
»Aber da sitzt er ja, der elende Spötter«, rief er plötzlich kreischend, »und häuft die Knochen seiner Opfer aufeinander! O wart, der Herr trifft dich fürchterlich!« Er wies auf einen Jüngling, der einen Teller mit abgenagten Knochen vor sich stehen hatte. Der Jüngling wurde blass, er murmelte: »Ich glaube, mir wird übel«, und verließ fluchtartig den Saal, wobei er eine

Hand vor den Mund hielt. Es war ganz still, sodass man die Tausende von Fliegen hörte, die unter der Decke summten. ›Ein Spion Sauls‹, dachte Achis, ›na egal, ein begabter junger Mann. Wäre schade. Man kann nie wissen, wozu man so einen noch brauchen kann.‹

»Genug!«, sagte er plötzlich energisch. »Führt diesen wieder dahin, wo ihr ihn getroffen habt und lasst ihn laufen. Habe ich nicht genug Irrsinnige in der Stadt, dass ich auch noch welche von auswärts brauche, damit sie hier rumtoben bei mir? Es ist wohl klar, dass das niemals der Mann sein kann, der Goliath erschlagen hat. Dazu braucht man seine Sinne. Ihr seid zwei traurige Trottel mit schlechten Manieren, wie schon bemerkt. Josua, begleite den Mann vors Tor. Raus, aber schnell!« Er setzte sich und ergriff wieder sein halbes Huhn.

Der Mann Josua erhob sich ungern vom Gastmahl. Er hatte starke Nerven, ihm konnte nichts den Appetit verderben, und er trieb David und die Soldaten zu einer Art Geschwindmarsch an. Vor dem Tor banden sie ihn los, und dank der Gegenwart des Mannes Josua verlief der Abschied durchaus sachlich, was den Soldaten zu aufrichtigem Gram gereichte. David aber, sehr erleichtert, entfernte sich mit weichen Knien.

Die Felsen der Gemsen

1. Samuel 24, 3–4: *Und Saul nahm dreitausend Mann junger Mannschaft aus ganz Israel und zog hin, David samt seinen Männern zu suchen auf den Felsen der Gemsen. Und da er kam zu den Schafhürden am Wege, war daselbst eine Höhle, und*

Saul ging hinein, seine Füße zu decken. David aber und seine Männer saßen hinten in der Höhle.

David und seine sechshundert Mann kletterten mühsam über das Gebirge, auf der Flucht vor Saul. Saul hatte ihm keine Ruhe mehr gelassen, hatte ihn in Mizpe in Moab aufgestöbert durch seine Späher, hatte ihn in Kegila belagert, wo David sich eben von seinem Sieg über die Philister auszuruhen gedachte, hatte ihn von der Wüste Siph, wo David sich mit Jonathan heimlich und voller Hast getroffen hatte, in die Wüste Maon gejagt und dort umzingelt, was mit seinem Heer von dreitausend Mann junger, ausgeruhter Mannschaft wirklich kein Kunststück war. Glücklicherweise hatten die Philister Sauls Abwesenheit benützt und waren in sein Reich eingefallen, und Saul war umgekehrt und hatte erst mal Ordnung gemacht bei sich daheim. David, der keine Stadt hatte, in der er sich hätte verschanzen können, der gegen seinen eigenen Herrn kämpfte, David verkroch sich wohl oder übel in der Zwischenzeit in den Bergen von Engedi, damit sich sein Heer wieder mal erholte. Der kalte Regen troff in Strömen, die wollenen Mäntel der Männer waren schwer und rau, und sie keuchten bei dem schnellen Aufstieg auf steinigen Pfaden und über Geröllhalden. Der Hirt, der sie führte, blieb von Zeit zu Zeit stehen, er war diese Wege gewohnt, er ging schneller als die schwer beladenen Soldaten, er schaute auf das farblose Heer, das langsam und gleichmäßig den Berg hinaufkroch. Manchmal fiel einer hin, fluchte unterdrückt, trat aus der Reihe und untersuchte umständlich und verbissen seine aufgeschlagenen Knie und Hände, schob sich irgendwo wieder in die Reihe und stieg weiter. Ab und zu lud einer sein Gepäck auf eine andere Schulter oder blieb stehen, um sich die Sandalen neu zu binden. Die Feldwebel strauchelten die Reihen entlang und trieben die Leute mit unterdrückter Stimme an.

»Herrgottnochmal«, sagte ein Soldat, der hinter David ging, »wie lang das noch dauert. Hätte gute Lust, den ganzen Rotz hinzuschmeißen: Da, sieh zu, was du damit machst, – und mich zu verdrücken!«

»Halbe Stunde noch«, sagte David über die Schulter.

Der Soldat seufzte, er war nicht überzeugt.

Als es dämmerte, kamen sie an einigen Schafhürden vorbei und standen unvermutet vor einer schmalen Felsspalte, die das Tor zu einer geräumigen Höhle bildete.

»Absolut sicher«, sagte der Hirt. »Sie ist hufeisenförmig; es hätten nochmal vierhundert Leute drin bequem Platz.« Er trat beiseite, um die Leute hereinzulassen.

»Kein Feuer«, sagte David, »und kein Krach, wenn's geht.« Er grinste den Soldaten ermunternd zu. Die meisten reagierten nicht darauf, einige lächelten höflich und matt. David ging als Letzter in die Höhle, sie roch bereits unverkennbar nach nassen Menschen. Es war stockfinster, er fiel über die Beine eines Soldaten und setzte sich neben ihn. Da lag sie nun, seine arme Meute, nass und hungrig und unbequem auf dem harten Boden, alles Leute, die wegen Schulden, Raufereien oder ähnlicher Sachen auf der Flucht waren. Desertierte Soldaten aus allen Heeren, die morgen vielleicht auch hier wieder weglaufen würden, Wegelagerer, die sich hier gesund machen wollten; berufsmäßige Plünderer, die sich bei jedem Heer herumtreiben. ›Es wird mich wundern‹, dachte David, ›wie ich sie auszahlen soll. Bis jetzt hab ich noch keinen roten Heller erbeutet. Na ja, sie werden sich's schon nehmen, irgendwo!‹ Halblautes Gemurmel er-

füllte die Höhle. Der Soldat neben David zog die Beine an und fragte leise: »Hast du eine Wache draußen?« – »Nein«, sagte David, »das hab ich tatsächlich vergessen! Eliab!«
»Lass«, sagte der Soldat und kroch hinaus, »das kann ich gut machen. Ich mach so was gern.«
›Komischer Kauz‹, dachte David, ›kein vernünftiger Mensch würde das gern tun!‹ Er dachte bei sich, dass er noch eine Menge lernen müsste, bis er ein alter Mann wäre, und dass er schon eine Menge gelernt hatte. Er hatte gelernt, dass nicht der siegen muss, der das bessere Heer hat und die tüchtigeren Soldaten, sondern eher der, der den Zufall auszunützen versteht und seine Chancen zeitig genug erkennt. Er hatte gelernt, dass die Leute nicht aus Liebe zu ihrem König ins Feld ziehen, oder aus Liebe zu ihrem Land, sondern entweder weil sie dazu gepresst werden, oder weil sie sich langweilen, oder weil sie Geld brauchen, oder weil sie sich einbilden, auf diese Weise könnten sie etwas erleben, etwas Abenteuerliches, wovon sie später in den Kneipen erzählen könnten. Und er hatte gelernt, dass sich ein siegreiches Heer nicht weiter groß von einem geschlagenen unterscheidet; die Soldaten des Siegers sind genauso schmierig, so müde, so hungrig wie die Soldaten des Besiegten. Die einen wie die andern kehren in ihre Städte und Dörfer zurück, wo sie arbeiten und Steuern zahlen müssen, und die Krüppel sitzen vor den Toren des Schlosses und sehen die Wagen voll Kriegsbeute aus- und einfahren, die der König mit seinen Offizieren und Räten teilt.
Er erwachte aus seinem Halbschlaf, als ihn der Soldat von vorhin an der Schulter rüttelte und aufgeregt flüsterte: »König Saul und seine Truppen! Sie kommen hier vorbei!« In diesem Moment hörte er die

Stimme König Sauls ganz nah bei sich: »Na, wenigstens kein Regen. Hat einer Feuer?«
›Lieber Gott‹, dachte David bei sich, ›bitte mach, dass keiner Feuer hat, bitte mach, dass keiner Feuer hat, bitte mach, dass keiner …‹ Jetzt hörte er eine andere Stimme, die des Feldherrn Abner: »Möchtest du nicht weitergehn, König Saul, damit die Mannschaften in die Höhle können! Ich erinnere mich von früher, sie ist riesig groß!«
»Die Mannschaft«, rief König Saul nervös, »wozu das denn? Ist vielleicht draußen nicht genug Platz für sie! Nein, mein Lieber, hier im Dunkeln herumtasten, das mach ich nicht. Ich steh hier ganz gut. Hat nicht einer Feuer?« »Nein, woher sollen sie Feuer haben?«, erwiderte Abner unfreundlich. »Ist ja alles nass. Lass sie hereinkommen, dann …«
»Schluss«, rief König Saul zornig.
Eine Weile herrschte nur das leise Geräusch des Regens und das unterdrückte Reden der Soldaten Sauls. ›Das sieht ihm ähnlich, seine Soldaten draußen im Regen zu lassen‹, dachte David, ›ein Glück, dass er so unmanierlich ist. Noch ein Schritt, er wäre über mich gefallen.‹ Er schob sich etwas weiter nach rechts zu dem Soldaten hin. Der Soldat presste seinen Mund auf Davids Ohr, er flüsterte: »Tolle Chance, Mensch, Saul ist in deiner Hand, los, hau ihn um!« Einen Moment lang dachte David darüber nach. Dann schüttelte er vorsichtig den Kopf. Links von ihm hatte sich König Saul auf den Boden gesetzt. David hörte ihn murmeln: »Wie kalt das ist und wie dunkel. Kalt und dunkel und keiner, der lacht oder singt … sag ihnen, sie sollen singen … nein, lass, lieber nicht …« Er erhob sich schwerfällig. »Gut, gehen wir weiter!«
»Jetzt in der Nacht?«, fragte Abner in unwilligem Erstaunen. »Hast du nicht gehört!«, rief König Saul,

schon wieder erbost. Er drängte ihn aus der Höhle. David war aufgestanden und »König Saul!«, sagte er laut. »Bist du das, David?«, fragte der andere in die Dunkelheit. Er schien nicht überrascht.
»Wann willst du's endlich aufgeben, König Saul, mich zu plagen?«, sagte David. »Schau, ich hab dich in der Hand gehabt, eben, ich hätte dich still erwürgen können, so wie ich dir ein Fetzchen vom Rock geschnitten hab, ohne dass du's gemerkt hast. Aber ich bin nicht zum Richter gesetzt über deine Taten, die mir nicht sehr einwandfrei erscheinen. Du musst's ausbaden, nicht ich. Ich hab dir nichts getan, nicht wahr?«
»Du hast recht«, sagte König Saul. »Ich hab unrecht. Je nun, das ist jetzt zu spät, ich hab diese Partie verloren, wie alle andern. Du wirst mein Reich doch noch erben. Ich rechne mit deiner bewährten Großmut. Zahl's meiner Familie nicht heim, wenn du es über dich bringst.« Das war höhnisch gemeint, aber es klang sehr kläglich, als weinte er.
»Schon recht«, sagte David gelassen, »ich schätze, du wirst jetzt gehen wollen?«
Saul antwortete nicht mehr. David lauschte noch eine Weile auf das Kollern der Steine und das Klirren von Waffen und Geschirr, das den schweigenden Rückzug König Sauls und seiner dreitausend anzeigte und das vom Geräusch des fallenden Regens schnell verschluckt wurde.

König Sauls Speer und Wasserbecher

1. Samuel 26, 5–6: *Und David machte sich auf und kam an den Ort, da Saul sein Lager hielt, und sah die Stätte, da Saul lag mit seinem Feldhauptmann Abner, dem Sohn Ners. (Denn Saul lag in der Wagenburg und das Heervolk um ihn her.)*

Da antwortete David und sprach zu Ahimelech, dem Hethiter, und zu Abisai, dem Sohn der Zeruja, dem Bruder Joabs: Wer will mit mir hinab zu Saul ins Lager? Abisai sprach: Ich will mit dir hinab.

»Sonderbar«, sagte David und betrachtete Sauls Lager und Wagenburg, die auf der andern Seite der Schlucht lagen, »sehr sonderbar. Ob sie alle fortgegangen sind? Diese Stille ist ja unnatürlich, was meinst du, Abisai?«
»Werden schlafen«, sagte Abisai, »komm, wir gehn bisschen näher ran.«
»Aber ohne mich!«, sagte Ahimelech, »ich häng ab; geht ihr allein und lasst euch drankriegen, ich fall nicht auf so was rein. Ich wart hier auf euch.«
David und Abisai kletterten langsam die Schlucht hinauf. Es war so still, dass sie sich nicht mal die Mühe nahmen, sich hinter dem Buschwerk zu verbergen. Die Nacht war hell. Ungehindert drangen sie in die Wagenburg ein, sie stiegen unbefangen über die Schlafenden, die herumlagen. In Sauls Zelt lag der König und schlief und vor seinem Lager auf dem Boden sein Feldherr Abner.
Abisai schlug sich mit der Hand vor die Stirn und schüttelte den Kopf, und David zuckte die Achseln. Es war so still, dass man die Grillen unerträglich laut und deutlich hörte aus den umliegenden Wiesen. David betrachtete König Saul; er war dick geworden, seine weißen fetten Hände lagen auf seinem fetten Bauch, er schnarchte etwas. Zu seinen Häupten steckte sein Spieß im Boden. David zog ihn vorsichtig heraus. »Nagel ihn an den Boden, diesen dicken Frosch!«, flüsterte Abisai. In diesem Moment bewegte sich Saul, seine gewölbten Lider zuckten. Es sah aus, als wolle er die Augen öffnen. David ergriff Abisai am Arm und zog ihn hinaus. Abisais Blick fiel im Hinaus-

gehn auf Sauls silbernen Trinkbecher, und da er sah, dass David den Spieß immer noch in der Hand hatte, nahm er seinerseits den Becher mit.
Schweigend trafen sie wieder auf Ahimelech, durchquerten die Schlucht und stiegen zu ihrem Lager hinauf. David war so in Gedanken, dass er sich erst jetzt wieder dran erinnerte, dass der Spieß in seiner Hand ja gar nicht ihm gehörte. Er drehte sich um und schrie laut zu Sauls Wagenburg hinüber: »He! Abner!«
»Bist du verrückt!«, rief Abisai und versuchte, ihm den Mund zuzuhalten. Aber David schüttelte ihn ab. »He! Abner!«, rief er noch mal. »Abner! Hörst du nicht, bist du taub?«
In Sauls Lager wachten sie auf; man hörte Sprechen und Fragen, dann trat Abner aus der Wagenburg heraus an den Rand der Schlucht und rief: »Bist du von Sinnen, dass du hier herumschreist, wenn König Saul schläft?«
»Gut geschlafen, Abner?«, rief David zurück. »Kannst du sehn? Ich war eben bei euch und hab mir ein Andenken mitgenommen. So passt ihr auf. Ein Skandal. Frag mal Saul, was ihm fehlt.«
Saul erschien ebenfalls am Rand der Schlucht. »Bist du das wieder, David?«, fragte er.
»Bist du das wieder, Saul?«, fragte David zurück. »Kannst du's noch nicht lassen? Schick einen von deinen Jammerlappen herüber, dass er deinen berühmten Speer und den Wasserbecher holt. O Saul, du schaffst dir alle Höllenstrafen auf den Hals.«
»Komm wieder, David«, sagte Saul kurzatmig und sanft, »komm wieder, es soll sein wie früher.« – David lachte.
»Leb wohl, König Saul«, sagte er, »ich war heut zum letzten Mal dein Waffenträger. Ich brauch jetzt selber einen!«

»Hör mal, David«, rief Saul, »Michal hat nun lang genug auf dich gewartet. Ich werde sie mit Phalti verheiraten. Du weißt, der Sohn Lais von Gallim. Dieser Tage, dachte ich.« Er wartete ein Weilchen, dann fragte er: »Soll ich also Michal sagen, du kommst?«
David drehte sich wortlos um und ging in sein Zelt. Eine halbe Stunde später erschien ein junger Mann mit der weißen Fahne, der sich bemühte, seine Angst hinter finsterem Aussehen zu verbergen, und Abisai händigte ihm seufzend den Wasserbecher und den Speer König Sauls aus.

Ahinoam und Abigail

1. Samuel 27, 4–6: *Und da Saul angesagt ward, dass David gen Gath geflohen wäre, suchte er ihn nicht mehr.*
Und David sprach zu Achis: Habe ich Gnade vor deinen Augen gefunden, so lass mir geben einen Raum in der Städte einer auf dem Lande, dass ich darin wohne; was soll dein Knecht in der königlichen Stadt bei dir wohnen?
Da gab ihm Achis des Tages Ziklag. Daher gehört Ziklag den Königen Judas bis auf diesen Tag.

David hatte eingesehen, dass er nie Ruhe vor Saul haben würde, solange er in Israel blieb. Also zog er mit seinem sechshundert Mann starken Heer ins Land der Philister, zu König Achis, nach Gath. König Achis wies ihm und seinem Heer bereitwillig die Stadt Ziklag zu, denn er gedachte sich David seiner Lebtag als Knecht zu halten, weil dieser ja keine Möglichkeit hatte, in sein Vaterland zurückzukehren, solange Saul lebte. Saul hingegen hütete sich, David im Land der Philister zu suchen, mit denen er sowieso die meiste Zeit im Streit lebte.
David erwachte gegen Morgen mit dem gleichen un-

behaglichen Gefühl, mit dem er sich abends auf dem flachen Dach seines Hauses schlafen gelegt hatte und das ihn so oft befiel, seit dem Tag, da ihm König Saul über die Schlucht hinübergerufen hatte, dass er Michal verheiraten wollte. David hatte Michal schon so lange nicht gesehen und bewahrte als einzige sichtbare Erinnerung an sie die blaue Glasperlenkette, die sie immer getragen und ihm damals, ach wie lange schon her, mitgegeben hatte bei seiner unrühmlichen Flucht im Korb. Es wurde David allmählich immer schwerer, sich Michal vorzustellen, dieses sanfte, schüchterne Wesen, die nichts besaß von der Arroganz, die ein hervorstechender Charakterzug aller aus der Familie Sauls war. Aber sie war seine erste Liebe gewesen, und wenn David auch langsam vergaß, wie Michal aussah, so vergaß er doch nicht die Tage und Nächte mit ihr, und aus diesem Grunde hatte ihn König Sauls Rede auch gekränkt. Wer war dieser Phalti, Lais Sohn, dass er Michal haben sollte, die ihm gehörte, ihm, David, die ihn liebte, dessen war er sicher, und die gewiss nie freiwillig mit diesem Kerl ginge, den ihr ihr tyrannischer Vater verpasste.
›Wer weiß‹, dachte David erbittert, ›was Saul von dem Kerl kriegt. Ich hätte eben nicht… aber wie hätte ich denn dableiben können, es ging doch nicht… vielleicht hätte ich Michal manchmal besuchen sollen; aber wie sollte man durch das dichte Netz von Spionen, Wächtern und Agenten kommen, die Saul überallhin verteilt hatte… und Michal war keins von diesen Mädchen, die einfach nachts ein Maultier besteigt und losreitet zu dem, den sie liebt, und bei ihm bleibt.‹ Er stellte sich vor, wenn Michal eins von diesen Mädchen wäre… Aus dem Stadtgraben drang der laute Wechselgesang der Frösche. Wenn David die Hand ausstreckte nach rechts, würde er Ahinoams Schulter

da finden, die neben ihm lag und schlief. David hatte sie von einem seiner Feldzüge mit heimgebracht, ein großes, etwas schwerfälliges Geschöpf von dunkler Hautfarbe, das einen unverständlichen Dialekt redete und deshalb das Sprechen überhaupt bald aufgab. Wenn er im Feld war, pflegte sie ihre Tage hier auf dem Dach zu verbringen, die Arme auf dem kleinen Mäuerchen, um unablässig in die Richtung über die Ebene zu schauen, in der sie David mit seinem Heer wusste. Sie war so unauffällig wie ein Möbelstück.
Aber David wollte nicht die Hand ausstrecken. Er wollte an Michal denken.
Wäre sie damals mit ihm gegangen, dachte er, dann läge jetzt nicht Ahinoam neben ihm, und dann hätte er Abigail nicht geheiratet, die vor einigen Tagen auf ihr Landgut gefahren war, das sie von ihrem Mann Nabal geerbt hatte. Dieser Nabal war Davids Schafscherern unfreundlich begegnet, als sie bei ihm um Nachtlager baten, und als David sich bei Nacht auf den Weg gemacht hatte, um Nabal einen Denkzettel zu verabfolgen, war ihm Abigail begegnet, die ihn um Gnade für ihren Mann bat. Sie hatte eine Menge Sachen mitgebracht für ihn, zweihundert Brote, zwei Fässer Wein, fünf gekochte Schafe, fünf Scheffel Mehl, Rosinen und Feigen, und David zog mit all diesem Reichtum wieder in seine Stadt. Einige Tage drauf veranstaltete Nabal ein Festessen, und so gegen Morgen erzählte ihm Abigail, wie sie sich mit David geeinigt hatte. Ob Nabal zu viel getrunken hatte und sich diese Erzählung mit seinem Rausch nicht vertrug oder ob er schon vorher zu Schlaganfällen neigte – kurz, er wurde kalt und leblos wie ein Stein, konnte sich nicht mehr rühren und kein Wort mehr sprechen. Man trug ihn auf sein Bett, und nach zehn Tagen starb er.

Der Morgen graute, durch die Straßen trabten einige Maultiere. Sie hielten vorm Haus. David hörte Abigails rasche, energische Schritte. ›Das wäre so eins von den Mädchen‹, dachte er, ›die nachts ein Maultier besteigen.‹ Sie kam auf die Terrasse, atemlos und bis zum Bersten gefüllt mit all ihren Reiseerlebnissen, und ließ sich auf dem Mäuerchen nieder.
»Also, wie ich mir dachte, David«, begann sie, »der Verwalter ist ein Schuft. Und wer, glaubt ihr, ist mir unterwegs begegnet? Aber davon später. Also, wie ich ritt von hier…«

Die Schlacht von Gilhoa

2. Samuel 1, 11–12: *Da fasste David seine Kleider und zerriss sie, und alle Männer, die bei ihm waren, und trugen Leid und weinten und fasteten bis an den Abend über Saul und Jonathan, seinen Sohn, und über das Volk des Herrn und über das Haus Israel, dass sie durchs Schwert gefallen waren.*

»Es war eine Pleite von Anfang an«, sagte der Mann im blauen Kittel, der auf dem Boden vor Davids Bett hockte, »und Saul wusste das genau. Aber er war damals schon zu verrückt, und so verfiel er auf alle möglichen Ideen, nur nicht auf die einzig richtige, sich aufzuraffen, einen ordentlichen Kriegsrat abzuhalten und bisschen auf die Ratschläge erfahrener Leute zu hören. Es war vorauszusehen, dass die Philister dieses Frühjahr wieder einfallen würden, und jeder halbwegs vernünftige Mensch hätte seine Vorkehrungen getroffen. Aber Saul wartete auf ein Zeichen vom Himmel. Die Philister fielen richtig ein, das Zeichen vom Himmel kam nicht, aber Saul kam auf die verrückteste Idee: Er ging zu einer Wahrsagerin und ließ sich seine Zukunft voraussagen!« »Ich meine«, sagte der Mann und wandte sich zu David, »wenn junge Mädchen, alberne Gänse so was machen, weil sie erfahren wollen, was für einen Mann sie kriegen – na schön. Aber ein erwachsener Mann sollte weiß Gott auf bessere Ideen kommen – wenn er schon nicht auf andrer Leute Ratschläge hören will. Mit Müh und Not machte ich also so eine Frau ausfindig. Es war nicht ganz einfach, denn Saul hatte doch all diese Sachen, Wahrsagerei, Sterndeuten, Handlesen in seinem Reich bei Todesstrafe verboten. Saul verkleidete sich, und wir gingen dahin. Es war eine schmierige Bude, voll mit Gerümpel, in der Mitte ein Feuer, auf dem ein Topf kochte. Die Frau war sehr misstrauisch, sie fragte Saul, wen er sehen wollte, und als er Samuel verlangte, schrie sie los, dass er sie ins Unglück bringen wollte, er wäre Saul und kein anderer. Na, wir beruhigten sie mit Geld und guten Worten, sie warf irgendein Kraut ins Wasser und machte mächtig viel Geflüster und Gemurmel, es war eine Menge Dampf und Rauch in der Bude. Ich muss gestehn«, sagte der Mann, »wir lagen alle platt am Boden, es war so unheimlich. Plötzlich sagte die Frau: ›Ich sehe Götter heraufsteigen aus der Erde, da ist einer in einem Priesterrock, ein alter Mann, das ist Samuel.‹ Ich wagte nicht hinzuschauen, mir grauste es, ich hörte nur die Stimme eines alten Mannes, der sich beschwerte, dass man ihn nicht in Frieden ließe. Saul bat ihn zitternd um Rat, Gott wäre von ihm gewichen, er wusste nicht, was er tun sollte. ›Du fragst mich noch‹«, rief der Alte, ›wenn du selber siehst, dass Gott dein Feind geworden ist? Morgen wirst du mit deinen Söhnen bei mir sein, und David wird dein Reich erben.‹ Plötzlich war der Zauber weg, wir standen auf und versuchten Saul aufzurichten, der

schlapp war wie ein alter Lappen; er hatte seit Tagen nichts mehr gegessen. Die Frau stopfte mit vieler Überredung wenigstens etwas Brot und Fleisch in ihn hinein, und dann gingen wir hinaus in die Nacht.«
»Es war eine scheußliche Schlacht am andern Morgen«, fuhr der Mann nach einer Weile fort, »kein Mensch wusste, was los war. Saul weigerte sich, noch irgendwelche Befehle zu erteilen, es war ein heilloses Durcheinander. Jeder wehrte sich seiner Haut, so gut er konnte, und die Erschlagenen lagen haufenweis im Gebirge Gilboa. Die Philister verfolgten Saul und seine Söhne; er war schwer verwundet von Pfeilschüssen…« »Jonathan«, murmelte David. Er biss sich stöhnend auf die Fingerknöchel. »Jonathan.« »Er hat nicht viel mitmachen müssen«, sagte der Mann rasch, »er war sofort tot. Saul hingegen hielt noch seinen Waffenträger an, ihn zu erstechen, er wollte nicht lebend in die Hände der Philister fallen. Aber der Waffenträger weigerte sich, er hatte Angst, so stürzte sich Saul in sein Schwert, und der Waffenträger tat es ihm nach und starb mit ihm.
Am anderen Tag kamen diese Hunde von Philistern und schlugen Saul und seinen Söhnen die Köpfe ab und hingen die Leichname an die Mauern von Bethsan. Wir erfuhren das und kamen in der Nacht und holten sie nach Jabes.«
»Der Mann von vorhin«, sagte David mühsam mit gepresster Stimme, »der Amalekiter, der mir Sauls Krone brachte und den meine Jünglinge totprügelten dafür, dass er sich rühmte, Hand an Saul gelegt zu haben, der Mann hat anders erzählt als du. Er sagte, Saul hätte ihn gebeten, ihn zu töten, weil er nicht in Gefangenschaft geraten wollte.«
Der andere zuckte die Achseln. »Glaubst du wirklich, König David, dass Saul einen Amalekiter auch nur

um einen Schluck Wasser gebeten hätte, geschweige denn um einen solchen Dienst?« David antwortete nicht. Er starrte vor sich hin, die Tränen liefen ihm über sein abgemagertes Gesicht und tropften auf seine nackte Brust, seine Kleider waren zerrissen und zerknüllt. »Wie sind die Helden gefallen«, murmelte er, »und die Streitbaren umgekommen! Die Edelsten in Israel sind auf deiner Höhe erschlagen! Sagt's nicht an zu Gath, verkündet's nicht auf den Gassen zu Askalon, dass sich nicht freuen und frohlocken die Töchter der Philister, die Töchter der Heiden! Ihr Berge zu Gilboa, es müsse weder tauen noch regnen auf euch. Denn daselbst ist den Helden ihr Schild abgeschlagen, der Schild Sauls, als wäre er nicht gesalbt mit Öl. Der Bogen Jonathans hat nie gefehlt, und das Schwert Sauls ist nie leer wiedergekommen vom Blut der Erschlagenen! Saul und Jonathan, holdselig und lieblich in ihrem Leben, sind auch im Tode nicht geschieden, sie waren schneller als die Adler und stärker als die Löwen. Ihr Töchter Israels, weint über Saul, der euch in Scharlach kleidete und euch schmückte mit goldenen Kleinodien an euren Kleidern. Wie sind die Helden gefallen! Jonathan ist auf deinen Höhen erschlagen. Es ist mir leid um dich, mein Bruder Jonathan; ich habe große Freude an dir gehabt; deine Liebe ist mir sonderlicher gewesen als Frauenliebe ist. Wie sind die Helden so gefallen im Streit!« Davids Tränen waren versiegt. Er schaute auf den Mann im blauen Kittel, der auf dem Boden saß, den Kopf auf den Knien, von Schluchzen geschüttelt. David erhob sich langsam, aber entschlossen, ging zu dem Becken in der Ecke, kühlte sein weinendes Gesicht und seine heißen Hände und kleidete sich um. Am andern Morgen zog er mit seinen Männern nach Hebron im Gebirge Juda.

König David

2. Samuel 5, 3–5: Und es kamen alle Ältesten in Israel zum König gen Hebron. Und der König David machte mit ihnen einen Bund zu Hebron vor dem Herrn, und sie salbten David zum König über Israel. Dreißig Jahre war David alt, da er König ward, und regierte vierzig Jahre.
Zu Hebron regierte er sieben Jahre und sechs Monate über Juda; aber zu Jerusalem regierte er dreiunddreißig Jahre über ganz Israel und Juda.

König David lief auf seiner Dachterrasse auf und ab. »Herrgott, ist das grässlich schwer!«, sagte er verzweifelt zu sich selbst. »Lieber Gott, ist das grässlich!« Er blieb einen Moment stehen und sah über seine Stadt, die Burg Zion, Davids Stadt genannt, seit er sie erobert hatte im Krieg gegen die Jebusiter, seine Stadt, über die die Nacht hereinbrach. Er liebte es, auf Dachgärten und Terrassen spazieren zu gehn, vielleicht weil er seine Kindheit in der engen dunklen Hütte seines Vaters Isai zugebracht hatte, ganz zu ebener Erde, und immer davon geträumt hatte, einmal ganz von hoch oben herunter auf die Stadt schauen zu können. Das konnte er jetzt und er schaute auch herunter, aber er sah sie nicht. Er musste an das vergangene halbe Jahr denken und setzte sich seufzend wieder in Bewegung.
›Warum ist das so‹, dachte David, ›warum ist es schwerer, gut zu sein als schlecht, selbst wenn man so dringend gut sein will? Warum muss man Unrecht begehen, um Recht zu tun? Warum musste ich, der ich mich bemühe, schon immer irgendwie bemüht habe, ein einigermaßen anständiger Mensch zu sein, warum muss ich zwei Menschen töten lassen, zwei Menschen, die mir Gutes getan haben? Der eine brachte mir Sauls Krone. Er hatte Saul erschlagen, er machte mich zum König. Aber wie konnte einer un-

gestraft bleiben, der die Hand an den Gesalbten des Herrn gelegt hatte? Also ließ ich ihn durch meine Jünglinge totprügeln und wurde König an Sauls statt, aber schön war das nicht. Dann kam die Erhebung von Abner, Sauls Feldherrn, der merkwürdigerweise übrig geblieben war in jener großen Schlacht, die Saul und allen Seinen das Leben kostete. Abner setzte Sauls letzten Sohn, Isboseth, als König ein über Israel, und ich war König über Juda, und es waren ewig Grenzstreitigkeiten und Krawalle und Überfälle. Bis eines Tages zwei meiner Hauptleute auf die scheußlichste aller Ideen kamen: Sie gingen zu Isboseths Haus um die Mittagszeit, an einem sehr heißen Tag; und der König Isboseth lag auf seinem Bett und schlief. Es ist merkwürdig; aber in Sauls Familie herrschte immer eine gewisse Unordnung: nie Schlösser an den Türen, wenn überhaupt Türen da waren, und nie auch nur ein Wächter am Tor. So kamen sie ungehindert bis in Isboseths Schlafzimmer; und sie erstachen diesen gerechten und harmlosen Mann, der weiter nichts war als ein Spielzeug Abners und sich dabei nie wohlfühlte; erwürgten ihn ohne Federlesens und brachten mir stolz seinen Kopf, den sie ihm zu allem Überfluss auch noch abgeschlagen hatten.‹

David erinnerte sich an jenen Tag, als die beiden wiedergekommen waren. Sie standen freudestrahlend vor ihm und holten aus einem ledernen Sack den Kopf Isboseths wie eine kostbare Überraschung. David sah den schwarzbläulich angelaufenen Kopf in ihren braunen schmutzigen Händen; das Blut lief drüberhin und tropfte auf die roten Ziegel des Bodens; und er sah auf die beiden, die dastanden und belohnt sein wollten, weil sie ihn zum König gemacht hatten über ganz Juda und Israel. Und er dachte daran, wie das stolze Lächeln auf ihren Gesichtern erloschen war, als er sagte: ›Ich ließ den hinrichten, der mir Sauls Tod verkündete und meinte, er sei ein guter Bote. Ihr habt ohne Not einen gerechten Mann auf seinem Lager erwürgt. Lieber wollte ich bis an mein Lebensende meines Vaters Herden hüten, als eine Krone tragen müssen, an der Blut klebt; lieber wollte ich der Letzte unter dem Volk sein, wenn ich damit diese beiden Verbrechen ungeschehen machen könnte.‹ Und von seinen Jünglingen, die damals den Amalekiter totgeprügelt hatten, ließ er die beiden Hauptleute am Teich zu Hebron aufhängen. Oh, es war so mühsam gewesen, das zu sagen. Und er hatte die Krone doch genommen. Das alles war nicht schön. ›Gewiss‹, dachte David und sah über die Lichter seiner Stadt auf die umliegenden Berge und Schluchten, ›gewiss, im Krieg fallen auch Menschen, kommen elend um, gehen schrecklich zugrunde, aber Gott hilft denen, deren Sache gerecht ist, sagt man. Ist es überhaupt gerecht, ins Feld zu ziehen? Angenommen, die Philister fallen in mein Land, verwüsten alles – und ich schickte Joab los, oder gehe selbst mit und wir siegen; dann sind wir also gewiss, sie haben uns angegriffen. Also hätte der Angreifer immer Unrecht? Aber hab ich nicht die Syrer und Moabiter geschlagen, die mich nicht angegriffen hatten, die sich nur verteidigten, so wie ich es würde, wenn die Philister kämen, und besiegt – ich, der Angreifer, war Sieger?‹ Wenn er jemanden hätte, mit dem er darüber sprechen könnte. Aber Joab, sein Feldherr und einziger Freund seit Jonathans Tod, verstand ihn nicht; er gab ihm höflich recht in allem, aber damit war David nicht geholfen; und meistens scheiterte die Unterhaltung an Joabs Schweigsamkeit.

Abigail, seine Frau, verstand ihn auch nicht; sie gab ihm auch recht in allem; aber in einer Manier, die David nervös machte, so von oben herab, begütigend, wie man mit kranken Pferden oder Kindern oder Irren spricht. Ahinoam, die andere Frau, verstand ihn überhaupt nicht; bis auf den heutigen Tag hatte sie von Davids Sprache nicht mehr als ›Ja‹ und ›Nein‹ gelernt, welche zwei Silben sie sparsam und immer am falschen Platz verwendete. Die Einzige, mit der er hätte reden können, war Michal. Wäre Michal gewesen. Oh, er hatte sich so auf Michal gefreut, sie wiederzusehen, wenn er erst Jerusalem erobert hätte. Seine Gedanken hatten sich immerzu mit Michal beschäftigt. Während der Kämpfe um Jerusalem hatte er so lange mit der blauen Kette aus Glasperlen gespielt, dass sie zersprungen war; es war unmöglich, sie wieder zusammenzukriegen, und David wäre sicher sehr unglücklich gewesen, wenn er sich nicht gesagt hätte, immer und immer wieder: ›Morgen siehst du Michal selbst, das ist besser als tausend Glasperlenketten.‹
David dachte daran, wie er atemlos die Treppen hinaufgestürzt war in Sauls Palast, wie er durch die Zimmer gerast war, die glücklicherweise oft keine Türen und nie Schlösser hatten und plötzlich in einem runden Turm Michal fand. Sie stand sehr gerade in der Mitte des Raumes, und es ging eine solche Kälte von ihr aus, dass David bestürzt die Arme sinken ließ, die er schon ausgebreitet hatte, um sie zu umarmen, und sich räusperte und sagte: ›O Michal! Da bist du ja!‹
›Ja‹, erwiderte Michal mit einer merkwürdigen Stimme, die klang, als wäre sie selten benützt worden, ›ja, das bin ich. Und das bist du wohl, König David!‹ David betrachtete sie verstört. Sie trug ein blaues Kleid mit einem breiten goldenen Gürtel und auf dem Kopf ein kostbares Gebilde aus Goldfiligran und bunten

Federn und Steinen. Sie stand da, mit hängenden Armen, wie einst. Aber das war nicht mehr das schüchterne, sanfte Mädchen, das ihn geliebt hatte. Das war, das war etwas ganz Entsetzliches, eine unangenehme Geistererscheinung, ein Alptraum. Es war Michal, ohne Zweifel; aber sie war so verwandelt, dass David schon, eh sie anfing zu sprechen, wusste, was sie sagen würde, denn er sah, dass sie ihn hasste.
»Du bist lange nicht da gewesen, König David«, sagte Michal und legte ihre rot gefärbten Handflächen aneinander, als betete sie, »sehr lange.«
»Ich – ich konnte nicht eher kommen«, murmelte David. Er schaute zu Boden, um ihr unangenehmes Lächeln nicht sehen zu müssen. »Ach, du konntest nicht. Ich erinnere mich, dass du mir einmal – aber lassen wir das. Egal. Ich gab dir einst eine blaue Glasperlenkette. Ich hab sie sehr vermisst!« Sie streckte die Hand aus. »Gib sie mir wieder, ja?«
»Ich hab sie nicht mehr«, sagte David gequält und sah auf die rote Handfläche. »In der Schlacht um Zion ist sie kaputtgegangen.« ›Mein Gott‹, dachte er, ›das ist ja grässlich; wie können wir nur derart nutzlose Dinge reden?‹ Aber er war nicht imstande, das Gespräch zu ändern.
»So«, sagte Michal feststellend, »in der Schlacht. Schön. Ich hätte dich sonst gebeten, sie mir …«
»Michal«, sagte David flehend, »ich bitte dich …«
Michal zog die Augenbrauen hoch. »Bitte?«, sagte sie.
›Sie ist ja böse‹, dachte David erschrocken, ›böser als Saul jemals war.‹ Er dachte daran, wie Samuel gesagt hatte: Ich kenne Sauls Tochter.
Er zog den Hals ein. »Nichts«, sagte er.
Eine Weile war nichts zu hören als das Rollen der Wagen auf der Straße, mit denen die Verwundeten in

die Stadt transportiert wurden. Endlich brach David das Schweigen, das ihm unerträglich schien.
»Dieser Phalti – hast du – ich meine, ist es dir gut gegangen? Was für einer war das?«
»Das ist jetzt nicht interessant«, sagte Michal abweisend, »jetzt nicht und später nicht. Es ist überhaupt zu spät, David!«
›Sie hat ja recht‹, dachte David verzweifelt, ›es ist zu spät, und ich bin schuld daran. Ich habe sie dazu gemacht. Ich hätte eher kommen müssen.‹
»Michal«, sagte er so leise, dass sie sich Mühe geben musste, ihn überhaupt zu verstehen, »Michal, ich bin schuld. Verzeih mir, Michal, ich bin ein Idiot.«
»Oh!«, rief Michal übertrieben laut. »Du entschuldigst mich doch? Ich – mir fällt eben ein, ich muss wirklich – lebwohl, David, es war nett, dich wiederzusehen, ich hoffe, du erholst dich gut …«
Die letzten Worte sprach sie schon unter der Tür. Seit dem Tag hatte er sie nicht mehr gesehn, obwohl sie im gleichen Haus wohnten. Aber sie hatten sich nichts zu sagen, wozu hätten sie sich sehen sollen?
David seufzte. ›Ich muss ausschlafen‹, dachte er, ›morgen ist wieder ein anstrengender Tag. Die Lade Gottes aus dem Haus Abinadabs holen.‹ Er stieg zu seinem Schlafgemach herunter, in dem eine einsame Kerze brannte und den Tisch beleuchtete, auf dem Abigail bereits vorsorglich einen neuen leinenen Rock für morgen ausgebreitet hatte.
›Die Lade Gottes‹, dachte David, während er das Licht ausblies, ›was sind alle erwürgten Hauptleute und ärgerlichen Frauenzimmer gegen die Lade Gottes, die unter Teppichen wohnt, die noch nie ein Sterblicher gesehn hat und die ich, David, morgen holen darf?‹

Die Lade Gottes

2. Samuel 6, 1–3: Und David sammelte abermals alle junge Mannschaft in Israel, dreißigtausend, und machte sich auf und ging hin mit allem Volk, das bei ihm war, gen Baal in Juda, dass er die Lade Gottes von da heraufholte, deren Name heißt: Der Name des Herrn Zebaoth wohnt darauf über den Cherubim. Und sie ließen die Lade Gottes führen auf einem neuen Wagen und holten sie aus dem Hause Abinadabs, der auf dem Hügel wohnte. Usa aber und Ahjo, die Söhne Abinadabs, trieben den neuen Wagen.

›Meine Stadt‹, dachte David, als er die lange Hauptstraße betrachtete, während der Zug mit der Bundeslade sich etwas sammelte und auf Joab und sein Fußvolk wartete, ›wie schön sie ist.‹ Die Stadt war wirklich schön. Die breite Straße hier vor ihm war schon allein wert, dass man sie bewunderte. Sie war in ihrer ganzen Länge und Breite mit einem Teppich aus Blumen bedeckt, in kunstvollen Bildern und Ornamenten in allen Farben und Schattierungen, immer andere, schönere; aus den Fenstern hingen Teppiche und seidene Fahnen, und bestickte und bemalte Bänder zogen sich auch über die Straße von einem Dach zum anderen. An allen Fenstern drängten sich Leute. Sie quetschten sich an die Mauern vor den Häusern, bemüht, den kostbaren Blumenteppich nicht zu zerstören, und auf den Dächern saßen die Kinder und jungen Mädchen mit Körben voll Blumen und Kräutern und warteten auf den Festzug mit der Lade Gottes.

Die gespannte Aufregung der Menge teilte sich David mit. Er griff nervös und planlos einige Akkorde auf der Harfe, er wünschte, es möchte anfangen oder, noch besser, es wäre schon vorbei. Es machte ihn stolz und glücklich, hier, vor der Lade Gottes, die auf dem neuen, mit Teppichen bedeckten Wagen ruhte und von weißen Mauleseln gezogen wurde, herzugehn und zu spielen, aber er fürchtete sich auch gleichermaßen davor, vor den vielen Menschen, die ihn anstarren würden – was mochten sie über ihn denken, was würden sie zu Hause von ihm reden oder schon, wenn er eben vorbei war?

In diesem Moment kam Joab mit seinem Fußvolk aus einer Querstraße und enthob ihn der Bemühung, seinen unerquicklichen Gedanken weiter nachzuhängen. Joab überflog mit sachlicher Ruhe den neuen Wagen, die Bundeslade, die Maulesel, die Posaunenbläser, die den Wagen umgaben und seinen Freund König David und sagte unbeeindruckt: »Nett, also fangen wir an!«

›Ein Glück, dass ich meine Harfe hab‹, dachte David unglücklich, ›sonst käm ich gar nicht mehr von der Stelle.‹ Er griff einen lauten rauschenden Akkord und ging mit unfreien Schritten vor der Bundeslade her. Aber mit dem Gehen und Spielen verlor sich seine Unsicherheit etwas, wenn auch nicht ganz; er mochte nicht aufsehen von seiner Harfe, er schaute auf die Ornamente aus Blumen, über die er ging. Die Menge verhielt sich schweigend, sie wusste nicht, was sie aus König Davids ernstem und abweisendem Gesichtsausdruck machen sollte. Plötzlich wurde vom Dach eines Hauses ein Korb mit Blumen über David ausgeschüttet, sie ergossen sich wie ein Regen über ihn, einige blieben auf seinem Kopf und seinen Schultern liegen. David sah nach oben und begegnete dem Blick einer blonden jungen Frau, die etwas atemlos ihren Blumen nachschaute. David lächelte und winkte ihr zu, das schien den Bann zu brechen. Die Menge brach in Geschrei und Jubel aus und warf mit Blumen und Kränzen und drängte sich näher heran, und Mütter hoben ihre Kinder hoch, damit sie besser sehen könnten. David drehte sich um und nickte dem ersten Posaunenbläser zu, und die gewaltigen Töne dieser Instrumente mischten sich unter den Jubel des Volkes. Das war so aufregend, dieser fortwirkende Regen von Blumen, die Musik, das lautlose Gehen auf dem Blumenteppich, die Luft, die vor sommerlicher Hitze und tausend bunten Bändern und Tüchern flirrte und das Jauchzen und Schreien der Menge. ›Mein Gott‹, dachte David, ›wenn ich doch auch schreien dürfte!‹ Er atmete schwer, seine Zähne schlugen leicht aufeinander, er fing an zu schwitzen. Er wusste sich nachher nicht mehr zu erinnern, wie es gekommen war, dass er angefangen hatte zu tanzen. Aber es war die einzige Möglichkeit, wie er diese beklemmende Aufregung loswerden konnte, und je länger er tanzte, umso freier und leichter und angenehmer wurde ihm zumut. Es ergriff ihn eine Art Rausch und es interessierte ihn nicht mehr, was man über ihn sagen würde. Die Posaunen verstummten, das Volk schrie und tobte und jauchzte, die Blumen hagelten herunter auf die Bundeslade, die Posaunenbläser, Joab und seine Soldaten. David tanzte und griff seine Akkorde, aber er hörte keinen einzigen Ton von dem, was er da spielte, so laut war das freudige Lärmen. Nie würden die Leute den Tag vergessen, an dem man die Lade Gottes holte auf dem neuen Wagen mit den roten großen Rädern, und ihre Kinder würden noch ihren Kindeskindern erzählen, wie es war, als König David vor dem Wagen hertanzte in seinem leinenen Leibrock und die Harfe spielte. Jetzt war die Straße gleich zu Ende. Sie führte grade auf den Tempel und das Haus Davids zu, und David hatte schon längst unter der Türe seines Hauses seine drei Kinder erkannt, die einander an den Händen hielten und vor Aufregung von einem Bein aufs andere hüpften, in der Mitte Thamar in ihrem neuen rosa Kleid, über das es viele wichtige Debatten gegeben hatte, die ganze Woche, und rechts von ihr Absalom, ganz blond, und links Amnon, ganz dunkel. Aus den Fenstern seines Hauses schauten seine Dienstmägde und Knechte und vom Dach Ahinoam und Abigail, und eben erschienen unter der Tür Michal in ihrem Brokatkleid und Mephiboseth, Jonathans Sohn, der seit dem Tod seines Vaters in Davids Haus lebte und an seinem Tisch aß; Davids Kinder liebten ihn, weil er ihnen Spielsachen schnitzte, Puppen und Vögel, die tanzten, und Rätsel und Märchen wusste. Vor der Treppe seines Hauses drehte David sich ein letztes Mal um sich selbst und warf noch einen bedauernden Blick auf den Blumenteppich, den Joabs Fußvolk und die nachströmende Menschenmenge gänzlich zerstört hatten. Dann stand er schwer atmend still und ließ die Lade Gottes an sich vorbeiziehen. Er sah noch zu, wie sie in den Vorhof des Tempels einfuhr und das Volk hinterherströmte, wie Joab mit seinen Soldaten eilig abzog, und bemerkte auf einmal, dass er ganz allein war und müde und verschwitzt, und dass die Leute an ihm vorbeiliefen, dem sie eben noch zugejubelt hatten, und ihn nicht mehr beachteten. Aber in diesem Moment fielen schon seine Kinder über ihn her und schleppten ihn mit ins Haus.

»Puh, ich hab keinen trockenen Faden mehr am Leib«, sagte David, während sie ihn die Stufen hinaufzerrten. »Hallo Michal!«

»Du hast so schön getanzt«, sagte Mephiboseth mit einem schüchternen Lächeln und schob sich mit seinen Krücken näher. Sein Oberkörper war von beängstigender Breite, er hatte unheimliche Muskeln.

»Hallo, König David«, sagte Michal mit ihrem unangenehmen Lächeln, »es war wirklich ganz entzückend zu sehen, wie du dich aufgeführt hast. Wie reizend hat der König sich heute mit den Mägden und Knechten gemein gemacht, wie gut stand ihm das. Vor seinen Kindern springt er herum wie ein Gaukler ohne Anstand und Sitte und lässt das Volk sich über ihn belustigen. Wie stand das dem König von Israel so herrlich an!«

»Höre Michal«, sagte David, »wenn ich spiele und tanze vor dem Herrn, dann ist das eine Sache zwischen ihm und mir, den er auserwählt hat vor deinem Vater, um König zu sein über Israel, und wir beide werden's schon miteinander ausmachen. Und obgleich ich der König bin, werd ich doch nicht vergessen, dass mein Vater nur ein Hirt ist und meine Geschwister Knechte und Mägde waren. Bei dir ist das natürlich etwas anderes. Aber du kannst ganz ruhig sein: Vor deinen Kindern werde ich niemals tanzen.« Mit diesen Worten ging er ins Haus, von seinen Kindern umringt. Mephiboseth schleppte sich behende auf seinen Krücken hinterher.

Der Brief

2. Samuel 12, 7–10: … So spricht der Herr, der Gott Israels: Ich habe dich zum König gesalbt über Israel und habe dich errettet aus der Hand Sauls. Und habe dir deines Herrn Haus gegeben, dazu seine Weiber in deinen Schoß, und habe dir das Haus Israel und Juda gegeben; und ist das zu wenig, will ich noch dies und das dazutun. Warum hast du denn das Wort des Herrn verachtet, dass du solches Übel vor seinen Augen tatest? Uria, den Hethiter, hast du erschlagen mit dem Schwert; sein Weib hast du dir zum Weib genommen; ihn aber hast du erwürgt mit dem Schwert der Kinder Ammon. Nun, so soll von deinem Hause das Schwert nicht lassen ewiglich, darum dass du mich verachtet hast und das Weib Urias, des Hethiters, genommen hast, dass sie dein Weib sei.

»Nein, mein Gott«, stammelte David und hielt sich den Kopf mit beiden Händen, als fürchtete er, ihn zu verlieren, »mein Gott, das hab ich nicht gewusst!« Er sah fassungslos auf Joabs verstümmeltes Gesicht, auf diese grässliche, schlecht verheilte Wunde, die da anstelle der Nase war. Joab zeigte die Zähne und lachte lautlos. »Man soll seine Nase nicht in anderer Leute Sachen stecken«, sagte er dann. »Das wird mich jedenfalls davor bewahren, jemals wegen einem Frauenzimmer ein Schuft zu werden. Ich war sowieso nie ein schöner Mann.«
David senkte den Kopf und runzelte die Stirn. Er fühlte, wie er unaufhaltsam und nachhaltig errötete, und schob die aneinandergelegten Handflächen zwischen die Knie und hielt sie da fest, als könnte ihm das irgendwie helfen gegen das, was jetzt kommen würde. Es half aber nichts, denn Joab sagte eben: »König David, wie konntest du jemals so einen Brief schreiben?«
›Wie konnte ich‹, dachte David, ›ja, wie konnte ich. Er wird das nie verstehn, niemand wird das verstehn, manchmal versteh ich's selber nicht.‹
Er dachte an den heißen Sommertag, den er auf dem Dach seines Hauses unter dem Sonnenzelt zugebracht hatte, und wie er eigentlich unabsichtlich aufgestanden war, um in den verwilderten Garten hinabzuschauen, wo nie ein Mensch war. An jenem Mittag war aber doch jemand da gewesen, eine Frau, eine Magd scheinbar, war an den Brunnen gekommen mit einem Haufen Kram, wie ihn Frauen brauchen, Kleider und Spiegel und so Zeugs, und hatte das alles dorthin gelegt. Und dann ... »Als ich den Brief bekam, hätte ich den Boten am liebsten geohrfeigt«, sagte Joab. »Aber schließlich, was kann der dafür? Genauso wenig.«

Und dann kam ein Mädchen in den Garten in einem langen weißen Hemd, mit rötlich blonden Haaren, die hochgesteckt waren und sich im Nacken ringelten. Sie kam rasch aus dem Haus und schlurfte auf den hochhackigen Holzpantoffeln über die grasverwachsenen Kieswege zum Brunnen, und dann zog sie das Hemd aus, machte einfach ein Band auf, das es am Hals hielt, das Hemd rutschte herunter und sie stieg heraus wie aus einem Haufen Schnee, selber ganz weiß und rosa und rund, wie eine Säule, ringsum gleichmäßig rund, mit schmalen Schultern und Hüften, und fasste zaghaft ins Wasser.

»Ich hielt es nicht für möglich«, sagte Joab, »dass du imstande wärst, so einen saumäßigen Befehl zu geben. Gab es denn da kein anderes Mittel? Ein schnelles sicheres Mittel, das mich wenigstens aus dem Spiel gelassen hätte? Du hättest die Frau auch so nehmen können, ohne den Mann umzubringen. Aber das nehm ich dir am meisten übel, dass du den Schein wahren wolltest, so tun als ob, und begehst die größte Gemeinheit, die – mein Gott, David! Wenn du nie im Feld gewesen wärst, wär's gut, aber so – wie kannst du einen Soldaten, einen der Deinigen, einen, der für dich sein Leben in die Pfanne haut, für deine dreckigen Siege, wie kannst du so einen verraten? Wenn es eine Gerechtigkeit gibt, dann wird man's dir nochmal heimzahlen!«

»Hat schon«, sagte David, »das Kind ist ja gestorben.«

»Das Kind!«, rief Joab in Verzweiflung und spuckte wütend ein Stück Kalmuswurzel auf den Boden und trat darauf herum. »Ein Kind! Uria war einer meiner besten Soldaten, verlässlich wie ein alter Hofhund; seine einzige Schwäche scheint diese Ziege gewesen zu sein, wegen der er, das heißt du – na, egal. Das Kind dieser Frau!«

»Mein Kind«, sagte David zornig. »Du hast kein Recht, über mich zu urteilen wie über einen Verbrecher.«
»Recht oder nicht«, sagte Joab achselzuckend, »nochmals – es ist eine Schweinerei, so einen Brief zu schreiben.«
›Stimmt‹, dachte David in schamvoller Verzweiflung. ›Ich bin ein Schweinehund.‹ Er dachte an den Hauptmann Uria, der an seinem letzten Urlaub nach Haus gekommen war, und den keine Macht der Welt hatte bewegen können, in sein Haus zu seinem Weib zu gehn. David hatte ihn eingeladen und besoffen gemacht, aber das hatte nichts genützt. Uria hatte auf der Türschwelle seines Hauses geschlafen und war nach zwei Nächten wieder ins Feld gereist, in den Krieg gegen die Ammoniter. Vermutlich hatte er nicht Vater spielen wollen für ein Kind, das nicht von ihm war, dachte David. Und er dachte an die Worte des Propheten Nathan, dieses alten Unglücksraben, der auch immer auftauchte, wenn man ihn am allerwenigsten brauchte: ›Das Schwert soll nicht von deinem Hause weichen ewiglich.‹
»Es war deiner nicht würdig, David, so eine Sache«, sagte Joab traurig, »und meiner auch nicht. Und ich mache mir auch Vorwürfe, dass ich überhaupt – na, ich hab's mit meiner Nase bezahlt!«
»Da also«, rief David.
»Ja, da also. Ich stellte ihn also wie befohlen an eine ekelhafte Stelle. Am westlichen Tor hatten wir eine scheußliche Position. Wir standen da so ziemlich knietief im Dreck und Wasser, na, die üblichen Freuden des Kriegerlebens, du weißt ja, und da schickte ich ihn hin mit seinen Leuten. Ich bin überzeugt, er wusste, dass das nicht von mir kam, aber er sagte nichts; was hätte er auch sagen sollen? Er sah aus wie einer, dem schon schlimmere Sachen passiert

sind, und ging also in der Nacht los mit seinen Leuten. Als er eine halbe Stunde weg war, kriegte ich irgendwie so ein falsches Gefühl und ich nahm noch eine Handvoll Leute und ging hinter ihm her. Es war ja Nacht und kalt war's außerdem und an sich war ja alles in Ordnung, denn diese Ammoniter machen immer ordentlich Feierabend und lesen dann ganz manierlich ihre Toten zusammen, dann knallen sie die Tore zu und Ruhe bis zum andern Tag früh. Sonst, sag ich. Wie ich aber hinkam mit meinem Häufchen zähneklappernder Krieger, da fand ich Uria und seinen Haufen bereits im größten Gemetzel, und wir stürzten also hin und metzelten mit. Mir war übel, wenn ich dran dachte, dass ich ihn ausgerechnet – na, jedenfalls, die Sache war wie bestellt auf Urias Rechnung. Ich sah ihn immer mit seinem alten zerbeulten Blechhelm, der im Mondlicht leuchtete, wie er sein elendes Leben teuer zu verkaufen versuchte, und arbeitete mich so allmählich zu ihm hin. Die anderen waren stark und ausgeruht, aber die Unsrigen waren wie die Löwen. Auf einmal, Uria war schon dicht vor mir, kriegten die anderen Verstärkung; wir hätten's schon beinah gehabt. In diesem Moment, ich hatte nur eine Minute weggeschaut, lag er vor mir im Dreck und halb im Wasser mit seinem Blechhelm und schrie wie ein Schwein. Es war scheußlich, und ich wollte mich eben nach ihm bücken, um ihn rumzudrehn, da haute mir einer von oben herunter die Nase glatt vor der Schnauze weg, und ich fiel hin und einer der Unsrigen zog mich an den Beinen raus, und wir gingen schnell wieder hin, wo wir herkamen. Die anderen droschen noch eine Weile herum, aber sie hatten wohl auch keine rechte Lust; so zottelten sie wieder in ihren Stall zurück. So war's.«
Eine Weile schwiegen beide.

»Das verstehst du nicht«, sagte David zerknirscht, »das wirst du auch nie verstehn. Wenn du Bathseba kenntest ...«
»Da sei Gott vor, dass ich das je verstünde«, sagte Joab mürrisch. »Keine Frau der Welt verdient es, dass man wegen ihr einen Mann abschlachten lässt wie ein Stück Vieh. Dass du's nicht gern hörst, das allerdings, das kann ich mir vorstellen. Aber bleib mir vom Leib mit dieser Frau!«
»Sie kann nichts dafür«, sagte David schwach, »es war meine Schuld. Und ich bin auch nur ein Mensch und nicht aus Holz oder Stein. Sie kann nichts dafür.«
Joab war aufgestanden und hatte sich gereckt. Er sah David einen Moment lang an, mit einer Mischung von Mitleid und Spott, zeigte noch einmal seine großen weißen Zähne, zuckte die Achseln und ging mit faulen Schritten aus dem Zimmer.

Thamar

2. Samuel 12, 11–12: So spricht der Herr: Siehe, ich will Unglück über dich erwecken aus deinem eigenen Hause und will deine Weiber nehmen vor deinen Augen und will sie deinem Nächsten geben, dass er bei deinen Weibern schlafen soll an der lichten Sonne. Denn du hast es heimlich getan; ich aber will dies tun vor dem ganzen Israel und an der Sonne.

»Das musst du nicht so hart beurteilen«, sagte Josaphat vorsichtig und glättete den beinah haarlosen Pelzbesatz seines violetten, abgeschabten Mantels. »Thamar hatte Absalom um seine Hilfe angefleht.«
»Hart!«, rief David erbittert. »Hart! Ich danke schön! Man sieht, dass du nicht weißt, was es heißt, eine Familie zu haben und Kinder, die einander vergewalti-

gen und ermorden! Ich will den Kerl nicht sehen!«
Der Kanzler hob den Kopf und betrachtete Thamar, Davids Tochter, die das alles anging, die unbeweglich am Fußende des Bettes saß, auf dem der König sich wütend herumwälzte. »Willst du dich nicht für deinen – für Absalom verwenden, der dich gerächt hat?«, fragte er. Thamar sah ihn an, mit einem Blick, der ebenso ausdruckslos war wie ihr Gesicht mit den breiten hohen Backenknochen, dem Mund mit den schmalen Lippen und ihre ganze, etwas zu lang geratene Gestalt. Sie schien nicht zu verstehen.
»Thamar«, sagte Josaphat nochmal langsam und eindringlich, »willst du nicht dem König sagen, wie das alles kam, damit er Absalom verzeihen kann und diese bedrückende Angelegenheit endlich klargestellt und vergessen wird?«
Thamar schüttelte den Kopf. »Das ist lange vorbei«, sagte sie uninteressiert.
In diesem Moment streckte Joab den rasierten Kopf zur Tür herein.
»Fertig?«, fragte er ungeduldig, »kann er reinkommen?« Josaphat winkte mit seiner mageren Hand, auf der bläuliche Adern zu sehen waren. »Noch lange nicht«, sagte er matt. »Wo ist er?«
Joab kam herein und zog die Tür hinter sich zu, dass sie mit einem scharfen Knall ins Schloss schnappte. »Auf dem Gang läuft er rum und poussiert mit den Dienstmädchen«, sagte er mürrisch. »Hör zu, König David, lass diesen Unfug endlich ein Ende haben. Dein Sohn Absalom hat getan, was er für Recht hielt; und das ist natürlich immer Anschauungssache. So viele Leute tun Dinge, von denen sie genau wissen, dass es Unrecht ist, ohne dass jemand wäre, der sie zur Rechenschaft zieht. Mach die Sache doch nicht wichtiger, als sie ist!«

»Ich hab Zeit«, sagte David kalt und abweisend. »Muss das so übers Knie gebrochen sein?«
»Aber ich nicht«, sagte Joab ärgerlich. »Dein Sohn macht Erpressungen. Er reitet mit seinen fünfzig Mann durch meine Felder; sie stecken meine Heuschober in Brand, sie verschütten meine Brunnen, sie führen sich auf wie die Wildsäue. Deine Familienstreitigkeiten bringen mich um Hab und Gut!«
»Da Thamar es nicht tut«, sagte Josaphat unbeirrt, als hätte er das Letzte nicht gehört. »Da sie nicht redet, werde ich es dir sagen, König David. Dein Sohn Amnon verliebte sich in deine Tochter Thamar, seine Schwester, und um sie zu überlisten, stellte er sich krank, legte sich ins Bett und ließ sich von ihr Essen bringen. Und bei dieser Gelegenheit, – je nun – König David, ich weiß nicht, ob er sie überredete oder tatsächlich Gewalt anwandte – jedenfalls, da ist es eben geschehen.« Der Kanzler warf einen Blick auf David, der sich aufgesetzt, das Kinn auf die angezogenen Knie gelegt hatte und an seiner Oberlippe nagte. Im Zimmer war es plötzlich ganz still. Sogar Mephiboseth in der Ecke hörte auf, an dem beweglichen Vogel zu schnitzeln, mit dem er sich grade beschäftigte.
»Und dann«, sagte David nach einer geraumen Weile undeutlich. »Und dann warf er sie hinaus«, sagte Josaphat.
David senkte den Kopf. Er konnte sich diese schauderhafte Geschichte so gut vorstellen – den Kerl, seinen eigenen Sohn Amnon, der sich krank stellt, um seine Schwester, Davids Tochter Thamar, zu verführen. Er hörte förmlich die Reden dieses Schuftes, seine Schmeicheleien und er sah, wie Thamar bat und sich sträubte. Aber natürlich, was half das alles – Amnon war ja so viel stärker als sie – und vielleicht hatte er ihr auch gefallen, wer konnte das wissen. Das alles

wäre ja nicht so schlimm gewesen. Schlimm war das Ende: der elende Kerl, der das Mädchen roh behandelt, nachdem er erreicht hat, was er will; der Bruder, der ihn erschlägt und bei dem man auch das Gefühl hat, dass das nicht seine letzte unerfreuliche Überraschung ist, die er einem beschert – und dieser merkwürdige Rest eines Mädchens, das einmal schön und strahlend und lustig war und das jetzt an eine Ruine erinnerte, die im Schatten steht.
»Na schön«, sagte David mit einem Seufzer.
Joab öffnete die Tür. »Komm rein, du Reiterfürst über fünfzig Mann!«
Absalom kam ins Zimmer, mit einem Lächeln, das Reue und kindliche Unterwerfung in den väterlichen Willen darstellen sollte. Aber es war ein schlecht unterdrückter Triumph darin, der ließ sich wohl nicht verbergen, und David ließ sich auch von der rührenden Art, wie Absalom an seinem Bett auf die Knie fiel, nicht täuschen. »Steh auf«, sagte er matt, indem er sich bemühte, seinen Widerwillen nicht allzu deutlich zu zeigen. Absalom erhob sich und beugte sich vor, um ihn auf die Wange zu küssen. Er errötete, als er Davids Augen begegnete und darin las, dass David ihn durchschaut hatte. David seinerseits errötete ebenfalls aus Scham und Unwillen über diese Komödie. Er rieb sich die Wangen, wo ihn Absaloms lange Mähne gekitzelt hatte, er sprang vom Bett, ging ans Fenster und spuckte in den Hof, mitten in Absaloms Mannschaft, die sich dort im Schatten bei ihren Pferden gelagert hatte.
»Verfluchter Schweinekerl!«, schrie eine Stimme herauf. David drehte sich um. »Kommt mir vor, als brauchten sie dich unten, deine Mannschaften, Absalom«, sagte er. Mit Erleichterung sah er zu, wie Absalom, Thamar, der Kanzler und Joab das Zimmer ver-

ließen, und blieb allein zurück mit Mephiboseth, der die Hand ausgestreckt hatte und seinen hölzernen Vogel darauf tanzen ließ. Der Vogel schlug langsam mit den Flügeln und drehte sich feierlich um sich selbst.

Der Knabe Absalom

2. Samuel 15, 13: Da kam einer, der sagte es David an und sprach: Das Herz jedermanns in Israel folgt Absalom nach.

David ging zwischen den beiden großen Toren, die die Stadt gegen Osten öffnen und schließen, hin und her. Er hatte seine Hände in den Ärmelaufschlägen vergraben, und seine Füße waren mit Schaffellen umwickelt, die mit Stricken festgebunden waren. Es war kalt, ein eisiger Wind trieb den Staub in die Augen und fegte trockene Blätter und Papierfetzen in die Ecken. Neben dem Tor, in einem geschützten Winkel, saß ein Kastanienverkäufer neben seinem Kohlenbecken. David fror. Er wäre herzlich gern hier weggegangen, und auf den Boten hätte er anderswo ebenso gut warten können, aber er fürchtete sich irgendwie davor, nochmal durch die leeren hallenden Straßen zu gehen, ganz allein, denn niemand lief mehr auf der Straße herum. Die Leute saßen in den Häusern hinter verriegelten Türen, die einen, weil sie David, die anderen, weil sie Absalom fürchteten. Jetzt nach Hause kommen, in den Palast mit den schlecht schließenden Fenstern, in dessen kalten Gängen es nach Essen roch und in dessen einzigem geheizten Zimmer seine Frauen saßen und beleidigt waren, während seine Kinder in einer Ecke am Fenster flüsternd und unterdrückt streitend ihre Aufga-

ben machten. Dann schon lieber hier draußen herumlaufen und bisschen frieren.
Er trat zu dem Kastanienverkäufer, dessen Blicke ihm unablässig gefolgt waren, und hielt eine Weile seine Hände über die glühenden Kohlen. Er bückte sich etwas und fragte: »Wartest du auf etwas?« Der Kastanienmann drehte seinen gewichsten Schnurrbart und lächelte, und David sah überrascht, wie schwarz und faulig seine Zähne waren.
»Worauf sollte ich warten?«, sagte er gelassen. »Was kann schon geschehen? Davids Heer wird zurückkommen und Absaloms auch, und entweder sind die einen Sieger oder die anderen. Und die Sieger werden Kastanien essen, und die Besiegten werden auch welche essen – das ist alles, was mich interessiert.«
»Es regt dich nicht auf?«, fragte David.
»Gar nicht«, sagte der Mann. »Ich hätte vor vier Jahren schon sagen können, was geschehen wird, als ich Absaloms Anstalten hier vor dem Tor sah. Der Krieg hat angefangen, als Absalom sich Pferde und Wagen anschaffte und fünfzig Mann. Ich hätte mich damals schon aufregen können, aber das hätte auch den Krieg nicht verhindert, abgesehen davon, wie komm ich dazu, den Krieg zu verhindern? Ich habe nichts damit zu schaffen.«
David dachte, wie beneidenswert doch dieser Mann sei, der da alles schon vor vier Jahren vorausgesehen hatte, den nichts aufregte und für den es keine rätselhaften Ereignisse zu geben schien. Er empfand eine quälende Neugier, den Mann auszufragen über alles, was er von Absalom wusste und den Intrigen, mit denen dieser Knabe, Davids Lieblingssohn, es versucht hatte, seinen Vater zu stürzen und selbst König zu werden. Gleichzeitig fühlte er auch, dass er ziemlich scheußliche Dinge würde hören müssen; aber viel-

leicht würde ihm das helfen, Absaloms Tun zu verstehen. »Also, und wie war das damals?«, fragte er und hockte sich neben den Kastanienverkäufer, mit dem Rücken an die Mauer gelehnt. »Es fing, wie gesagt, damit an, dass Absalom sich Pferde und Wagen anschaffte und fünfzig Mann«, wiederholte der Schnurrbärtige und sah David von der Seite an, »und die pflegte er hier vor den Toren zu tummeln. Er hat sie nicht schlecht geschunden, seine Soldaten, das kannst du mir glauben!«

»Oh, ich kenn das«, sagte David leicht angeekelt. Er erinnerte sich eines heißen Sommertags, als er von seinem Fenster aus Absaloms Soldaten von einer Übung heimkommen sah. An der Spitze der Soldaten fuhr Absalom in seinem Kriegswagen; beide Pferde waren gänzlich erschöpft, sie keuchten und dampften vor Schweiß, und das linke lahmte. Absalom stand lässig im Wagen, er schwitzte fürchterlich und war beinah blaurot im Gesicht; seine langen blonden Haare waren im Nacken zusammengebunden. Dahinter schleppte sich sein Fußvolk, in einem Zustand von tödlicher Ermattung, mit hängenden Armen, offenem Mund; sie schleiften ihre Waffen hinter sich her, und ihre roten Köpfe sahen beängstigend aus, als wollten sie jeden Moment platzen. Um sie herum trabte auf einem mageren Schimmel, dem der Schaum in Flocken vom Maul flog, ein kurzer dicker Korporal. Er hatte schon keine Stimme mehr vom vielen Schreien und krähte in einem merkwürdigen Falsett: ›Wolln wohl schlappmachen, die jungen Herrn, wie? Los, ihr Saukerle, reißt euch zusammen!‹ Er stieß mit der Fußspitze einen Soldaten, der zu weit nach links getorkelt war, in die Seite, der Soldat taumelte und fiel auf Knie und Hände und rappelte sich schwerfällig und wortlos wieder auf. In der letzten

Reihe, soweit da noch von Reihe die Rede war, stützten zwei Soldaten einen, der zwischen ihnen ging. Er hatte die Arme ausgebreitet und den Kopf in den Nacken gelegt. Angesichts des Brunnens im Hof des Palastes war die lose Ordnung völlig zerrissen, und ohne sich um das Schreien des Korporals zu kümmern, stürzten die Soldaten auf den Brunnen zu und tauchten den Oberkörper mitsamt dem Kopf ins Wasser. Absalom war vom Wagen geklettert. Er schlug mit der Peitsche durch die Luft und bellte: ›Kein Wasser trinken lassen!‹ Dem, der zuletzt ging, spritzten sie Wasser ins Gesicht, der Soldat schrie wie ein Tier und fiel hin, und sie ließen ihn neben dem Brunnen im Schatten liegen. David hatte damals Joab gerufen und seine Empörung ausgesprochen. Aber Joab war völlig ungerührt geblieben. ›Das schadet doch nichts‹, sagte er gelassen, ›irgendwie muss man die Leute beschäftigen. Und das ist so, solang es Soldaten gibt und Vorgesetzte.‹ ›Ich war schließlich auch Soldat‹, hatte David zornig erwidert, ›aber ich hatte solche Beschäftigung nicht nötig.‹ Joab hatte nachsichtig gelächelt. ›Du warst König Sauls Waffenträger‹, sagte er, ›das ist etwas ganz anderes. Du hast als Offizier angefangen. Wer hätte sich's erlaubt, dich zu schleifen? Die jungen Leute brauchen das. Haben's sogar ganz gern letzten Endes.‹ David hatte geschwiegen und sich vorgenommen, Absalom den Kopf zu waschen, aber es war natürlich nie dazu gekommen.

»Und dann trieb er sich hier wochenlang herum«, sagte der Mann, »und wenn einer in die Stadt kam wegen irgendeiner rechtlichen Angelegenheit, ließ er sich alles erzählen und redete pflaumenweich mit dem Mann und sagte: ›Deine Sache ist gerecht, aber du hast keinen, der dich verträte beim König; o wenn ich Richter wäre! Ich wollte den Armen zu ihrem

Recht verhelfen!‹ Und wenn ihm einer danken und vor ihm niederfallen wollte, umarmte und küsste er ihn. Und mit solchen Alfanzereien erwarb er sich die Zuneigung der breiten Masse.«

»Ein Volksfreund«, sagte David bitter.

»Man kann's auch so nennen«, sagte der Mann zuvorkommend. »Jedenfalls, es dauerte nicht lang, da ließ er sich zum König ausrufen in Hebron. Und dieser unglückliche eitle Narr fing Krieg an gegen seinen eigenen Vater und rückte auf die Stadt vor, und ich sah den König David herausziehen mit seinem ganzen Hofstaat und seinem Kriegsvolk; und er ging barfuß und sein Haupt war verhüllt. Absalom aber hatte Ahitophel bei sich. Das war einer von Davids Räten gewesen, und damals, wenn Ahitophel einen Rat gab, das war für David und Absalom gewesen, als wenn man Gott um etwas gefragt hätte. So waren seine Ratschläge angesehen. Und Ahitophel war's auch, der damals Absalom den Rat gab, seines Vaters Weiber zu überfallen in dem leeren Palast, in der leeren Stadt, in der unglücklicherweise kein einziger Soldat oder Wächter zurückgeblieben war, und ich erinnere mich des Tages noch wie heute: Das Geschrei der Weiber, die Absalom vergewaltigte, war zu hören bis herein zum Tor.«

»Ein feiner Rat«, sagte David flüsternd.

»Und ich sah Ahitophel auf seinem Esel hier einreiten, als Absalom lieber Husais Rat befolgte als seinen, Ahitophels Rat, und der Rat von Husai war wirklich elend und wird den Knaben Absalom noch in eine nette Zwickmühle bringen. Zwei Tage drauf fand man Ahitophel erhängt auf dem Speicher seines Hauses. Absalom hatte ihn zu sehr in seinem Stolz gekränkt. Und dann kam König David wieder und zog in seine Stadt.«

Der Mann warf eine Handvoll Kastanien auf die heißen Steine seines Ofens, unter dem das Kohlenbecken stand. Sie hüpften auf der Platte, als wären sie lebendig, und der Mann schob sie ab und zu mit einem Entenflügel zusammen, mit dem er die Steine fegte. David stand auf.

»Wart«, sagte der Mann, »iss noch ein paar Kastanien. Es ist elend kalt.«

»Ich erwarte einen Boten«, sagte David unschlüssig. Der Mann gefiel ihm irgendwie. Er wäre gern noch länger geblieben, wenn auch seine Geschichten weder neu noch erfreulich waren. »Der kommt sowieso hier vorbei«, sagte der Mann und wälzte die Kastanien herum. Sie saßen eine Weile schweigend, aßen die heißen Kastanien und betrachteten das Hereinbrechen des Abends, und dann traten beide eine Weile unters Tor und beobachteten, wie der Bote, eine Pechfackel schwingend, die gewundene Landstraße unter Bäumen näher kam.

Als er Davids ansichtig wurde, schrie er schon von Weitem: »Sieg, König David! Wir haben's gewonnen! Der General Joab ist mit dem Heer dicht hinter mir. Der Herr hat dir heut Recht verschafft gegen die Empörer!« Er zügelte sein Pferd mit einem unfreundlichen Ruck und rutschte herunter. Die Fackel knisterte und stank. »Was macht der Knabe Absalom?«, fragte David in dem Bemühen, gänzlich unbeteiligt und unbefangen zu erscheinen. Der Bote war fast gänzlich im gelben Rauch der Fackel verschwunden. »So wie ihm soll's allen deinen Feinden gehn, König David!«, sagte er. »Absalom begegnete unserer Vorhut allein, auf einem Maultier; und als er umdrehte und fliehen wollte, blieb er mit den Haaren an den unteren Ästen einer großen Eiche hängen, und das verflixte Vieh lief weg, und der General nahm drei Spee-

re und warf sie ihm durch die Brust, und dann schmissen sie ihn in eine Grube im Wald und machten einen Steinhaufen drüber. Und der General blies die Posaune und ließ die Truppen zurückkommen, die schon die bestürzten Israeliten verfolgten, denn er hatte genug von der Metzelei. Diese israelitischen Kerls sind wieder in ihre Höhlen gekrochen – sie hatten die Schnauze voll vom Königmachen und Kriegspielen. Sie sagen, Husais Rat ist an allem schuld. Husai hat's auch erwischt.«
David drehte sich schweigend um und stieg die Treppe auf den Wachtturm hinauf. Dort stand er die ganze Nacht auf dem Söller, an die Brustwehr gelehnt, und sah und hörte das Heer unter sich in die Stadt einziehen. Er hörte das Wagenrollen, das Schnaufen der Pferde, das Knirschen des Riemenzeugs und das Gebrüll der Verwundeten, die in den quietschenden Karren transportiert wurden. Fetzen von Gesprächen flogen zu ihm herauf, Gelächter und Pfeifen. Er sah ab und zu eine Fackel, einen Helm aufleuchten oder ein weißes Tuch, er fühlte den Boden dröhnen unter den Schritten des Fußvolks, aber er begriff nichts von alledem. Er hörte, wie der letzte Reiter, es war Joab, zu dem Kastanienverkäufer sagte: »War zufällig König David hier?« – »Hab ihn nicht gesehn«, erwiderte der Schnurrbärtige, und David hörte den General in die Stadt einreiten und sich entfernen. »Mein Sohn Absalom«, murmelte David, »ich wünschte, ich wäre an deiner Stelle.« Er dachte an den Steinhaufen, von dem der Bote gesprochen hatte, unter dem Absalom lag, drei Speere in der Brust.

Joab räusperte sich laut und spuckte zischend Kalmuswurzel in eine Ecke. Die Nacht war längst he-

reingebrochen, ohne dass David sich getraut hatte, um neuen Wein zu bitten, ohne dass es irgendjemand im Haus eingefallen war, ihm etwas zu essen zu bringen. Joab hatte eine trübe Kerze angezündet.
»Wenn ich mir's recht überlege, Joab«, sagte David mit gerunzelter Stirn, »ich hab nicht besonders viele oder große Dinge erlebt oder getan. Nicht eins, was sich verlohnte aufzuschreiben, wie bei anderen Königen. Das Einzige, was vielleicht noch was taugt, sind meine Psalmen. Man plagt die Kinder in den Priesterschulen damit, und auf diese Weise gehn sie doch nicht ganz verloren.« Er lächelte matt.
Joab suchte krampfhaft nach einer Entgegnung. Er persönlich konnte mit den Psalmen gar nichts anfangen, und er hätte eine Menge darum gegeben, wenn er jetzt eine geschickte, passende Antwort gewusst hätte. Als er schließlich einsah, dass ihm nichts einfallen würde, sagte er: »Grässlich heiß hier, es sieht nach Gewitter aus.«
»Hoffentlich«, erwiderte David, weit entfernt, Joabs Antwort übel zu nehmen. Er hatte längst vergessen, was er gesagt hatte, und dachte an etwas ganz anderes. Er erinnerte sich an seine Kinder, an Salomo, genannt Jedidja, den er nicht mochte, an Thamar, die so merkwürdig leblos war wie ein Stein, an Adonia, der ungeschickte Intrigen anzettelte, Amnon, der von Absalom erschlagen worden war, und endlich an Absalom selbst, den Lieblingssohn, der zwar geschickte Intrigen angezettelt hatte, aber gegen ihn, seinen Vater, und das war eine ziemliche Dummheit gewesen. Er war damals voller Verzweiflung über Absaloms Tod tagelang zu nichts zu gebrauchen gewesen; aber Joab hatte seiner Trauer eines Tages ein energisches Ende gesetzt. »Es sieht genauso aus«, hatte Joab gesagt, »als wäre es dir lieber gewesen, wenn wir alle

miteinander umgekommen wären an Absaloms statt. Du bist nicht recht gescheit, König David, so ein Aufhebens zu machen um einen, der Krieg über dein Land gebracht hat und Zwietracht in die Herzen deiner Bürger; der deine Weiber übel behandelt hat und der nicht davor zurückgeschreckt wäre, dich, seinen eigenen Vater, aus dem Weg zu räumen, nur um seiner grenzenlosen Eitelkeit zu genügen. Er hat den gerechten Tod gefunden, für Leute seines Schlages wie gemacht, und dass er zufällig dein Sohn war, das solltest du lieber vergessen.« »Ich kann nicht«, hatte David erwidert. »So«, erwiderte Joab, »na, dann geh wenigstens auf den Balkon und sag deinen Soldaten was. Die stehn da unten und wissen nicht, was sie von dir halten sollen. Schließlich haben sie dich von deinen Feinden befreit, nicht wahr?« Und er hatte ihn mit sanfter, aber unwiderstehlicher Gewalt auf den Balkon geschoben, und die Soldaten hatten gejohlt und gebrüllt, und David hatte ihnen eine sehr schöne Rede gehalten und sich hinterher gewundert, dass er Absalom eigentlich gänzlich vergessen hatte und gar nicht mehr richtig traurig sein konnte. »Meine Kinder taugen nichts, Joab«, sagte David verdrießlich. »Es ist kein angenehmer Gedanke, wenn ich mir so vorstelle…« – »Kinder taugen nie was«, erwiderte Joab schnell, »wieso auch«?

»Oh, ich dachte nur«, sagte David schüchtern. ›Tatsächlich‹, dachte er, ›sie sind saufrech: Sie gehn hin und suchen mir da so eine sonderbare halbschwarze kleine Person aus, Abisag von Sunem, die mich nachts wärmen soll – ein Skandal eigentlich! Wenn ich denke, dass ich meinem Vater mit so was gekommen wäre – ich glaub, er hätte mich mit der bloßen Hand erschlagen.‹

»Es stehe Gott auf, dass seine Feinde zerstreut wer-

den, und die ihn hassen vor ihm fliehen; vertreibe sie, wie der Rauch vertrieben wird, wie das Wachs zerschmilzt vom Feuer, so müssen umkommen die Gottlosen vor Gott«, sangen die rastlosen Psalmensänger. Joab drehte sich um und schaute zum Fenster hinaus. »Nirgendwo mehr Licht«, sagte er, »aber Wetterleuchten, hinten im Gebirge.« Die Schwüle lag wie ein dicker schwerer Sack auf Davids Brust. Er atmete kurz und etwas mühselig, schob die Decke weg und öffnete sein altes leinenes Hemd; aber es wurde ihm weder leichter noch kühler. Das ängstigte ihn. Er hätte es gerne zu Joab gesagt, aber er ließ es dann doch, vielleicht ging es auch so vorüber. Am besten war es, man unterhielt sich, und so sagte er nach einiger Zeit: »Sie werden elend mit mir ins Zeug gehen, dort, meinst du nicht? Diese ganz faulen Geschichten, mit Uria, na, und so ähnliche ...«
»Herrje!«, rief Joab. »Du glaubst doch nicht, dass sie so kleinlich sind? Dass du sowas sagen kannst! Du stehst dich doch gut mit Gott, und hast du nicht selbst geschrieben: ›Mit Dir kann ich Kriegsvolk zerschlagen und über die Mauer springen?‹«
David lächelte liebevoll. »O Joab, woher weißt du, was ich geschrieben habe?«
»Ich hab es mir gemerkt«, sagte Joab stolz, »es hat mir gefallen.« Er flüsterte noch einmal vor sich hin: »Mit Dir kann ich Kriegsvolk zerschlagen ...« Laut sagte er: »Und du selbst, würdest du irgendetwas ändern wollen oder anders machen, wenn du es nochmal zu tun hättest?«
Es wetterleuchtete näher. Eine düstere Helligkeit ließ das Zimmer mit der angerauchten Decke und den zerschlissenen Vorhängen gespenstisch aussehen.
»Ach«, sagte David nur. Joab wartete eine Weile auf eine Antwort, aber es war ganz still, und ihm kam es

plötzlich vor, als wäre er allein im Zimmer. Er stieß sich vom Fensterbrett ab, ging zu König Davids Bett und schaute ihm ins Gesicht.
»Mit Dir kann ich Kriegsvolk zerschlagen«, sagte er noch einmal. Er schloss dem Toten die Augen, knöpfte das leinene Hemd zu und zog die Decke glatt. König David hatte seine Arme eng am Körper entlang gerade ausgestreckt. Joab ließ sie so liegen und sah eine Weile unschlüssig in das magere Gesicht, überwand schließlich seine Scheu vor dem Toten und küsste ihn kräftig auf beide Wangen. Dann nahm er seinen Mantel von der Fensterbank, hing ihn über die Schulter und ging hinaus.
Vor der Tür hockte Abisag. Joab sah sie nicht an, er sah sie gar nicht. Als er über den Hof ging, an den würfelspielenden Wachen vorbei, war das Gewitter da. Es blitzte und donnerte gefährlich und fing auch schon an zu regnen. Er zog den Mantel übern Kopf. Plötzlich gellte aus Davids Zimmer ein lauter Weiberschrei, dem viele andere folgten, die sich von Zimmer zu Zimmer fortsetzten, bis endlich das ganze Haus von Geschrei widerhallte und Salomo den Moment ankündigte, auf den er so sehnsüchtig gewartet hatte.

[Mammi gewidmet, 8. Januar 1948]

Die Geschichte von Hiob in Ägypten

Erster Teil

Die Hirten

»Sand, Sand, nichts als verdammter Sand!«, sagte der junge Hirt, während er in der Suppe rührte, die über dem Feuer in einem zerbeulten Kessel brodelte. Der Löffel knirschte auf dem Boden des Kessels. »Sand im Essen, Sand im Wasser, Sand in den Kleidern, Sand in den Augen…« – »Ach, halt's Maul!«, unterbrach ihn der andere mürrisch. »Sand! Viel schlimmer, dass es hier keine Weiber gibt. Aber was verstehst du davon!« Er hob den struppigen Kopf und lauschte in die Nacht. Fern bellte ein Hund. Der dicke schwarze Hund, der mit am Feuer lag, fing an zu knurren und schickte sich an, dem in der Ferne zu antworten. Der dritte Hirt, der in seinen Schafpelz eingewickelt am Feuer gelegen hatte, trat nach ihm, und der Hund kroch winselnd in eine dunkle Ecke. »He du«, sagte der erste Hirt gereizt, »tritt gefälligst deinen eigenen Köter, nicht meinen! Und wenn du so weitermachst, kann's passieren…«

Der Hirt hatte das Pech, dass ihn immer was unterbrach. Diesmal heulte ein Esel in der schwarzen Ferne.

»Man sieht keinen Schritt weit«, sagte der, der den Hund getreten hatte und setzte sich auf. »Scheußliche Nacht. Was zum Teufel hat das verdammte Biest?«

Der getretene Hund kam wieder ans Feuer gekrochen, seine Haare waren gesträubt, er gab leise

Knurrlaute von sich. Hoch oben in den Lüften brauste ein Sturm, der den Sand ab und zu herunterdrückte, nach allen Seiten verteilte und die Männer husten machte. Der Besitzer des Hundes sah ungehalten auf das Tier. »Blödes Vieh!«, schrie er ihn an. »Kusch!« Er nahm den Kessel ab und stellte ihn unwirsch auf den Boden, dass es überschwappte. »Hier! Noch dreimal so ein Fraß, dann geht's ins Winterlager. Heim. Ställe. Die Stadt. Und Wein. Und Weiber. Und …«
Die Hirten zogen ihre Messer und Löffel heraus und machten sich über das Essen her.

Der Riss

Hiob winkte seinem Freund zu schweigen und trat näher ans offene Fenster. Während er gedankenlos über den herbstlichen Park schaute, hinter dessen Bäumen das Gerüst seines Neubaus aufragte, lauschte er dem Geflüster unter seinem Fenster und stellte überrascht fest, dass die eine Person sein Sohn Daniel war. Daniel bemühte sich offenbar, sich jemand verständlich zu machen, und dieser Jemand schien stumm zu sein oder sehr schlecht zu begreifen.
»Hör mal«, sagte Daniel eindringlich, »das ist doch ganz einfach. Was ist das hier?«
»Hand!«, sagte der Jemand zögernd, und Hiob erkannte die Stimme des abessinischen Hirtenmädchens. ›Schau, schau‹, dachte er amüsiert. ›Daniel erteilt Unterricht in Ägyptisch, wie menschenfreundlich.‹ »Ha!«, rief Daniel erfreut. »Na, wenigstens was. Ist doch verdammt einfach. Jetzt sag ich mal was. Finger. Die Hand hat fünf Finger. Hand… fünf… einszweidreivierfünf… Finger. Verstehn?«

»Verstehn…«, sagte das Mädchen folgsam und zögernd.
»So, jetzt pass mal auf, jetzt kommt's. Ich liebe dich, verstehn?« Es klingelte etwas unterm Fenster. Offenbar hatte das Mädchen den Kopf geschüttelt. Ein leichter Wind trug einen Duft nach Heu und wilden Rosen ins Zimmer. »Uff!« Daniel seufzte. »Ist das eine elende Schinderei. Weißt du nicht, was das ist, wenn man jemand liebt?« – »…Liebt…?«, sagte das Mädchen fragend und schleppend. Hierauf hörte man gar nichts mehr; nach einer Weile seufzte Daniel und dann das Mädchen, und Daniel fragte: »Weißt du's jetzt?« Hiob schmiss das Fenster zu: »So ein Blödsinn! Hast du das gehört? Dieser Fratz ist vierzehn Jahre alt und erteilt da unten Unterricht in…, na, es ist allerhand.«
Jonathan amüsierte sich. Er lehnte am Tisch und knackte mit den Fingergelenken. »Lass ihn doch«, sagte er nachlässig, »wenn's ihn glücklich macht.«
»Glücklich! Ich armer Mann und Vater werde von Sorgen erdrückt, und der belustigt sich mit Sprachstudien. Bin ich vielleicht glücklich? Na also!«
»Du bist doch reich«, sagte Jonathan, »du hast unheimlich viel Vieh, eine reizende Familie…« Hiob deutete auf die Wand des Zimmers. Ein weiter Riss teilte sie von oben bis unten, man konnte bequem ins Nebenzimmer sehen. »Und einen Neubau mit dreißig streikenden Arbeitern. Und es wird Winter und die Fellpreise fallen. Und hier können jeden Augenblick die Wände herausfallen. Wenn ich den Kerlen höhere Löhne gebe, müsste ich meinen Weizen und mein Vieh teurer verkaufen, dann können sie's wieder nicht kaufen, und so geht das fort. Wenn ich das Gerippe da draußen sehe, packt mich die Wut. Als ich in Daniels Alter war, hab ich schon geschuftet wie ein

Stier. Allerdings möcht ich auch gar nicht, dass er das müsste …, aber hier in dem Haus kümmert sich keiner um was. Ich hatte einen sonderbaren Großvater, der behauptete, Glück wäre Arbeit, Pünktlichkeit, Disziplin. Mich hat das immer amüsiert, aber es ist tatsächlich wahr – nichts ärgert mich so wie die Faulheit, die Saumseligkeit und die Schlappheit bei andern.«

»Bei sich selber merkt man's nicht so leicht«, sagte Jonathan. In diesem Moment ging die Tür auf, ein wuscheliger dunkler Kopf schrie »Essen!« herein und verschwand, die Tür wurde zugeschmissen, dass der Kalk von den Wänden bröckelte, und ein Pferd schien auf dem Flur wegzugaloppieren. Hiob schlug seinem Freund leicht mit der flachen Hand ins Genick und schleppte ihn zum Essen.

Der Überfall

Wie ein Gewitter brachen die feindlichen Scharen über Hiobs Herden und Hirten herein. Niemand, außer dem getretenen Hund, hatte auf den Ruf der Eule geachtet, und als mit einem wilden Schrei plötzlich Hunderte von bewaffneten Räubern aus dem Erdboden wuchsen, war es zu spät. Das ganze nächtliche Tal war von Schlachtenlärm erfüllt. Fackeln loderten und verbreiteten dichten Qualm und wenig Licht, und die Feinde hausten wie die Würgeengel unter den Hirten und Hunden. Sie machten nicht viel Federlesens und verrichteten ihre Arbeit so gründlich und sauber als irgend möglich. Dann wischten sie ihre blutbeschmierten Hände an ihren Schaffelljacken ab, stiegen gelassen und vergnügt auf ihre Pfer-

de, kreisten die eroberten Herden ein und trieben sie so schnell wie möglich gegen Süden zu. Als die Sonne aufging, verließen eben die letzten fünfhundert Schafe, blökend und von speerschwingenden Reitern eskortiert, das Tal. Sie ließen eine weite Senke hinter sich, auf deren aufgewühltem und zertrampeltem Boden, zwischen zertretenen und teils noch schwelenden Feuern, Menschen und Hunde mit zerschmetterten Schädeln oder erwürgt und halb verbrannt und einige Überreste von Kochgeschirr lagen.
Und während die Räuber ihre heimatlichen Zeltdörfer erreichten und jubelnd begrüßt und mit Ehren überhäuft wurden, machten sich in dem verödeten Tal schon einige Geier und Hyänen an die Arbeit.

Daniels Anekdote

»Ich muss schon sagen, Dan«, sagte Hiob und erhob die Stimme etwas, damit er überhaupt gehört werde in dem allgemeinen Familiengeschnatter, »ich find's nicht sonderlich begabt, wenn du dir für deine wissenschaftlichen Studien ausgerechnet den Heckenrosenbusch unter meinem Fenster aussuchst. Du kannst das natürlich halten wie jener, na, du weißt schon, aber ich find's nicht sehr glücklich, diese Idee.« Daniel warf seinem Vater über seinen Hühnerknochen her einen schnellen Blick zu. »Ach wirklich?«, sagte er dann, bemüht, harmlos und unbeteiligt zu scheinen.
»Wissenschaftliche Studien?«, fragte Rebekka, Dans Schwester interessiert. »Was erforscht er, Papa? Was studierst du, Dan?«
»Soviel ich feststellen konnte, handelt es sich um an-

gewandte, sogenannte experimentelle Sprachwissenschaft. Die Hauptsprachen sind Ägyptisch und Äthiopisch!«

Dans Geschwister brachen in Begeisterung aus; besonders Rebekka wusste sich vor Heiterkeit kaum zu fassen. Das abessinische Mädchen saß unten am Tisch und schaute ernsthaft und verständnislos von einem zum andern. Daniel nagte ungerührt an einem Hühnerbein. »Irrtum, Papa«, sagte er, als der Tumult sich etwas gelegt hatte, »ich mache Studien zu meinen zukünftigen Werken. Übrigens ist der Platz nicht so dämlich, wie du meinst. Man kann den Busch wenigstens nicht wegtragen.«

»Wie meinst du das?«, fragte Hiob etwas beunruhigt.

»Oh«, Daniel schwenkte mit verbindlicher Geste seinen Knochen, »ich kenne da eine entzückende Anekdote – von einem Liebespaar«, er wandte sich an Rebekka. »Stell dir vor, Bekkie, es war Herbst, so wie jetzt, eben zur Weinlese. Ein irrsinnig heißer Tag, und es roch phantastisch nach allen guten Sachen, also ein Tag wie Honig ...«

Hiob schaute unbehaglich zu seiner Frau hinüber, die errötet war und mit ihrer Gabel eine Brotrinde auf dem Teller hin und her schob.

»...Und natürlich war es dem Liebespaar auch verdammt heiß. Der junge Mann war fünfzehn Jahre alt und von der Dame verbietet mir die Höflichkeit nähere Angaben zu machen, aber die Geschichte erzählt, dass sie sehr schön war und sehr lieb.«

Daniel erzählte mit Genuss und ausdrucksvollen Bewegungen seiner fettbeschmierten Finger.

»Es war, wie gesagt, Weinlese, und eine von diesen riesig großen Bütten stand umgekippt vorm Haus, weil man sie so besser auf den Wagen laden kann und wegfahren. Das Liebespaar kroch also getrost unter die Bütte, und sie sagten sich dort im kühlen Schatten viele schöne Dinge und so, und schließlich schliefen sie ein. Sie erwachten von einem Gewitter, das in Form einer sehr beredten Strafpredigt aus dem weißen Bart eines würdigen alten Herrn kam, aber das war nicht, wie ihr vielleicht glaubt, der liebe Gott, sondern der Papa der Dame, der eben die Bütte wegbeordert hatte, denn es waren seine Weinfässer, und die Arbeiter standen noch im Hintergrund und wischten sich den Schweiß von der Stirn und grinsten hinter ihren Sacktüchern. Und da«, wandte sich Daniel an Hiob, »dieses erlauchte Beispiel sogar historisch ist…«

»Schurke!«, rief Hiob, teils geärgert, teils belustigt in dem Bestreben, möglichst viel Lärm zu machen, um die Aufmerksamkeit auf sich zu lenken und sein armes Eheweib zu erlösen, das immer noch hilflos mit der Brotrinde spielte: »Woher hast du diese Schauergeschichte? Gehört sich so was? Ein Skandal!«

»Schauer«, sagte Daniel, »wieso Schauer? Ich finde die Geschichte süß. Und woher? Ich sammle. So auf dem Markt, so in den Kneipen – am Fluss bei den Wäscherinnen und bei den Hirten und Winzern. Das kommt alles in meinen Roman. Ob sich das gehört, wage ich nicht zu entscheiden. Es ist schade, dass der alte Herr mit dem weißen Bart, der wie der liebe Gott aussah und es nicht war, nicht hier ist; der wüsste den Fall wie kein anderer zu klären. Sonst ist hier wohl niemand kompetent. Aber ich glaube schon, dass es ein Skandal war!«

In diesem Augenblick wurde der brennende Pudding hereingebracht, ein pyrotechnisch-kulinarisches Meisterwerk des griechischen Kochs. Die Forschungen über Anstand und Sitte verloren nun bei allen Beteiligten jegliches Interesse.

Der Abschied

Hiob knöpfte seine Pelzweste zu und half seiner Frau in den Wagen. »Also!«, sagte er dabei zu Rebekka, die mit einer Schürze und bis an die Ellbogen bemehlt am Fuß der Treppe stand. »Also, hütet mir das Haus gut und macht keinen Blödsinn. Tobt nicht so und passt aufs Feuer auf – lasst keinen Fremden herein und gebt…« Mit lautem Geschrei und Gequietsch kamen die übrigen neun Kinder auf die Treppe gestürzt, hingen sich an Hiobs Hals, versuchten den Wagen zu erklettern und die Pferde scheu zu machen, womit sie großen Erfolg hatten. Der Kutscher hatte Mühe, die aufgeregten Tiere zu halten.
»Nicht auf mein Kleid!«, rief Hiobs Frau und wehrte sich dagegen, dass man ihr noch schnell Blumen, die zum Teil mitsamt der Wurzel ausgerissen waren, in den Wagen warf. »Und verdreckt euch nicht so. Und gebt auf Jonathan und Rahel acht, dass sie nicht an den Brunnen gehen! Lieber Gott, wenn ich mir vorstelle, was da alles passieren könnte – ich möchte am liebsten dableiben! Vergesst den Hund nicht zu füttern!«
»Papa!«, sagte Jonathan, wobei er an Daniels Arm hing, kunstvoll auf den Fußspitzen balancierend, »Papa, Dan sagt, das Haus kann nicht umfallen, dass das Haus nicht umfallen kann, weil's Dach drauf ist, Papa!«
»Ja«, sagte Daniel etwas schuldbewusst und errötete leicht, »er hatte solche Angst, weil das Kind von der Waschfrau ihm eingeredet hat, das Haus fiele bald ein, wegen dem Riss, weißt du. Und da hab ich ihm gesagt, solang das Dach drauf ist, kann ein Haus nicht auseinanderfallen, das ist doch so, nicht? Das Haus hält doch noch ewig?!«

»Klar!«, sagte Hiob fröhlich. »Solang das Dach drauf ist, Jon, kann nichts passieren.«
Jonathan lächelte ernst und zog sich in den Hintergrund zurück, wo er alsbald mit Rahel und Samuel in eine Debatte geriet, ein Stückchen Teig betreffend, das Rahel in der Küche von Bekkies Kuchen abgezweigt hatte und der durch mehrstündiges Herumrollen in ihren kleinen Pfoten schon schwärzlich geworden war. »Also schließt das Haus abends gut ab, Dan, du bist der Älteste, ich verlass mich auf dich. Heut Nacht ist ja der Wächter im Garten, und morgen früh um sechs kommt Paris aus der Stadt zurück und macht das Frühstück wie immer. Und im Lauf des Vormittags kommen wir wieder!« Er küsste und umarmte seine Kinder der Reihe nach, klopfte das Mehl von seiner Jacke und stieg in den Wagen. Die Kinder schauten dem Wagen noch nach und winkten, bis die Allee eine Biegung machte und man nichts mehr sah. Dann raffte Rebekka ihr Kleid und nahm das abessinische Mädchen bei der Hand, und sie liefen zu ihrem Kuchen zurück, und der Haufe stürzte hinterher, türenschlagend, quietschend und im Laufen miteinander streitend. Daniel und Jonathan waren allein vorm Haus zurückgeblieben. »Jetzt sind wir allein«, sagte Jonathan, wobei er wie immer ernst lächelte und mit der Zunge anstieß, »ganz allein wie große Leute. Und das Haus gehört uns auch ganz allein. Wir wollen ein dolles Fest feiern, nicht Daniel? Wir schließen alles ab und lassen niemand herein und essen Rebekkas Kuchen, und nachmittags spielen wir Theater, nicht Daniel, wie bei Königen und großen Leuten, wenn sie Geburtstag haben!«
Daniel nahm Jonathan um den Bauch und hing ihn sich über die Schulter. »Ein dolles Fest«, sagte er hingerissen, während er ihn die Treppen hinauftrug,

»ein ganz verdammt dolles Fest. Wir werden Paris sämtliche Vorräte auffressen und dich zum König krönen.« Mit diesen Worten erreichten sie die Küche und stürzten sich ins Getümmel.

Zweiter Teil

Die Heimkehr

Als der Wagen um die Wegkrümmung bog, stieß Hiobs Kutscher einen erstickten Schrei aus und trieb seine Pferde zu rasendem Galopp an; und so kam es, dass Hiob erst das Unglück sah, als der Wagen mit einem scharfen Ruck hielt. Hiob sprang heraus. Er glaubte, das Opfer eines schrecklichen Alpdrückens zu sein, denn das, was er da sah, war so furchtbar, dass es niemals wahr sein konnte. Er stand vor den Trümmern seines Hauses, das er noch gestern, baufällig zwar und morsch, aber immerhin noch als Haus verlassen hatte. Er wandte sich um nach seiner Frau, die hinter ihm stand und ihren Kopf mit beiden Händen hielt, stumm, ohne ein Wort, wie aus Stein. Er schaute nach dem Wagenlenker, aber der sah nur seine Pferde, als gäbe es im Augenblick nichts Wichtigeres, als die Pferde langsam und kunstgerecht abzuschirren, als ob noch ein Stall da wäre, in den er sie führen könnte. Und grade hier vor ihm, am Rand des Trümmerhaufens, auf zerbrochenem Hausrat, Balken und Dachziegeln, lagen seine Kinder. Da lag Daniel, den man nur an seiner Größe noch erkennen konnte, denn sein Kopf war schrecklich zerschmettert, und seine Hand umklammerte den Arm des kleinen Hirtenmädchens, die aussah, als schliefe sie, da lagen Rahel in ihrem roten Kleid, Rebekka und Samuel und die andern, und Jonathan, der eine Krone aus vergoldeten Lorbeerblättern auf dem Kopf hatte und ernst lächelte, als lebte er noch, aber sein kleiner Brustkasten war grässlich zerquetscht und seinen roten Samtmantel hatte das Blut steif und dunkel gemacht. Auf dem Trümmerhaufen krochen immer noch Leute mit wirren Haaren, verschmiert und verdreckt, herum, wendeten jeden Balken und suchten mit hoffnungslosen, geschwärzten Gesichtern, ob sie nicht doch noch etwas retten könnten. Sie sprachen kein Wort, und das schauerliche Schweigen machte das alles so gespenstisch, dass Hiob sich zum andern Male fragte, ob er, geb' es Gott, nicht doch vielleicht träumte. Aber da kamen zwei der Männer an und trugen zwischen sich eine Masse aus Lumpen, schien es, aus denen ein Arm heraushing, ein Kinderarm und ein Kopf, und Hiob erkannte, das war Josua. Die Männer legten das arme Bündel Lumpen, das da einen Knaben zusammenhielt, zu den anderen Toten und standen nun mit hängenden Schultern vor ihrem Herrn, schuldbewusst irgendwie und doch ohne jede Schuld an diesem großen Unglück. Der eine von beiden, es war Paris, der griechische Koch, stürzte zu Hiobs Füßen und umfasste sie und schluchzte, und Hiob nickte beinah gleichmütig, als hätte er alles das erwartet. Die Männer fühlten sich entlassen und gingen, der Kutscher schlich mit den Pferden fort, um sie im Park an einen Baum zu binden, und Hiob und seine Frau blieben allein mit ihren toten Kindern. In Hiobs Kopf war es ganz leer und ganz hell, wie es in einer Wolke sein muss, nur nicht weich, sondern hallend und hart. Die Allee hinauf tönte ein jagender, gehetzter Hufschlag, und Hiob dachte daran, ohne dass er es eigentlich be-

wusst merkte, dass das Pferd lahm ginge und es eine verdammte Schweinerei von dem Kerl sei, ein lahmes Pferd zu so einem Galopp zu zwingen. Da war der Reiter heran, er fiel mehr aus dem Sattel, als dass er sprang, er taumelte vor Hiobs Füße und keuchte.
»Herr«, sagte der Reiter, »oh, ich, Herr, ich und mein Gaul, sind das Letzte, was dir von all deinem Vieh und deinen Hirten noch bleibt. Sie haben uns alles genommen, alle erschlagen, die Hunde erwürgt…«
Der Hirt schwieg, sein Atem ging stoßweise, und eine Zeitlang war nichts zu hören als sein Keuchen und das des Pferdes, das mit zitternden Knien pfeifend Luft holte.
»Sie kamen bei Nacht…«, sagte der Hirt; Hiob nickte wieder, und während der Hirt leise wegschlich, sein lahmes Pferd hinter sich herschleppend, bemüht, die Toten nicht zu berühren, wandte sich Hiob zu seiner Frau. Sie stand noch genauso wie vorhin, wie aus Stein, den Kopf zwischen den Händen, ohne ein Wort. Sie wandte sich zu ihm, und Hiob erkannte in ihren Augen die gleiche Unfähigkeit zu trauern, die gleiche Leere und beinah heitere Ratlosigkeit, die einen überfällt, wenn ein Unglück so groß ist, dass es unmöglich ist, eine Träne zu vergießen. Einen Toten kann man beweinen, aber nicht zehn. Ein Unglück bejammern, aber nicht tausend. Er breitete die Arme aus, und sie stürzte an seine Brust, und Hiob nahm seinen Mantel und deckte ihn über ihren Kopf und ihre Schultern und hielt sie mit seinen Armen fest an sich gedruckt, damit niemand ihr schreckliches Lachen hören sollte.

»Widerlich!«, sagte Hiobs Frau. Sie raffte mit ihren abgemagerten, geröteten Fingern ihr Kleid zusammen und ging mit kleinen Schritten an dem Schutthaufen auf und ab. »Ich meine, das da hätte genügt. Aber dass du in deiner gottlosen Albernheit weiter nichts im Sinn hast, als dich da herumzutreiben, wo du dir so was anschaffst – einfach widerlich!« Sie betrachtete mit harten Augen Hiob, der müde herumkroch und nach einer Topfscherbe suchte. Eben hatte er unter mehreren eine ausgewählt, mit einer Langsamkeit, die sein Weib noch mehr reizte, eine blaue mit grünen Streifchen, und begann phlegmatisch, sich damit zu kratzen.

»Nimm doch die weiße«, sagte seine Frau ungehalten, »das blaue war doch Essgeschirr!« Gleichmütig legte Hiob die blaue Scherbe weg und nahm die weiße. ›Als ob das nicht egal ist‹, dachte er dabei, ›und freiwillig und um sie zu ärgern hab ich mir diese widerliche Krankheit nicht angeschafft.‹

»Du solltest nicht mehr herkommen«, sagte er, »eines Tages, früher oder später, es kommt schon nicht drauf an …«

»Gewiss«, sagte sie böse, »es ist ja so meine Art und sähe mir nur ähnlich, wenn ich dich hier liegen und verrecken ließe, das wolltest du doch sagen?«

Hiob hätte erwidern können, dass das nicht im Entferntesten seine Absicht gewesen sei, und dass er ihr doch seinen täglichen Anblick hatte ersparen wollen. Aber er sah, dass es besser war, nichts von alledem zu sagen. Und so schwieg er. Er hatte noch nie gefragt, was sie den ganzen Tag trieb, wo und wovon sie lebte und womit sie das Essen bezahlte, das sie ihm jeden Abend brachte; er wollte sich eine Antwort, die ihn noch mehr verelendet hätte, ersparen, und deshalb schwieg er auch hier. So lebte er auf den Trümmern seines Hauses. Er lag meist auf dem Rücken und starrte mit rotgeränderten weißbewimperten Augen in den Himmel, wenn es schönes Wetter war, und wenn es regnete, kroch er in einen der halb verschütteten Keller und schloss die Augen, um nicht seinen von eitrigen Beulen und Schorf verunstalteten Körper sehen zu müssen.

»Fromm und gottesfürchtig, so nannten dich die Leute«, sagte sie höhnisch. »Du hattest allerdings recht, deinen Gott zu fürchten, der dich so belohnt. Jeden nach Recht und Verdienst, nicht wahr, so heißt es doch. Glaubst du immer noch daran? Es gibt keinen gerechten Gott, und es sollte mich nicht wundern, wenn es überhaupt keinen gibt!«

Hiob betrachtete den nassen schmutzigen Saum ihres gerafften Kleides, dessen Goldborten größtenteils abgerissen oder verblichen waren und in dessen Fransen Strohhalme und kleine Zweige hingen. »Schon recht«, murmelte er gefügig. Es hatte keinen rechten Sinn, ihr von Gott zu sprechen, dessen verwirrende und unverständliche Werke und Beschlüsse er ihr nicht erklären konnte, an den zu glauben und auf dessen Gerechtigkeit zu hoffen ihm so notwendig war, wenn er sich nicht den Schädel an der Mauer einrennen sollte. Zur Untätigkeit verurteilt, von seinen Freunden gemieden, seiner Kinder, seiner Güter beraubt, aus der Gesellschaft der Menschen ausgestoßen durch sein endloses Missgeschick – wie hätte er all das ertragen sollen, ohne den Verstand zu verlieren, wenn er nicht der festen Überzeugung gewesen wäre, dass er eines Tages erlöst werden würde aus diesem Elend, diesem verfaulenden Körper, um das Angesicht seines Herrn zu schauen? Er war den

ganzen Tag, die ganze Nacht allein, mit Ausnahme der Stunde am Abend, wenn seine Frau kam, um sein Essen zu bringen und ihren Zorn wider ihn auszugießen. So hatte er Zeit, über sein Leben nachzudenken, und wenn er die Augen schloss, sah er seine Kinder vor sich, wie er sie an jenem Vormittag verlassen hatte, und in seinen kurzen, schwerelosen Träumen sah er immer wieder Jonathan, dessen ernsthaftes Lächeln er mit seiner Vorstellung des Paradieses und ewiger Seligkeit verband.
Hiob riss sich aus seinen Gedanken. Ohne Gruß, wie jeden Abend, war seine Frau fortgegangen. In der Ferne hörte er das Geräusch ihrer Schritte. Hinter den Bäumen ragte das Gerippe des verlassenen Neubaus in den hereinbrechenden Abend.

»... das blaue Tuch, das schöne Tuch ...«

Hiobs Frau kniete vor dem kleinen Spiegelrest, der auf der Fensterbank stand, und kämmte sich. Draußen rollten die ersten Wagen mit Fleisch und Gemüse in die Stadt. Der Atem der Pferde und Fuhrleute dampfte in dem kalten Morgen.
›Hoffentlich scheint heut die Sonne‹, dachte Hiobs Frau, während sie besorgt den grauen, noch halb nächtlichen Himmel betrachtete. »Das Wasser ist so kalt, und wenn man das nasse Zeug heimschleift, ist's so schwer.‹
Sie steckte den letzten Zopf fest und betrachtete ihre rauen Hände. Sie erhob sich etwas ächzend vom Boden. ›Lang halt ich das nicht aus‹, dachte sie, ›am liebsten ginge ich heut noch ins Wasser. Aber wer soll für Hiob sorgen? Er hat mich nie nötiger gehabt als jetzt.‹

Sie nahm von einem Brett ein Stück Brot, hob das Bündel Wäsche, das vor der Tür lag, auf den Kopf und ging durch die noch fast leeren Straßen zum Fluss. Ein paar Dienstmädchen gingen mit ihren Krügen zum Brunnen, Sklaven fegten vor den Türen, ein paar Betrunkene bewegten sich schwerfällig und torkelnd heimwärts, wobei sie sich an den Hauswänden festhielten. Am Fluss wurden die ersten Lastkähne ausgeladen, bei den Waschbänken standen die ersten frierenden Wäscherinnen, die noch wenig Lust hatten, ins kalte Wasser zu fassen, und sich die Zeit mit Geschwätz vertrieben. Hiobs Frau ging ans Ufer, zog die Sandalen aus und steckte ihren verblichenen blauen Rock an den Hüften auf. Dann legte sie die Wäsche ins flache Wasser, bemüht, sich zu merken, wie viel Teile es von jeder Sorte waren. Die Sonne ging rot wie eine Orange am Horizont auf, es würde ein schöner Tag werden. Hiobs Frau setzte sich auf den Steg und schaute gedankenlos den Lastkähnen zu, den Matrosen, die mit den Wäscherinnen scherzten, den schwitzenden Taglöhnern, die die Waren ausluden und am Ufer stapelten, bewacht von einem Herrn, der auf einem ganz alten Maultier saß, welches jeden Versuch seines Herrn, es in der einen oder andern Richtung anzutreiben, beharrlich ignorierte, weshalb der Herr es endlich aufgab und abstieg, nicht ohne Mühe, und sein Maultier am Zügel führte. Den höhnischen Bemerkungen der Schiffsleute anlässlich dieser Gelegenheit bereitete der unvermutet auftauchende Kapitän mit unfreundlichen Worten ein jähes Ende, und die Sonne, die immer höher stieg, nahm an Farbe ab und an Hitze zu. Die Wäscherinnen kehrten zu den Stegen zurück, und bald hallte es von den kräftigen Schlägen der Waschhölzer und dem fröhlichen Geschnatter der vielen Frauenzimmer. Schiffe zogen auf dem breiten Fluss vorbei, und die Wäscherinnen winkten den Matrosen zu und wechselten scherzhafte Reden mit ihnen, die meist auf beiden Seiten falsch oder gar nicht verstanden wurden. Die sich hieraus ergebenden Verwechslungen beschäftigten die Frauen, bis das nächste Schiff auftauchte. Ab und zu gab es Streitigkeiten um Wäschestücke, und wenn sie sich eine Weile angefaucht hatten, vertrugen sich die Wäscherinnen wieder und sangen ihre schönen Lieder, von dem blauen Tuch, das ins Wasser fiel und das die Strömung mit fortnahm, worauf der Fluss gebeten wird, das Tuch wenigstens dem Liebsten zu bringen, der als Matrose auf dem stolzen Schiff fährt.

›Sorgen haben die Leute‹, dachte Hiobs Frau und kam damit von ihren eignen ab.

»Hab die Wäsche heimgetragen.
Kam die Herrin mich zu fragen:
Wo hast Du das Tuch gelassen,
Das blaue Tuch, das schöne Tuch,
Das ich bekommen von meinem Gatten …«

sang die alte Frau neben ihr.

›Was hab ich noch von Hiob? Das Kleid, in dem ich abends hingehe zu ihm. Den Ring hier!‹ Sie drehte den Ring langsam herum. ›Früher glaubte ich immer, wenn ich den Ring drehe und mir was wünsche, geht's in Erfüllung. Ich wünschte – jetzt hab ich nichts mehr zu wünschen.‹ Sie fischte nach einem Hemd, das Anstalten machte davonzuschwimmen und beschwerte es mit einem Stein.

»… hat die Herrin mich geschlagen
für das blaue Tuch, das schöne Tuch,
das sie bekommen von ihrem Gatten …«

sangen die Wäscherinnen.

›So sieht also eine alte Wäscherin aus‹, dachte Hiobs

Frau desolat und rieb an dem Hemd. ›So seh ich also dann aus. Nein, das kann ich nicht. Für mich tu ich's ohnehin nicht, und ich leb keine Stunde länger als er, wenn's mal so weit ist.‹ Sie dachte an die Weinbütte, an ihre Kinder – sie war sechzehn Jahre alt gewesen, als Daniel zur Welt gekommen war –, an Hiobs Fleiß und das glückliche Leben, das sie geführt hatten. Es ist wie ein umgekehrtes Märchen – zuerst das Gute und dann das Schlechte. Das ist ein schlechtes Märchen! Sie zog die Wäsche aus dem Fluss und trug sie auf eine der Wiesen, um sie zum Trocknen auszubreiten.

»Als der Tag herangekommen,
Seht, da kam das Schiff geschwommen,
Er trug das Tuch, das ich ihm gegeben,
Das blaue Tuch, das schöne Tuch –
Eine andre ist in seinen Armen gelegen …«

Hiobs Frau setzte sich neben der ausgebreiteten Wäsche ins Gras. ›Das ist auch so ein schlechtes Märchen‹, dachte sie, ›aber es scheint doch, dass nur schlechte Märchen wahr sind. Es ist uns gut gegangen, sagt Hiob, jetzt geht's uns schlecht, und wenn wir das Gute genommen haben, warum sollen wir nicht auch das Schlechte annehmen? Alles hat Grenzen‹, dachte sie, während sie ihr Brot aß, ›auch die Kraft, Gutes oder Schlechtes zu ertragen. Nur unser Unglück hat keine Grenzen und kein Ende.‹

Sie streckte sich aus und betrachtete den glühenden blauen Himmel, vereinzelt hörte man noch Wäscherinnen singen und schwatzen, aber die meisten waren schon heimgegangen oder saßen wie sie neben ihrer Wäsche im Gras und ernährten sich kümmerlich und fröhlich. ›Nur mein Unglück hat kein Ende‹, dachte Hiobs Frau noch einmal. Sie kämpfte mit einer bleiernen Müdigkeit, die sie anfiel, sie spürte auf einmal, wie ihr das Kreuz wehtat und die Arme, und schloss einen Moment die Augen. Als sie sie nach einer Weile öffnete, hatte der Himmel gelbe Flecke, und rote Kreise drehten sich wild dazwischen, alles so blendend hell, dass ihr die Augen davon tränten. Sie machte sie schnell wieder zu. »Ich darf nicht einschlafen«, murmelte sie, und mit diesen Worten schlief sie ein.

Der Freund

Am Klang der Schritte hatte Hiob Jonathan erkannt. »Ach Jonathan«, sagte er schwach, und Jonathan hörte in diesem Ausruf die Freude, dass er doch kam, und den Vorwurf, dass er so lang gebraucht hatte, um sich dazu aufzuraffen. »Komm mir nicht zu nah, bleib dort in der Ecke, wo du stehst. Da muss ein alter Eimer stehn, kipp ihn um und setz dich drauf!«

Jonathan hatte Mühe, Hiob unter all dem Gerümpel zu erkennen. ›Ich konnte nicht eher kommen‹, hatte er sagen wollen, ›ich war in Algier, dort erreichte mich die Nachricht von deinem Unglück, und ich ließ alles stehn und liegen und meine Geschäfte im Stich und bin geritten Tag und Nacht, und nun bin ich da, und wie kann ich dir helfen?‹; aber er war nicht imstande, auch nur ein Wort von alledem zu sagen. Er hatte es nicht geglaubt, was man ihm von Hiob berichtet hatte, und hatte es sich nicht so schrecklich vorgestellt. Aber der Anblick seines Freundes, dieses Bündels aus Lumpen und verfaulendem Fleisch, von dem fahlen Licht beleuchtet, das durch die Löcher in der Decke des Kellers drang, dieser Anblick erschütterte ihn so, dass er glaubte, ersticken zu müssen an jedem Wort, das er zu sagen versuchte. Er machte eine Bewegung, als wolle er auf Hiob zugehen. Aber Hiob hatte es gemerkt, er öffnete die Augen und sagte scharf: »Bleib weg! Untersteh dich, hier näher zu kommen!«

Jonathan setzte sich dort auf den Boden, wo er stand, legte den Kopf auf die Knie und weinte. Es war ganz still. Ab und zu bewegte sich Hiob auf seinem Gerümpel, dann klirrte etwas, ein alter Topf rollte herum, und das bleiche Licht beleuchtete in zwei Strahlen den gelassenen Hiob und den fassungslos schluchzenden Jonathan. »Eija, Jon«, sagte Hiob und wunderte sich, dass es ihn so gar nicht mehr schmerzte, diesen Namen auszusprechen, »ach, so schlimm ist das ja gar nicht. Du musst nur nicht hinschaun, dann geht's schon. Meine Stimme ist ja noch ganz menschlich, nicht, und auch ganz lebendig, soweit man das erwarten kann. Ich selbst schaue mich nicht mehr an, der Ekel brächte mich um. Und du glaubst nicht, wie schön das ist, dass man lebt, dass man nur atmet und nicht tot ist; anfangs dachte ich auch, ich möchte lieber gleich sterben, aber jetzt hab ich mich dran gewöhnt. Nur für meine Frau wär's besser, ich wäre tot. Aber das dauert auch nicht mehr lange.«

Jonathan hatte aufgehört zu schluchzen, und obwohl es ihn grauste und er sich bemühte, nicht hinzuschaun, zog ihn doch dieses völlig verwüstete Gesicht, das sich schauerlich bewegte beim Sprechen, wo anstelle der Nase ein Loch war und dessen Zähne bloß lagen wie bei einem Totenschädel und sich öffneten und schlossen, was gespenstisch aussah und durch die Stimme noch gespenstischer wurde, geheimnisvoll an. Er bemühte sich vergebens, auch nur einen Zug wiederzufinden, was ihn an den Hiob, den er verlassen hatte, erinnerte. Eine Geste, eine Handbewegung, einen Blick. Aber Hiob bewegte sich kaum, wälzte sich höchstens mal etwas, seine Hände lagen auf seinem Bauch, und die Augen hatte er geschlossen, und wenn er sie öffnete, erschrak Jonathan jedes Mal vor diesen starren, wässrigen Kugeln, die ohne Glanz und Ausdruck waren, und hatte Mühe, es zu verbergen, dass er erschrak. Er fühlte die Notwendigkeit, jetzt etwas zu sagen, Hiob zuzureden, ihm irgendwie tröstliche Dinge zu sagen, aber er zermarterte sich vergebens das Hirn, legte sich hundertmal einen Satz zurecht und verwarf ihn hundertmal wieder. Er sah ein, dass es hier keinen Trost gäbe, dass man hier nichts sagen könnte und dass alles, was man spräche, hohl und albern klingen würde. Also schwieg er und knackte nervös mit den Daumen.

»Ja, ja«, sagte Hiob, »es ist nicht so leicht, mit so einem wie mit mir zu reden. Trösten kann man ihn nicht, weil er brennend untröstlich ist, und alltägliche Sachen werden ihn kaum interessieren. Erzähl sie mir immerhin. Wie hast du dir die Zeit vertrieben, hast du meine Frau manchmal gesehen, hast du gute Geschäfte gemacht, hast du dich vielleicht inzwischen verheiratet? Dazu konntest du mich nun nicht mehr einladen, wie du immer wolltest, mein armer Freund, also?«

»Ich, ich war in Algier…«, sagte Jonathan gepresst, »ich kam erst eben hier an, deine Frau hab ich nicht gesehn, meine Geschäfte sind gut, verheiratet bin ich nicht.«

»Nun«, sagte Hiob, nachdem er eine Weile gewartet hatte, ob noch was käme, und sich dies als vergeblich herausstellte, »sehr unterhaltend bist du nicht. Was das Heiraten anlangt, so bin ich ja auch nicht grade

dazu angetan, einen Anreiz zur Gründung einer Familie zu geben. Immerhin, du siehst gut aus!«
Er schaute ihn kurz an, und wieder schrak Jonathan zusammen unter diesem Blick, der kalt und bleiern war, wie der eines gekochten Fisches.
»Gewiss«, sagte Jonathan eilig, »wie sollte ich nicht gut aussehn? – Mir fehlt doch nichts!« Hierauf versank er wieder in Schweigen. Da Hiobs Gesicht starr und tot war, konnte Jonathan nur an seiner Stimme einen Verdruss bemerken. »Ist es heiß in Algier?«, fragte er höhnisch.
Jonathan biss sich auf die Lippen.
»Sieh an«, sagte Hiob, »mein lieber Freund Jon, mein einziger Freund, weiß nichts zu erzählen. Es lohnt auch nicht mehr, mit einem zu sprechen, der eigentlich schon tot ist. Vielleicht hast du dringende Geschäfte? Ich will dich nicht aufhalten! Verschlägt dir der Ekel die Stimme? Was soll ich da erst sagen …? Dir werden sie ja nicht fehlen, aber mir fehlen meine Kinder sehr«, sagte er, als Jon immer noch schwieg, »auch meine Frau, auch sie fehlt mir sehr. Aber das ist wohl sehr anmaßend gesprochen, wenn man sich in so einem Zustand befindet wie ich.«
Jonathan fand endlich ein Wort. Er wusste schon vorher, dass es falsch war, aber er musste irgendetwas sagen. »Vielleicht straft dich Gott für deine Sünden«, sagte er ungeschickt.
»Ach!«, rief Hiob schmerzlich. »Jetzt fängst auch du noch an, mir Sottisen zu sagen? Ja, du Unglücklicher, welches Verbrechen konnte ich denn begangen haben, dass Gott mich so dafür strafen könnte? Weißt du nicht, dass Gott gerecht ist und barmherzig? Kein Mörder, kein Henkersknecht hätte so eine Strafe verdient! Ist es nicht, als büßte ich die Sünden der ganzen Stadt? Wer von uns vermöchte zu erraten, was

Gott beschließt und was er damit meint? Ich weiß aber, dass ich erlöst werde eines Tages von all diesem Jammer und vor Gottes Angesicht stehen werde, und dann, so hoffe ich, wird mir Gott alles erklären. Du aber solltest mich nicht auch noch kränken, ich bin ein großer Sünder, gewiss, kein Mensch hat aber das Recht, sich über den andern zu erheben, denn wie sollten wir unterscheiden können, was gut ist und was böse, wer gerecht ist und wer ein Sünder?« Er schwieg erschöpft. »Verzeih«, flüsterte Jonathan, »du weißt wohl, dass ich dich nicht richten wollte. Vergib mir, wenn du kannst, meine Torheit, und bitte für mich – dort…«

»Ach«, sagte Hiob, »ich bin nur ein geringer Mensch, ein Sünder, wie sollte meine Bitte Gewicht haben? Aber versuchen will ich's. Und nun geh fort, die Luft ist vergiftet, wo ich bin, und du sollst durch mich nicht zu Schaden kommen. Wirf deine Kleider weg, die du anhast, und denk manchmal an mich, wenn du es ohne Ekel kannst.« »Lass mich wiederkommen«, sagte Jonathan fast flehend, »lass mich wiederkommen. Ich bin ein schlechter Mensch, ich denke nur an mich, während du dich um mich kümmerst und mir versuchst, Gutes zu tun, mir, der ich dir helfen sollte. Lass mich wiederkommen, lass mich dir Essen bringen und Medizin…«

»Ich brauche keine Medizin mehr«, sagte Hiob mit einem Lächeln in der Stimme, »und werde auch bald kein Essen mehr brauchen. Nimm dich meiner Frau an. Sie ist eine kluge und gute Frau, Jon, und sie hätte ein besseres Leben verdient.«

Er holte tief Atem. »Nimm dich ihrer an«, flüsterte er abschließend. Mit gesenktem Kopf und hängenden Schultern schlich Jonathan heim, das Herz schwer wie ein Stein von Trauer und Scham.

Jeden Tag kam Jonathan um die gleiche Zeit. Er kippte den Eimer um, setzte sich darauf, stützte die Ellbogen auf die Knie und verschränkte die Hände. Und da sie nichts zu reden wussten, schwiegen sie. Manchmal erzählte Jonathan irgendeine Begebenheit, die sich in der Stadt zugetragen hatte und die Leute beschäftigte, aber meist wussten sie beide nichts damit anzufangen, und so wurde die Geschichte nicht zu Ende erzählt. Jonathan sorgte sich um seine Geschäfte, die er in Algier in den Händen eines nicht besonders geschickten Verwalters zurückgelassen hatte, und er dachte oft daran, Hiob um Rat zu fragen. Aber dann sagte er sich wieder, dass Hiob so fern all diesen Dingen sei, und es könne auch so aussehn, als sei er, Jonathan, es müde, hierher zu kommen. ›Es wäre gut, wenn du hinführest‹, würde Hiob zu ihm sagen, ›besser du schaust zu deinen Sachen, als du besuchst mich altes Wrack, das im Sterben liegt und einen schauerlichen Anblick bietet. Denn du lebst und hast größere Rechte als ich, der ich tot bin.‹ Darum schwieg Jonathan, und er wünschte verzweifelt, dass Hiob einen, wenn auch nur lächerlich geringen und verschwindend winzigen, aber doch einen Trost aus seinen Besuchen schöpfen möge. Die Speisen, die er mitbrachte, aß Hiob, wenn Jonathan weg war, weil, wie Hiob nicht zu Unrecht annahm, es so schauderhaft aussah, wenn er aß. Jonathan war schon glücklich darüber, dass er sie überhaupt nahm. Hiobs Frau hatte er nicht helfen können. »Du bist sehr gut, Jonathan«, hatte sie gesagt, »aber was sollte ich denn den ganzen Tag tun? Ich muss etwas tun, das mich müde macht, damit ich schlafen kann und nicht mich nachts

schlaflos herumwälzen muss und um mein Bett meine toten Kinder sitzen sehe. Lass nur, ich bin schon ganz zufrieden so!« Und er hatte auch sie nur mit Mühe dazu bewogen, wenigstens Essen von ihm anzunehmen und ein Zimmer in seinem Haus.
Hiob räusperte sich und wälzte sich etwas. »Du weißt nicht, Jon, wie schön es war«, sagte er. Seine Stimme klang wie verrostet, und er sprach so selten seit einiger Zeit. Es war, als genügten ihm die stummen Gespräche mit seinem Freund, den er nicht mehr ansah, seit er bemerkt hatte, wie Jon immer erschrak. »Wie schön und schrecklich zugleich. Je jünger ein Toter ist, umso größer ist das Unglück, umso grausiger ihn anzuschauen. Es ist wie ein Wunsch, der nie in Erfüllung gehen wird, wie eine Prophezeiung, deren Trug man ahnt. Oft scheint es mir, als sei es das Leben schon wert, einmal ein solches Kind besessen zu haben. Ach, über die fröhliche Unbekümmertheit Daniels, diesen törichten Glauben der Jugend, dass es irgendetwas gäbe, das feststeht und Bestand haben kann. Denn wie vermöchte der sich jemals zu etwas aufzuschwingen, der schon als Knabe die Eitelkeit und Hohlheit aller Dinge erfasste?«
Jonathan wusste schon, dass Hiob hierauf keine Antwort erwartete. Er war zufrieden damit, dass ein Mensch seine Worte hörte und in seinem Herzen bewegte und er nicht nur den Steinen predigte, die nur ein leeres Echo wiedergaben. Nach einigen Stunden, wenn Hiob schon lange wieder allein lag, kam seine Frau und brachte ihm zu essen. Hiob wusste nicht, wozu sie kam, aber er bat sie nicht mehr darum wegzubleiben, weil er fühlte, dass er sie damit kränkte. Eines Abends merkte er plötzlich, als er so mit geschlossenen Augen dalag, dass jemand hinter ihm stand. Er blickte auf und sah seine Frau über sich ge-

beugt. In der erhobenen Hand hielt sie eine Axt mit der stumpfen Seite nach unten, und ihr Blick war so furchtbar, dass selbst Hiob noch erschrak.
»Schlag zu«, sagte er trotzdem, »schlag zu, ich werd' dir nur dankbar sein. Schlag zu und erlöse dich und mich.«
Als hätten seine Worte einen Bann gelöst, brach die Frau in Tränen aus und warf die Axt fort. Sie fiel neben Hiob auf die Knie und legte den Kopf auf seine Hand, die auf dem alten Topf lag. »Geh fort!«, schrie Hiob erschrocken. »Geh fort, ich bitte dich und rette doch wenigstens dein Leben! Quäl mich nicht, geh fort. Ich bitte, ich beschwöre dich, geh und quäl mich nicht länger!« Seine heisere Stimme schnappte über.
»Fünfzehn Jahre habe ich mit dir gelebt«, sagte die Frau und hob ihr tränenüberströmtes Gesicht, »fünfzehn Jahre hab ich dich geliebt, fünfzehn Jahre war ich keinen Tag ohne dich. Abends, wenn ich einschlief, lag mein Kopf auf deinem Arm, und nachts hörte ich deinen Atem. Ich bin dir treu gewesen, das sage ich nicht, um mich zu rühmen, und es fiel mir leicht, es gefiel mir niemand außer dir. Wie sollte ich dich nun auf einmal von einem Tag zum andern nicht mehr lieben? Wie könnte ich unsere Zeit vergessen? Für mich bist du noch, wie du warst. Ich bin allein und meine Nächte einsam und niemand, der mich am Morgen zärtlich weckt, niemand, der mit mir spricht, und niemand, der mit mir schweigt, so wie du mit mir zu reden und zu schweigen gewohnt warst. Vielleicht ist es darum, dass ich oft keine Ordnung mehr in meinem Kopf habe und ein Dämon in mir sich festsetzt, der stärker ist als alle Vernunft, so wie ich heute kam …« Sie schwieg verstört und strich sich die Haare aus der Stirn. Hiob antwortete nicht.
»Verzeih!«, murmelte sie unsicher. Hiob konnte nicht

antworten. Er fand kein Wort, um das Glück auszudrücken, das ihn erfüllte. Er vergaß seinen elenden Körper, der eine einzige Wunde war, sein unendliches Missgeschick. Er war noch nie so glücklich gewesen, und ihm war, als verblassten alle Freuden, die das Paradies ihm geben könnte, neben diesem Glück. Wie leicht war es nun zu sterben, wie viel leichter und wie viel schwerer. Die Nacht war gekommen, und barmherzig verbarg sie ihn und seine Tränen.
»Hiob?«, flüsterte seine Frau zaghaft.
»Ach mein Täubchen«, sagte Hiob leise, »mein Seelchen, mein vielgeliebtes …«, und sie lauschte mit aufgerissenen Augen in das Dunkel auf die Stimme, die die gleiche war wie damals, wie die ganze Zeit, sie vergaß ihr Elend, dies schreckliche Unglück, und dass es ein Toter war, der mit ihr sprach und ihr zärtliche und tröstliche Dinge sagte. Sie schlief ein auf dem Bündel Säcke, das da neben ihm lag, und Hiob lauschte auf ihre gleichmäßigen Atemzüge und atmete vorsichtig, um sie nicht zu stören, und war selber getröstet und ganz ruhig und klaglos und beinah heiter, als wäre er schon wirklich tot.

Dritter Teil

Das Dach

»Hallo!«, sagte Jonathan, der in den Keller gekrochen kam. Er zog seinen Eimer näher und setzte sich. Hiob antwortete nicht, aber das kam oft vor, dass er nicht antwortete, weil er in Gedanken oder einfach weil er zu träge war. Jonathan saß also da, wartete, dass Hiob sich aufraffte aus seinen Träumereien, und

knackte mit den Fingern. Er wagte nicht, einen Blick auf das Gerümpel zu werfen, weil er fürchtete, Hiobs Augen zu begegnen, und auch weil er es vermied, überhaupt in diese Richtung zu schauen. Er fühlte sich allein. »Hiob?«, sagte er leise und eindringlich. Immer noch schwieg der andere. In Jonathan stieg eine heiße Angst auf und plötzlich stand es für ihn fest, dass Hiob tot war. Allein war er gestorben, niemand war bei ihm gewesen, zu niemand hatte er noch einmal über seine Kinder sprechen können, und niemand hatte die Totengebete an seinem Leichnam gesprochen. Verzweiflung ergriff Jonathan, wenn er sich die Verlassenheit seines Freundes vorstellte, der sich vielleicht nach ihm, nach einem Menschen gesehnt hatte, und der allein gewesen war, ganz allein in dem finstern Keller mit dem Tod. ›Ich hätte öfter herkommen sollen‹, dachte Jonathan in bitteren Selbstvorwürfen, ›ich habe wie immer nur an mich gedacht, ich ging heim in mein Haus und setzte mich zum Essen hin und ging in mein Bett, und er lag hier und kämpfte mit dem Tod und starb wie ein Tier, dessen Tod niemand kümmert, und niemand war da, der ihm ein gutes Wort mit auf den Weg gegeben hätte.‹
Er hob den Kopf und schaute tapfer nach Hiobs Platz hin. Bestürzt erkannte er, dass er tatsächlich allein war. Hiob lag nicht mehr dort.
»Hiob!«, rief Jonathan lauter. Er stand auf und suchte den ganzen Keller ab, voller Furcht, er könne Hiob in einer dunklen Ecke finden, und ebenso voller Furcht, er könne ihn nicht finden. Als er sich der Tür wieder näherte, hörte er fern ein Geräusch, wie wenn jemand ein Brett auf andere Bretter schmeißt, und dann hörte er deutliche Hammerschläge. Er kroch aus dem Keller. Der Lärm kam von Hiobs Neubau. –

Jonathan stand eine Weile bestürzt und ordnete seine Gedanken. »Verdammt nochmal!«, sagte er schließlich laut zu sich selber. »Das geht doch zu weit. Immerhin ist das noch Hiobs Eigentum. Aber ich werd's dem Kerl eintränken!«
Atemlos kam er am Neubau an. Oben im Dachgebälk saß ein zerlumpter Mann rittlings auf einem Balken und nagelte eine Latte an. Er war so beschäftigt, dass er Jonathans Kommen gar nicht bemerkte.
»He!«, brüllte Jonathan hinauf. »Komm gefälligst da herunter! Was fällt dir denn ein zum Teufel? Weißt du nicht, dass das Hiobs Neubau ist? Du wirst sofort da herunterkommen!«
Der Mann hörte auf zu hämmern. »Wozu denn das?«, fragte er völlig ungerührt. »Ich bin froh, dass ich oben bin! Komm lieber rauf und halt die Latte fest.«
»Hiob!«, schrie Jonathan entsetzt. »Wie kommst du da rauf?« »Kunststück!«, sagte Hiob und spuckte fachmännisch in die Tiefe. »Steht ja eine Leiter da. Da links unten, ganz bequem.«
›Er ist nicht tot‹, dachte Jonathan verzweifelt, ›aber er hat den Verstand verloren.‹ »Du wirst dir das Genick brechen!«, sagte er, während er die Leiter hochkletterte.
»Ich hoffe nicht«, bemerkte Hiob, »ich find die Arbeit so nett. So, jetzt die Planke links, nein, die andere und rechts die kleine Leiter und nun den dritten Balken, da ist ein Querholz. Wenn du den rechten Fuß nimmst, geht's leichter, nein, rechts sag ich doch, ja, so und jetzt … na also!«
›Er ist erstaunlich klar und überlegt für einen Irren‹, dachte Jonathan und kletterte. Hiob ritt ihm auf dem Balken entgegen. In seiner Verzweiflung fasste sich Jonathan ein Herz und sah ihn an. Es schien ihm, als sähe Hiob besser aus, viel besser als das letzte Mal, als er es gewagt hatte, ihn anzuschauen; zumindest

deckte sich sein Aussehen mit der Vorstellung, die er von früher von Hiob hatte. In seinem Gesicht waren keine offenen Wunden mehr, seine Nase war, wie sie früher gewesen war, und seine Zähne sah man nicht mehr, wenn er den Mund nicht grade offen hatte. Jonathan klopfte das Herz bis in den Hals. ›Das kommt vom Klettern‹, dachte er, ›das ist das verdammte Herz, ich sollte nicht so viel und fett essen, ich seh schon nicht mehr klar.‹ Er schloss die Augen und öffnete sie wieder, aber Hiob sah immer noch genauso aus wie grad eben, zwar mit vielen Narben und einigen roten Flecken im Gesicht und auf Armen und Beinen, aber es war ein Mensch, ein ganzer Mensch, da war nichts zu deuteln.

»Du glotzt mich an«, sagte Hiob, »dir bekommt scheint's das Klettern nicht. Bleib mal da sitzen, wo du bist, und halt die Latte, die ich dir reiche. Du wirst dich wundern, wie fein das geht. Bis in vierzehn Tagen, denk ich, kann ich anfangen, das Dach zu decken!« Er bewegte sich rückwärts und langte sich eine Latte, nahm eine Handvoll Nägel aus einem alten Blechtopf und zog den Hammer aus dem Gürtel.

»Hiob«, sagte Jonathan fast flehentlich, »ich beschwöre dich, wie … ich meine, versteh mich nicht falsch, aber ich muss das wissen, sag mir: Bist du klar bei Verstand?«

»Völlig klar«, sagte Hiob, den die Nägel, die er im Mund hatte, beim Sprechen behinderten, »halt die Latte, Jon, aber grade!«

Eine Zeitlang war keine Verständigung zu erlangen. Jonathan wartete aufgeregt, bis Hiob sich neue Nägel nehmen musste. Er hatte tausend Fragen stellen wollen, aber als es so weit war, fiel ihm keine davon ein.

»Woher hast du das Werkzeug?«, fragte er schließlich, ehe Hiob die Nägel aus der Büchse gekramt hatte.

»Gefunden«, sagte Hiob, »die Kerls haben einfach alles liegen lassen, weil's ja mein Zeugs war, und so hab ich's neulich gefunden. Das Wetter war so schön und mir war so langweilig, und das hier macht mir Spaß, weil man sieht, was man geschafft hat. Ich war lang genug faul«, sagte er doppelsinnig.
Jonathan zog schweigend seine Jacke aus, hängte sie über einen Balken und schickte sich an, wieder hinabzusteigen. »Nanu«, sagte Hiob durch die Nägel, »hast du schon genug?«
»Hammer holen«, erwiderte Jonathan trocken.
Nach zwei Stunden kletterten Hiob und Jonathan verschwitzt und erschöpft endgültig vom Dach. Sie gingen um den Bau herum und betrachteten wohlgefällig ihr Werk. – »Na also«, sagte Hiob, »sieht schon ganz wie ein Haus aus!«
»Ja, wenn's Dach drauf ist!«, sagte Jonathan und erschrak im gleichen Moment und schalt sich insgeheim einen Narren, dass ausgerechnet er Hiob wieder daran erinnern musste. Aber Hiob schien sich nicht zu erinnern. Er betrachtete prüfend das Haus. »Eben«, sagte er, »das macht's aus. Das Dach hält eben alles zusammen, vor allem, wenn man's selber gebaut hat.«

Die Tonflöte

»Abe!«, rief Hiob zum Fenster in den Hof hinaus. Abe nahm keine Notiz. Er saß auf dem Brunnen, presste seine Waden fest an den kühlen Steintrog und entlockte einem tönernen Blasinstrument falsche und klagende Töne. Seine Augen hatten einen fernen Ausdruck, während er unsicher mit seinen schmutzigen Fingern das Instrument probierte.

»Abe!! Abner!«, rief Hiob verzweifelt in erhöhter Lautstärke. Abes Spiel brach ab, er ließ die Beine hängen, seine Augen kehrten in die Gegenwart zurück, er schaute langsam um sich und am Haus hoch und entdeckte schließlich seinen Vater.

»Hallo?«, sagte er träge. Er rutschte mit einer Grimasse vom Brunnen und näherte sich ohne große Begeisterung dem Haus.

»Gott sei Dank!«, sagte Hiob zu Jonathan. »Das war ja grässlich. Es war eine schauderhafte Idee, ihm das Ding da mitzubringen! Ein Glück, dass du dir für die anderen weniger angreifende Mitbringsel ausgedacht hast! Stell dir das vor, wenn alle ...«

In diesem Moment schlurfte Abe zur Tür herein. »Hallo, Pap«, sagte er noch mal. Hiob wusste nicht, wie er anfangen sollte. Er betrachtete Abe, der am Türpfosten lehnte, die Tür hatte er natürlich nicht zugemacht. – ›Wie werden sie das lernen‹, dachte Hiob, ›dass es zwischen Türenschmeißen und Offenlassen noch ein paar andere Möglichkeiten gibt!‹ –, und er bereute bereits, dass er überhaupt Abe hatte heraufkommen lassen und nicht lieber in Gottes Namen das Gejammer des Tonkruges ertragen hatte oder in ein anderes Zimmer gegangen war. Abe stand wartend und scheuerte sich leicht am Türpfosten. Er hatte das Instrument krampfhaft an die Brust gepresst. »Zeig mal das Ding da«, sagte Hiob schließlich. Abe näherte sich widerstrebend und sah ängstlich zu, wie Hiob das Instrument in den Händen drehte. Er setzte es an den Mund und blies hinein. Beim Klang dieses verzweifelten Tones lächelte Abe verloren und entzückt, während Hiob erschrocken aufhörte zu blasen. »O Gott«, sagte Hiob, »das ist ja auch noch schwer!«

»Ja«, sagte Abe strahlend, »das muss man eben kön-

nen!« Er griff hastig wieder nach dem geliebten Gegenstand.
»Wie dreckig du bist, Ferkel!«, rief Hiob empört. »Wie schaust du im Gesicht aus? Wann wäschst du dich?«
»Eigentlich abends«, sagte Abe unbekümmert. Er legte sein Instrument zwischen seine nackten Füße auf den Boden, scheinbar war es da am sichersten, leckte seinen Jackenärmel an und rieb sich ohne großen Erfolg im Gesicht herum. »Ah!«, sagte Hiob angewidert. »Machst du das immer so? Dann wundert's mich nicht!«
»Nur weil du's bist«, erwiderte Abe verbindlich. »Sonst abends. Kann ich jetzt gehen?« Er hob seine Musik vom Boden auf. »Warum spielst du eigentlich?«, fragte Jonathan.
Abe sah ihn verständnislos an. »Du hast's mir doch geschenkt, damit ich spiel«, sagte er unsicher. »Ich dachte, du freust dich, wenn du's hörst…«
»Aber ja«, sagte Jonathan schnell, »ich freu mich ja auch doll. Und du spielst nur deshalb?«
Abe schüttelte den Kopf.
»Also warum?«, beharrte Jonathan.
Abe scheuerte sich am Türpfosten und lächelte. Er schien nicht die Absicht zu haben, sein Geheimnis preiszugeben.
»Na?«, bohrte Jonathan.
»Ich weiß nicht«, sagte Abe zögernd, »es, es macht mich so fröhlich mit mir selber, nicht?«
Niemand antwortete ihm, er ersah seinen Vorteil und verdrückte sich.
»Mit andern Worten, es macht ihn glücklich, wieder ein Beweis, wie zweischneidig dieser Begriff ist. Mich macht's nicht so sehr glücklich!« Hiob ging in Gedanken um den Tisch herum.
Jonathan setzte zum Sprechen an, überlegte sich's

noch mal, räusperte sich und sagte schließlich doch: »Erinnerst du dich, dass ich dich mal fragte, vor Jahren, ob du glücklich bist. Damals hattest du streikende Arbeiter und eine Familie, die sich um nichts kümmerte. Sie kümmern sich zwar jetzt genauso wenig um irgendwas, wie damals, aber das liegt wohl so in deiner Familie. Sie sind netter als je, du bist reicher als je, deine Herden sind riesig, du wohnst in einem Palast – bist du jetzt glücklich?«
Hiob schüttelte den Kopf.
»Nein«, sagte er, »dazu fehlt noch eine ganze Menge. Und eigentlich, grade aus diesem Grund weiß ich nicht, ob ich's nicht vielleicht doch bin. Nicht das, was wir erreichen und haben und was uns gelingt, ist Glück; auch nicht Ordnung, Pünktlichkeit und Disziplin, wie mein energischer Großvater sagte. Sicher ist es jedermanns eigne Sache und bei jedem anders. Mir scheint jedoch, all das, was wir nie erreichen, was wir nie haben werden, was uns nie gelingt, das ist Glück. Man ist nur glücklich, wenn einem noch was zu wünschen übrig bleibt!«
»Ich dachte immer, es wäre, wenn man gänzlich zufrieden ist, der paradiesische Zustand erreicht«, sagte Jonathan und knackte mit den Fingern. »Ich hoffe nur, ich erreiche ihn nie. Das muss ja schauderhaft langweilig sein!«
Hiob sah zum Fenster hinaus. Er dachte an die Nacht in der Ruine seines Hauses, an die Axt und an das, was seine Frau zu ihm gesagt hatte damals. Er hätte Jonathan gern auseinandergesetzt, dass Glück ein Zustand jenseits von Zufriedenheit oder Ehrgeiz und Wünschen ist, ein kurzer Augenblick, wie man im Tod noch einmal sein ganzes Leben übersieht und feststellt, dass es schön war, ein Moment, den man nicht festhalten kann und auch nicht festhalten will.

Aber er sah ein, dass es unmöglich ist, das alles zu erklären, er verlor sich in Gedanken und lauschte auf das Klagen von Abes Tonflöte, das sich unten im Garten näherte und wieder entfernte.
Jonathan räusperte sich. Hiob drehte sich zu ihm herum, und Jonathan sah in seinen Augen den gleichen fernen Ausdruck, den Abners Augen hatten, wenn er seine Flöte spielte. Hiob senkte seine Augen, als könne er auf diese Weise seine Gedanken verbergen. »Scheint, dass er damit durch die Gegend trabt«, sagte er in dem Versuch, unbefangen zu scheinen, und deutete zum Fenster hinaus.

Jonathan

Hiob ging durch den herbstlichen Garten. Es fröstelte ihn, ein feiner Regen fiel, dünn, aber hartnäckig. ›Ich werde alt‹, dachte Hiob, ›ich werde jeden Tag drei Tage älter. Früher hab ich doch nie gefroren. Früher hat mich Lärm nie gestört. Jetzt fang ich an, dem Familiengetümmel aus dem Weg zu gehn, und wenn ich versuche, wie ehedem bei Regen im Garten umherzulaufen, friere ich. Ach was!‹
Er machte den Hals lang und versuchte sich einzureden, dass es ein wunderbares Gefühl sei, wenn der Regen einem in den Hals läuft, so wie es ihm früher immer vorgekommen war, ein Gefühl nach Abenteuer auf dem Meer oder im Gebirge, unter rauen Männern und wilden lustigen Weibern in Hafenstädten und einsamen Spelunken. Morgen wird ihm der Hals wehtun, innen und außen. Er war kein Abenteurer, dem der Regen nichts ausmacht. Er war ein Familienvater. Er dachte daran, dass sie jetzt zu Haus ein wil-

des Getümmel hatten. So war das immer, wenn ein Kind auf die Welt kam. Aus jeder Türe rannte jemand sehr überflüssigerweise heraus und zu einer andern wieder rein, mit Krügen mit Wasser, weißem Zeug und einer schauderhaften Wichtigkeit. Selbst die kleinen Kinder tummelten sich dazwischen und vermehrten die fröhliche Verwirrung. ›Zwanzig Kinder sind ein ganzer Haufen‹, dachte Hiob, ›kein Wunder, dass bei uns immer so ein Radau ist. Für mich sind die zehn anderen immer dabei. Abner ist jetzt so alt wie Daniel war, als… als ich ihn sah das letzte Mal. Eines Tages wird Abner erwachsen sein und ich ein steinalter Mann, und Daniel wird immer noch ein Bursch sein von vierzehn Jahren, und wenn ich mal sterbe, wird Daniel mich mit den andern oben erwarten. Und am jüngsten Tag…‹ Er sah sich im Geist als alten, weißhaarigen, klapprigen Mann im Paradies, umgeben von seinen Kindern. ›Komisch‹, dachte er, ›Daniel und Samuel und Jonathan und Bekkie kennen zwar Abner und Josua und Esrael und Aaron und Esther, aber umgekehrt kennen Abner und Josua und so Daniel und Jon und Bekkie nicht. Ich kenne sie alle zwanzig, und es fällt mir schwer, sie auseinanderzuhalten. Sie hat es leichter‹, dachte er an seine Frau, ›sie hat sich so oft vorgenommen, allen Kummer zu vergessen, und sich eingeredet, sie hätte wirklich erst neun Kinder, sodass sie sich wahrhaftig nicht mehr erinnert. Es scheint überhaupt, dass Frauen leichter vergessen. Sie ist so beschäftigt mit den Kindern und irgendwelchen Anlagen im Garten, oder sie räumt die Zimmer um. Sie redet nie über das Vergangene, sie denkt schon an ihre Enkel. Vielleicht ist das für sie die einzige Möglichkeit.‹

›Ach, ich sollte mir ja einen Namen überlegen. Ich hätte so gern ein Kind Jonathan genannt, aber ich hab's mir immer noch mal anders überlegt. So wird's mir auch diesmal gehen.‹

Der Regen fiel unablässig. Hiob ging durch das Laub, das auf den Kieswegen lag und das trotz der Nässe noch leise raschelte. Er ging langsam den Weg entlang, den Kopf gesenkt, und dachte über den Namen Jonathan nach und über den Knaben Jonathan, er dachte selber ohne Schmerz an den Jonathan, der steif war von seinem Blut im roten Mantel mit der goldenen Krone, während der Regen ihm das Kreuz herunterlief. Etwas kam ihm in raschem Trab entgegen; Hiob schaute auf und sah sich einem mittleren Esel gegenüber, der gleich ihm im Regen spazieren ging. Eine Weile standen Hiob und der Esel schweigend voreinander und betrachteten sich gegenseitig.

»Was läufst du hier im Garten rum, he?«, sagte Hiob ohne Vorwurf. »Wenn das die Mam sieht!« Er streckte die Hand nach der Schnauze des Esels aus, aber der wich mit steifem Hals aus und strebte ungeschickt rückwärts. »Los, los«, sagte Hiob ermunternd, »sei kein Frosch! Du wirst sehn, wie's dir geht, wenn du dich in die Neuanlagen verirrst!«

Der Esel betrachtete ihn misstrauisch und unverwandt. Durch den Garten erscholl ein vielstimmiger Schrei: »Pa-pa! Pa-pa!«

»Ja?«, schrie Hiob zurück. ›Teufel noch mal‹, dachte er dabei, ›schon tut mir der Hals weh, das kommt dabei raus.‹

»Papa! Wo bist du?«

Hiob hörte hinter sich gehetztes Laufen. Eine Rotte Kinder kam auf dem Weg herangerast, dass der Kies nach allen Seiten flog. Der Esel legte die Ohren zurück. Abner trug Esther auf der Schulter, die laut schrie und lachte und sich an seinen Haaren festklammerte.

»Papa, wir haben, Papa, nein lass mich erzählen. – O Papa, es sieht ganz zerknittert aus, Esther war viel hübscher, ist nicht wahr, Esther war genauso, ist nicht wahr, Papa, wie war Esther, als sie …? Lass mich doch in Frieden, Papa, er schubst mich immer …«
Die Rotte erblickte den Esel, umringte begeistert das bestürzte Tier und beschloss, es sofort in ihre Dienste zu nehmen. Abner setzte Esther und Esrael hinauf, die Übrigen begannen sich um die Reihenfolge zu streiten, in der sie drankämen, und höhnische Bemerkungen über die besten Reiter zu machen. Keiner kümmerte sich mehr um Hiob, der, unsanft aus seinen Gedanken gerissen, so verloren dastand wie der besiegte Esel und plötzlich merkte, dass er nun tatsächlich bis auf die Haut nass war. Er zog die Schultern hoch und wandte sich zum Gehen. Dies lenkte sofort die Aufmerksamkeit von dem Esel ab. Abner ließ Esther und Esrael los und kam hinter Hiob her, hängte sich an seinen Arm, und die anderen umtobten die beiden. Esther und Esrael rutschten unter mörderischem Geschrei vorsichtig von dem Esel und liefen hinterher. Der Esel sah ihnen verständnislos nach.
»Weißt du«, sagte Abner vertraulich und drückte Hiobs nassen Arm, »sie wollten es mir nicht mitgeben, um es dir gleich zu zeigen. Das Getue, das die immer mit Babys haben! Als ob das bisschen Regen schaden würde! Wenn er später Seeräuber wird, kriegt er noch oft einen nassen Hals!«
»Es ist also ein Knabe«, sagte Hiob überrascht. »Natürlich«, erwiderte Abner, »wir haben ihn Jonathan genannt.«

[Meinem Bruder Ursus gewidmet, Weihnachten 1946]

Der Herr ist über Land gefahren

Die Abreise

»Dort liegt das Grab deines Bruders Absalom!«, sagte der Kutscher und wies mit der Peitsche nach rechts.
»Ja, ich weiß«, sagte König Salomo ärgerlich, »wozu hältst du an? Meinst du, ich wollte das sehen?«
Aber er sah doch hin nach dem Hügel aus großen und kleinen grauen Steinen unter der geborstenen alten Eiche, die ihre dürren Äste in den grauen Morgenhimmel reckte. Ein magerer Wildesel rupfte ein paar Disteln zwischen den Steinen ab. »Wie oft hast du mir das nun schon gesagt? Mindestens hundertmal!«, sagte der König verdrießlich.
»Jedes Mal, wenn wir hier vorbeikommen!« Der Kutscher schnalzte mit der Zunge, und der Wagen setzte sich wieder in Bewegung. »Ich dachte, du könntest es vergessen!«
»Vergessen!«, sagte König Salomo und kroch tiefer in seinen Schaffellmantel, »als ob einer etwas vergessen könnte!«
Er dachte daran, wie er zum ersten Mal hier vorbeigefahren war, als junger Mann, der die Grenzen seines Reiches kennenlernen wollte. Er war eben König geworden. ›Damals fuhr der gleiche Kutscher mit mir, der mich heute fährt‹, dachte der König. ›Aber damals erschien mir mein Reich klein und meine Macht groß. Heute weiß ich, wie klein meine Macht ist und wie groß dieses widerspenstige Land. Dazu wird man alt, um solche Weisheiten zu ernten. Die Früchte des Alters. Ich erinnere mich, dass ich mich

damals schon über den Kutscher ärgerte, weil er alles besser wusste, und beschloss, ihn abzuschaffen. Er ist heute noch da, der alte Besserwisser, und wird immer unerträglicher, je älter er wird.‹

»Kalt heute Morgen«, sagte er nach einer Weile, als befürchte er, der andere hätte seine unfreundlichen Gedanken erraten. »Trotzdem wird es ein heißer Tag werden«, sagte der Kutscher, drehte den Kopf hin und her und schnüffelte in die Luft. »Das eine schließt das andere nicht aus.«

König Salomo seufzte. Er versuchte, an etwas anderes zu denken und sich nicht zu ärgern, aber das war nicht leicht, etwas Derartiges ausfindig zu machen. Er dachte wieder an Absaloms Grab, drehte sich noch einmal um, es war schon weit hinter ihnen, der Wildesel galoppierte ohne ersichtlichen Grund darum herum. ›Vergessen!‹, dachte König Salomo wieder. ›Hat jemals ein Mensch etwas vergessen können? Ich kann mich zurückerinnern bis in mein viertes Lebensjahr, und es sind weiß Gott eine Menge Dinge gewesen in meinem Leben, die ich mit Freuden vergessen hätte, wenn ich nur gekonnt hätte. Nicht mal etwas, an das man gedacht oder geträumt hat, kann man je vergessen und grade an die unangenehmsten Sachen wird man dauernd erinnert. Geld, Kummer, Krankheit, Tod, Dürre und Besuch, es gibt nichts …‹

Er unterbrach seinen Gedankengang und fuhr in die Brusttasche seines roten Rockes, dann suchte er in seinem Gürtel und schließlich sagte er laut: »Verdammt nochmal, ich hab den Brief vergessen!«

»Er liegt auf dem Tisch im Esszimmer!«, sagte der Kutscher und ließ die Peitsche knallen.

»Das hättest du mir weiß Gott auch eher sagen können«, sagte der König verdrossen, »jetzt kann man wirklich nicht nochmal umkehren!«

»Nein«, sagte der Kutscher, »aber solange Rehabeam nicht zu Hause ist, kann ihn doch keiner lesen.«
›Ausgerechnet‹, dachte König Salomo, ›jetzt fährt der Brief daheim herum.‹ Es war selten, dass er Briefe bekam und fast nie wichtige. Dies aber war ein wichtiger Brief. Darin schrieb ihm die Königin von Saba, dass sie ihn besuchen kommen wolle mit ihrem Hofstaat. Mit zwanzig Elefanten (davon zwei als Gastgeschenke), einer Menge Viehzeug und Mannskerlen und Weibern, grad als hätte er noch nicht genug von der Sorte.
Und nun reiste er der Königin entgegen, um sie, wenn möglich, von ihrem Vorhaben abzubringen. Ihm graute bei der Vorstellung von so viel anstrengendem Besuch. Er müsste ungeheuere Vorräte anschaffen lassen und neue Kleider bestellen für seine Frauen und Kinder, und neue Hoftore machen und das Dach an verschiedenen Stellen neu decken lassen. So wäre es noch ein paar Jahre gegangen, aber wenn Besuch kommt, muss man schließlich ein Übriges tun. Und vor allem: Ihn interessierte der Besuch nicht. Ihm war das Gehabe der Frauenzimmer aus aller Welt nun schon viel zu vertraut, als dass er bei der Aussicht auf die Königin von Saba noch irgendwelches Vergnügen empfunden hätte. Er wollte seine Ruhe haben und nicht den ganzen Tag in Stiefeln umhergehn und kluge Reden führen. Schon der Gedanke an die zwei Elefanten war ihm lästig – er hatte keine Ahnung, wie man sie füttert und womit und welches ihre Gewohnheiten sind.
Der Weg führte jetzt durch die Niederungen am Fluss, hügelauf und -ab. Man sah den Fluss nicht, ahnte ihn nur, unter den Nebelschwaden rechts vom Weg, und man roch ihn. Der Himmel wurde graublau. Im Osten zeigte sich ein giftiges Rot am Hori-

zont. Jetzt machte der Weg eine scharfe Biegung nach rechts, und der Wagen fuhr mitten in den Nebel hinein. Die Räder rollten über eine Brücke aus Knüppeln, aber man sah sie genauso wenig wie den Fluss (der Nebel ging bis fast zum Hals), man hörte sie nur und spürte sie. Der Wagen stieß unsanft, und es war ein merkwürdiges Gefühl, so über den Fluss zu fahren, ohne ihn zu sehen. Man konnte sich ihn vorstellen, wie er dunkel und rasch dahinfloss unter der Brücke und dem Wagen. Plötzlich hörte man von links eine Kuh brüllen, von der anderen Seite bellten drei, vier Hunde, und unter diesen vertrauten Geräuschen rollte der Wagen wieder auf dem Wege dahin.

Rehabeam

Der Nebel hörte ebenso plötzlich wieder auf, und der Wagen hielt inmitten einer Herde von Kühen und Ochsen, einem wahren Meer, das langsam vorbeiflutete.

Auf einem großen Ochsen reitend, näherte sich Rehabeam, er sang unmelodisch, aber vergnügt vor sich hin und schlug seinem Reittier im Takt die nackten Fersen in die Seiten. »Hallo, König Salomo!«, rief er von Weitem und nahm sofort seinen Gesang wieder auf.

König Salomo schälte sich aus den verschiedenen Pelz- und Wolldecken, in die ihn seine Frauen vor der Abreise sorgsam eingepackt hatten, und machte Anstalten auszusteigen.

Rehabeam schwang sich elegant von seinem Ochsen. »Bleib doch im Wagen, die Wiese ist nass«, sagte er zu seinem Vater. Aber König Salomo war schon aus dem Wagen geklettert, und so gingen sie nebeneinander her durch die Herde, und der Ochse folgte ihnen, und in einiger Entfernung der Wagen. Die Wiese war wirklich nass, und das Leder von König Salomos Stiefeln färbte sich dunkel. Er hatte Mühe, in dem tiefen Gras zu gehen mit seinen vom langen Sitzen und vom Alter steifen Beinen. Sein Schafpelzmantel schleifte hinter ihm her, er war für einen längeren Mann gemacht, nämlich für König Saul, von dem hatte ihn sein Vater, König David, geerbt und nach dessen Tod war das haltbare Kleidungsstück auf ihn gekommen. So ging er neben Rehabeam her. Er ärgerte sich bereits, dass er ausgestiegen war. Er spürte, wie er nasse Füße bekam, kam sich lächerlich vor in dem schleppenden Mantel und in seinem Bemühen, gleichzeitig den Kühen und Kälbern und den Unebenheiten des Weges auszuweichen. Er ärgerte sich, dass Rehabeam so viel größer und breiter war als er. Er musste zu ihm aufsehen, und das entsprach nicht seiner Vorstellung eines Verhältnisses von Vater und Sohn.

Rehabeam, in Leder und schwarzen Schafpelz gekleidet, entsprach überhaupt nicht irgendeiner Vorstellung, und wenn Salomo ihn so von der Seite, halb von unten ansah, war er, wie schon so oft, erstaunt darüber, ihn so unähnlich zu finden – ebenso unähnlich seinen Eltern und Geschwistern als auch sonst irgendwem. Er glich keinem Menschen, den König Salomo kannte, und das war irgendwie beunruhigend. Es war wie ein merkwürdiger Scherz der Natur, und König Salomo war zu ordnungsliebend, als dass ihn das irgendwie erfreut oder befriedigt hätte.

Rehabeam war groß, breitschultrig und blond, mit dunklen Augen, die tief unter der Stirn lagen, einer breiten und hohen Stirn, die über den borstigen Augenbrauen steil anstieg, aber dann unvermittelt fliehend wurde. Seine Nase war breit und flach, seine untere Gesichtspartie war vorgeschoben, er hatte dicke Lippen und dahinter große, breite Zähne. Er sah einem blonden Neger nicht unähnlich, und niemand konnte behaupten, dass er hübsch wäre, aber wenn er beim Lächeln seine weißen Zähne zeigte, waren fast alle Mädchen hingerissen von ihm.

Daran musste König Salomo denken, als jetzt Rehabeam seine Zähne zeigte und sagte: »Dass sie dich fortgelassen haben – allerhand!«

»Wieso«, sagte König Salomo, »wieso sollten sie mich nicht fortlassen?« Er versuchte, etwas Würdiges zu sagen, um diesem Knaben Respekt einzuflößen, aber es fiel ihm nichts ein. »Was grinst du mich an«, sagte er schließlich streng, »ich bin kein Mädchen, bei mir ist das verlorne Müh!«

»Es macht mir keine Mühe, bestimmt nicht«, sagte Rehabeam, »übrigens – für dich tu ich alles gern!«

König Salomo ärgerte sich still.

»Siehst du das kleine weiße Kalb dort? Ich hab mir drei Jahre lang Mühe gegeben, ein ganz weißes Kalb zu züchten«, sagte Rehabeam einlenkend, »und jetzt, wo es mir gelungen ist, gefällt es mir nicht mal. Eigentlich sieht es einfach scheußlich aus, so weiß – als wenn es krank wäre.«

»Da hab ich einen Brief liegen lassen, im Esszimmer«, sagte König Salomo zögernd, »vielleicht nimmst du ihn an dich – und – na, du weißt ja, wie sie sind, besser, du behältst es für dich.«

»Ja – ja ...«, sagte Rehabeam zerstreut, »sieh mal, das ist eine schöne Kuh, die braune dort, die kleine, die ist von der Alten, die von der ist, die dein Vater mitbrachte.«

›Er spricht von Kühen und Kälbern und ich von Briefen – wir reden aneinander vorbei, dabei versuche ich, vernünftig mit ihm zu reden‹, dachte König Salomo. ›Meine Füße sind nass, mein Mantel ist nass – jetzt muss ich wieder in den Wagen zu dem alten Schwätzer steigen – ich wünschte, ich wäre zu Haus und im Bett. Ach, diese Weiber!‹

Er sah auf und begegnete einem nachdenklichen Blick Rehabeams. Sie blieben stehen und warteten auf den Wagen, der ihnen langsam gefolgt war. »Ja, dann«, sagte der König unschlüssig, »mach's gut, du – nicht wahr?«

»Viel Glück!«, sagte Rehabeam und half seinem Vater in den Wagen.

»Glück?«, sagte der König verdrossen. »Glück? Ich stürz mich verzweifelt ins Getümmel!«

»Der Angriff ist die beste Verteidigung«, sagte Rehabeam, ohne den nachdenklichen Blick von ihm zu lassen.

»Puh!«, rief der König. »Ich bin kein Kriegsheld, ich will meine Ruhe haben.«

Der Wagen zog an, und während König Salomo noch einmal zurückwinkte zu dem wieder auf seinen Ochsen kletternden Rehabeam, zog er unter seinen Decken heimlich seine nassen Stiefel aus.

Das Gasthaus zum Frohsinn

Während der nächsten Stunden beschäftigten sich König Salomos Gedanken fast ausschließlich mit Rehabeam, von den kurzen Zwischenräumen abgesehen, wo sie sich mit seinen nassen Füßen beschäftigten.

›Es ist merkwürdig‹, dachte König Salomo, ›dass Kinder nie den Erwartungen ihrer Eltern entsprechen. Vermutlich kommt das von der falschen Voraussetzung, dass die Kinder eine liebenswürdigere, angenehmere, brauchbarere und klügere Abart von einem selber sein werden, wenn sie eines Tages erwachsen sind. Dabei vergisst man ganz, dass sie eigentlich nur aus dem bestehen, wozu man sie gemacht hat – das eine haben sie geerbt, das andere hat man ihnen anerzogen, man muss sich wirklich nicht wundern. Und haben nicht auch meine Eltern über mich geklagt?‹ Er bewegte seine Zehen in der feuchten Wärme, die sich unter der Schafpelzdecke entwickelte.

Die Sonne ging langsam auf, und die Pferde gingen eine kleine Weile im Schritt durch eine langweilige Hügellandschaft, ein Hügelchen am anderen wie ein Meer, unendlich, grasgrün und entmutigend. Ab und zu stand rechts oder links vom Weg ein verkrüppeltes Apfelbäumchen, halbhoch und ängstlich, als schämte es sich, so viel größer und dicker als das magere Gras zu sein.

›Vielleicht macht das seine Länge, dass mir so unbehaglich ist in seiner Gegenwart‹, dachte König Salomo, ›denn früher war das doch nicht so? Vielleicht als er noch kleiner war... Und dann, seine Art zu lachen ist auch irgendwie widerlich. Na, schließlich ist es mein Sohn. Ob mein Vater mehr Freude an ihm gehabt hätte?‹

Die Pferde fielen in Trab, und der Wagen stieß etwas. Der Kutscher ließ die Peitsche knallen. ›Ach was‹, dachte der König ärgerlich und hielt sich rechts und links am Wagen fest, ›er ist mir verdrießlich, Punkt. Verdrießlich seit dem Tage, an dem ich herausfand, dass er mit einer meiner Frauen angebandelt hatte.

Damals hab ich nichts gesagt, weil's mir peinlich war, na, und jetzt ist's natürlich zu spät. Vielleicht sollte mich das alles nicht so aufregen, aber gehört sich das vielleicht? Er hätte zumindest was sagen können!‹

Er dachte an den Tag, an dem er morgens etwas zeitiger aufgestanden und auf dem Gang Rehabeam begegnet war, der aus Tabithas Zimmer kam. Rehabeam hatte seine Zähne gezeigt, während er die Tür ohne Hast hinter sich zuzog, und König Salomo hatte sich verlegen abgewandt und war wieder in sein Zimmer zurückgegangen, auf eine unerklärliche Art beunruhigt und verärgert. Tabitha interessierte ihn nicht, hatte ihn nie interessiert, und wenn er versuchte, sich zu überlegen, weshalb er sie geheiratet hatte – er hatte es mit dem Überlegen seit jenem Morgen oft versucht –, so brauchte er immer geraume Zeit, bis ihm schließlich einfiel, dass er sie gewissermaßen als Bezahlung für eine Wagenladung gedroschenen Weizen – es waren zwanzig Säcke, und er hatte weder diese noch den Wagen je wiedergesehen – bekommen hatte. Ihr Vater, der mit ihm diesen bemerkenswerten Handel getätigt hatte, war mitsamt dem besagten Wagen, seiner kümmerlichen Habe und seiner zahlreichen Familie außer Landes gegangen. Seine Tochter Tabitha hatte er mit einem ungewöhnlich weinerlichen Brief, der auf die Rückseite der unbezahlten Rechnung geschrieben war, zu König Salomo geschickt, und dieser hinwiederum schickte Tabitha in die Küche, wo sie sich etwas zu essen geben lassen sollte. Er hatte nicht gedacht, dass sie dableiben würde, aber am anderen Tag sah er sie vor der Küchentür Gemüse putzen und hernach den Hof fegen, und seither war sie da, schweigsam, unauffällig und ohne dass irgendjemand be-

merkt hätte, ob sie gern oder ungern da war. Offen gestanden hatte sich auch noch nie jemand darum bekümmert – in einem Haus, wo vierundzwanzig Frauen sind, kann man sich um einzelne wirklich nicht so bekümmern, es sei denn, sie macht selber Aufhebens von sich. Sie war eben da, wohin hätte sie sonst auch gehen sollen? König Salomo hatte sich nie mit ihr abgegeben, es hätte ihm egal sein können, aber irgendwie schien es ihm, als sei manches in Rehabeams Verhalten nicht ganz richtig. Sonst nahm niemand im Haus weiter Notiz davon. Man nannte den kleinen Knaben, den Tabitha vor zwei Jahren zur Welt gebracht hatte, schlicht Tabithas Sohn, zum Unterschied von König Salomos Kindern, das war alles.
Die Sonne stieg höher und höher, und rechts und links vom Weg lagen kleine, kümmerliche Felder, von niedrigen Steinwällen eingesäumt. Sie kamen in ein Dorf, aus traurigen Hütten bestehend, und fuhren langsam hindurch. Hunde kamen mit Gebell aus den Häusern, und Kinder liefen kreischend von der Straße weg und versteckten sich. Einige alte Frauen traten unter die Tür und sahen dem Wagen schweigend und unbewegt nach. Hühner stoben gackernd und flatternd auseinander, und Hähne standen auf dem Misthaufen vor der Tür, schlugen mit den Flügeln, und wenn der Wagen vorbei war, flogen sie ungeschickt auf eines der niedrigen Dächer.
Am Ende des Dorfes stand ein rosa Haus unter einem Rosskastanienbaum, an dessen Stamm ein Schild festgenagelt war. Auf dem Schild stand in großen Buchstaben geschrieben:

»Gasthaus zum Frohsinn«

Neben der Tür standen einige Bänke und Tische, Bretter auf in den Boden gerammten Pfählen, von de-

nen zwei schwarze Hühner heruntersprangen, als der Wagen hielt.
»Es ist Mittag«, sagte der Kutscher erläuternd.
»Ich möchte hier nicht bleiben«, sagte der König Salomo schüchtern, »es scheint auch gar niemand da zu sein. Meinst du nicht auch, du solltest bis vor das Dorf hinausfahren?«
»Das meine ich nicht«, sagte der Kutscher streng. Er stieg ab und schirrte die Pferde los. »Ich brauche Wasser für die Pferde, und es ist Zeit zu essen, auch für dich und mich.«
Einen Augenblick lang erschien in der Türöffnung der ungekämmte Kopf eines sehr mürrischen Mannes und verschwand sofort wieder.
»Na siehst du«, sagte der Kutscher, mit der einen Hand die Pferde haltend, während er mit der anderen König Salomo zum Aussteigen nötigte. »Natürlich ist jemand da. Man kann doch nicht ein Gasthaus haben und dann nicht da sein!«
König Salomo ergriff seine Stiefel und stieg auf Socken aus. Er blies etwas über die Bank, setzte sich nieder und stellte die Stiefel neben sich in die Sonne.
»Du brauchst dich um nichts zu kümmern«, sagte der Kutscher wichtig und ging mit den Pferden hinters Haus, wo er einen Brunnen vermutete. »Ich werde für dein Essen sorgen.«
König Salomo nickte ergeben und lehnte sich an die Hauswand an. Es war nicht angenehm in den feuchten Socken, die von unten nun auch noch staubig waren, aber die Sonne schien so schön auf seine Füße, die sich nicht mehr im Bereich des Schattens, den der Baum warf, befanden. Eine dicke Katze kam aus der Tür, strich schnurrend um des Königs Beine und sprang ihm schließlich auf den Schoß.
König Salomo ließ seine Blicke umherwandern. Er

betrachtete den staubigen Platz, auf dem spärliche Büschel Gras wuchsen, den Tisch, um dessen eines Bein eine eiserne Kette geschlungen war, die es ganz verschabt hatte, anscheinend war hier sonst ein Hund angebunden. Und plötzlich hatte er die Idee, als hätte er das alles schon einmal gesehen, oder zumindest so etwas Ähnliches. Auch das alte eiserne Gitter, ein ehemaliger Torflügel, das als Abstreicher diente, erkannte er wieder.

In diesem Moment hörte er in der Hütte ärgerliche und beleidigte Stimmen durcheinanderreden.

»Ja, zum Teufel!« hörte er die ärgerliche Stimme seines Kutschers sagen. »Wozu nennt ihr das Dings denn ein Gasthaus, wenn ihr nichts zu fressen habt?«

»Na, das ist denn doch die Höhe!«, rief die beleidigte Stimme aus. »Ich darf doch mein Haus nennen, wie ich will! Übrigens geht's mich auch gar nichts an. Das Schild ist noch von früher da.«

»Dann nehmt es weg und führt nicht ehrbare Leute damit irre«, sagte der Kutscher streng. »Zum letzten Mal – habt ihr was zu essen oder nicht?«

»Brot ist da, allerdings schon vierzehn Tage alt, und da in der Schüssel ist noch Ochsenmaulsalat ...«

»Zeigt her!«, sagte der Kutscher. »Na – he, der ist ja längst sauer!«

»Das dachte ich mir«, erwiderte die beleidigte Stimme, »das war er schon vor drei Tagen. Das macht das Wetter. Und hier ist noch Wein, nur damit ihr nicht sagen könnt, meine Gastfreundschaft sei mangelhaft!«

»Auch sauer!«, sagte der Kutscher. »Pfui Teufel, ist das eine Bude! Na, glücklicherweise haben wir selbst was zu essen bei uns!« Er trat aus der Tür, mit ihm der ungekämmte Mensch, der vorhin aus der Tür geschaut hatte.

»Herr«, sagte der Kutscher, »sie haben hier nichts zu essen, ich fürchte, wir werden den Koffer aufmachen müssen. Das ist eine Wirtschaft hier…!« – »Ja, ja«, sagte König Salomo und winkte mit der Hand. »Geh zu und bring irgendwas, es ist ja schon egal.«
Er sah zu dem Mürrischen auf und fragte: »Ihr seid also hier der Wirt?«
»Häh?«, fragte der Mürrische, als habe er nicht recht gehört. König Salomo stellte seine Frage etwas erstaunt zum zweiten Mal.
»Hab's gut verstanden«, sagte der Mürrische beleidigt, »glaubt ihr, ich bin taub?«
»Deshalb könntet ihr euch ruhig etwas anständiger benehmen, meint ihr nicht?«, schlug König Salomo vor.
Der Mürrische stieß auf eine verächtliche Weise Luft durch die Nase und ließ sich auf die Bank, König Salomo gegenüber, fallen. Er stützte beide Arme auf den Tisch und sah beleidigt und gierig zu, wie der Kutscher aus einem Korb einen runden Käse, ein Brot und einen Krug Wein auspackte. Der Mürrische schnaufte noch einmal und sagte: »Ich habe eine unglückliche Jugend gehabt!«
»Sind die Pferde versorgt?«, fragte König Salomo, während er zu essen begann. »Komm! Setz dich her!«
»Die Pferde sind versorgt«, sagte der Kutscher, indem er sich Brot und Käse abschnitt und einen Schluck aus dem Krug tat. »Aber ich will lieber stehen bleiben. Ich weiß, was sich gehört!«
Der Mürrische schnob zum dritten Mal und wiederholte: »Ich habe eine unglückliche Jugend gehabt!«
König Salomo gab der bettelnden Katze ein Stückchen Käse und nahm einen Schluck Wein.
»Willst du mich nicht fragen, wieso?«, fragte der Mürrische aufs Höchste erstaunt und noch beleidigter als

zuvor. »Nein«, sagte König Salomo mit fröhlichem Gleichmut, »es interessiert mich gar nicht.«
»Nun, ich sollte meinen«, sagte der Mürrische, »nachdem ich euch so viel Entgegenkommen gezeigt und euch Gastfreundschaft erwiesen habe, hätte ich wenigstens ein geringes Interesse erwarten dürfen. So soll ich euch die Geschichte meiner unglücklichen Jugend nicht erzählen?«
»Lieber Gott«, sagte König Salomo ergeben, mehr um den Menschen loszuwerden, als aus sonst irgendeinem Grund, »so erzähl sie in Dreiteufelsnamen!« Er begann, seine Stiefel anzuziehen.
Der Kutscher räumte den Tisch ab, trank den Krug aus und packte alles wieder in den Korb. Dann trug er den Korb unter den Kastanienbaum und setzte sich daneben. König Salomo fegte mit dem Ärmel die Krümel vom Tisch und streichelte ergeben die Katze, die auf seinem Schoß lag.

König Salomos weises Urteil

»An all meinem Elend«, sagte der mürrische Mann, »ist nur König Salomo schuld. Oh, wie habe ich diesen Menschen verwünscht, seitdem ich begriffen habe, was er mir angetan hat, wie oft habe ich ihm alle Not und allen Kummer gewünscht, den es nur gibt in der Welt, und wäre alles so eingetroffen, er läge längst im Grabe und verfaulte, wie er's nicht anders verdient, und seine Feinde hätten sich sein Reich geteilt. Aber ich höre, er lebt noch – lebt immer noch, obwohl er doch nun schon steinalt sein muss, und wahrscheinlich noch dümmer ist, als er je war, wenn das überhaupt möglich ist. Denkt euch, meine Mutter lebte hier in diesem Haus. Da war auch eine Nachbarin, eine reiche Frau. Ich war vielleicht ein Jahr alt, und die Nachbarin hatte auch einen Sohn in diesem Alter. Da geschah es, dass die reiche Nachbarin ihr Kind im Schlaf erdrückte, und da stand sie heimlich in der Nacht auf und nahm mich von der Seite meiner Mutter weg und legte mich neben sich. Das tote Kind aber legte sie meiner Mutter ins Bett. Na, am andern Morgen…«

König Salomo wusste mit einem Male ganz gewiss, wann er schon einmal hier gewesen war, er erinnerte sich an alles wieder. Das war damals, als er zum ersten Male ausgefahren war als neuer König, und das hier war seine erste Amtshandlung. Er war stets ein bisschen stolz darauf gewesen, alle hatten ihn damals und auch später sehr gelobt dafür, und es war nicht schön, die Geschichte in dieser Fassung zu hören. Er erinnerte sich noch genau an die beiden Frauen, an das tote Kind, das hier, von Fliegen umsummt, auf dem Brettertisch gelegen hatte, während die beiden Frauen sich das lebende Kind gegenseitig aus den Armen rissen, was ein sehr hässlicher Anblick gewesen war und auch sehr unangenehm anzuhören, denn die Frauen und das Kind hatten geschrien und gezetert, dass er damals am liebsten das Weite gesucht und die beiden sich selbst überlassen hätte. Die Erzählung des Mürrischen floss zäh und träge und unerfreulich dahin, und da der König sie kannte, sah er keine Ursache, weshalb er zuhören sollte. Also das war falsch gewesen. Fünfzig Jahre lang hatte er sich eingebildet, es wäre in Ordnung gewesen und ein gerechtes und richtiges Urteil, er hatte nicht gezweifelt, dass der Himmel seine Hand im Spiele gehabt hatte, und nun war alles falsch gewesen. Hier saß der, um den damals der ganze Streit gegangen war. Es hatte sein Leben zerstört, sagte er, ganz und gar. Er musste es wissen. Es war so niederschmetternd, so enttäuschend, am Ende seines Lebens zu erfahren, dass man selbst da, wo man glaubte, eindeutig Recht gesprochen zu haben (guten Glaubens und von allen bestätigt, die etwas von der Sache verstanden), dass man selbst da sich geirrt hatte. Es war so entmutigend.

»Und dieser Narr mit seiner Gerechtigkeit!«, rief der mürrische Mensch aufgebracht. »Wer will Gerechtigkeit? Hätte er nur für einen Dreier gesunden Menschenverstand besessen, so hätte er mich jener reichen Frau gegeben, die Geld genug hatte, um mich standesgemäß aufzuziehen. So sind alle meine hervorragenden geistigen Gaben brach liegen geblieben. Ich habe meine Jugend in Dreck und Elend verbracht und musste zusehen, wie die Nachbarin einen anderen Knaben an Kindes statt annahm! Sein Glück, dass er gestorben ist! Ich hätte ihn umgebracht!«

»Das ist alles recht traurig«, sagte König Salomo etwas bedrückt und setzte die Katze auf die Erde und stand auf, »aber hättest du nicht irgendetwas arbeiten können, um zu Geld zu kommen? Viele Leute tun das, und ich glaube, es ist gar keine so schlechte Sache …«

»Arbeiten, wenn ich Geld in Fülle haben könnte? Soll ich mich vielleicht auf dem Feld abschinden, soll Pfennig auf Pfennig häufen, und der andere liegt derweil auf seidenen Kissen unterm Fenster und verbraucht sein Geld, *mein* Geld?!«

Der Kutscher kam mit den Pferden und schirrte sie an.

»Das sind merkwürdige Ansichten, die du da hast«, sagte König Salomo. »Das Schicksal hatte eben gegen

dich entschieden, sieh das doch ein! Was sperrst du dich? Es wäre besser gewesen, fröhlich zu sein ...«
»Fröhlich«, rief der Mann, »das fehlte grade noch! Ich bin in einem Maße beklagenswert ...«
Der Kutscher half König Salomo in den Wagen, stieg auf den Bock und ergriff die Zügel.
»Leb wohl!«, sagte der König ein wenig traurig.
»Sitzt du gut, König Salomo?«, fragte der Kutscher.
Und der Wagen schoss vorwärts, vorbei an dem mürrischen Mann, der seinen Ohren wohl nicht trauen mochte und mit hängenden Armen und offenem Mund stand und ihnen nachschaute.
Als sie eine Weile gefahren waren, ließ der Kutscher die Pferde in Schritt fallen.
»Du solltest dich über so einen nicht kränken, König Salomo«, sagte er. »Der Mensch war nicht richtig bei Verstand, das sieht doch jeder.«
»Meinst du?«, fragte der König zweifelnd. Aber er war schon fast wieder getröstet.

Der häusliche Herd

Das Haus, das König Salomo auf dem Lande bewohnte, war von einer hohen, weiß gekalkten Mauer umgeben, die auch die Ställe, einen großen Hof, ein kleines Tempelchen und das Waschhaus mit einschloss. Wenn man durch die beiden dicken Pfeiler, an denen die schweren Torflügel hingen, in den Hof kam, hatte man zur Linken das Haus, in dem König Salomo mit seiner Familie wohnte. Es war groß und lang gestreckt und hatte eine überdachte Säulenhalle an einem Ende, wo man auch bei schlechtem Wetter sitzen konnte. Meistens saßen dort Leute, die Gemüse putzten oder strickten. Immer hing eine Reihe Windeln da, und eine oder zwei Kinderwiegen standen herum, die sich leise bewegten. Im Herbst wurden dort Pilze getrocknet und Bohnen und Mais für den Winter, und auf einem Regal an der einen Hauswand lagen, standen und hingen Gartenhüte, Holzschuhe, eine Reihe Melkeimer, ein paar Schachteln mit Samen und verschiedenes zerbrochenes Kinderspielzeug.

Gegenüber auf der rechten Seite lagen die Stallungen, ein ebenso großes Gebäude wie das Wohnhaus, ganz hinten in der Ecke des Hofes stand das kleine Tempelchen auf blau gemalten Säulen. Manchmal ging dort jemand hin, um zu beten, oder auch nur, um sich dort aufzuhalten. Meistens jedoch saßen nur Tauben auf und unter dem Dach und gurrten sanftmütig miteinander. In der Mitte des Hofes war ein großer, überdeckter Brunnen mit einer Rolle, um die Eimer heraufzuziehen, und daneben stand das Waschhaus. Das Waschhaus war der Stolz Bathsebas und der übrigen Frauen. Es war dort ein Loch im Boden, da goss man das Spülwasser hinein und weg war's und kam erst hinten im Garten, außerhalb der Mauer, wieder zum Vorschein, wo es aus einer Tonröhre in ein großes Becken lief. Mit diesem Wasser wurde der Garten begossen. Es war eine Einrichtung, von der man weit und breit sprach. Alle andern Leute mussten am Fluss waschen gehn, und nicht einmal das große Haus, das der König in der Stadt bewohnte, hatte so ein Waschhaus. Wenn Rehabeam nach drei oder vier Tagen, manchmal auch erst nach sieben oder acht, mit den Herden heimkam, wartete gewöhnlich einer seiner kleinen Brüder oben auf den Torpfeilern und schrie, sobald er der Herden ansichtig wurde: »Sie kommen!«

Alsbald leerte sich der Hof. Kinder, Spielzeug, Wäsche, junge Hunde und Arbeitsgerät wurden gesammelt und alle Haustüren geschlossen, die Stalltüren dagegen aufgemacht. Rehabeam trieb seine Herde in den Hof, schloss die Torflügel und trieb das Vieh in die Ställe. Manchmal, wenn Besuch da war oder Erntewagen im Hof standen, musste er die Herde durch die hinteren äußeren Stalltüren in die Ställe schaffen, eine ekelhafte Arbeit, denn während er sich bemühte, die Herde beisammenzuhalten, liefen die Kühe und Kälber wieder aus ihren Stalltüren hinaus und zu irgendwelchen anderen wieder hinein, versuchten sinnlos auszubrechen, und es kostete dreimal so viel Mühe, bis alle da waren, wo sie hingehörten.
Als Rehabeam von Weitem das geschlossene Tor sah, ärgerte er sich schon, und er beantwortete das fröhliche Willkommgeschrei seines kleinen Bruders Samuel nur mit einem mürrischen Knurrlaut. Düster und ungeduldig füllte er die Ställe mit Vieh, wie's gerade kam, und schmetterte hinter den verstörten Tieren die Türen gewaltig zu. Endlich hatte er es hinter sich und kam durch eine der Hoftüren in den Hof. Dort herrschte munteres Schreien und Quaken, fast alle Frauen und Mädchen waren mit Waschen beschäftigt. Um den Brunnen herum standen zehn oder zwölf Waschbütten mit eingeweichter Wäsche, und im Vorbeigehn warf Rehabeam einen düsteren Blick hinein. Aus dem Waschhaus tönte Gelächter und das Geräusch von Bürsten und Holzschlegeln. Kleine Kinder liefen dazwischen herum, patschten in die Bütten und spritzten sich gegenseitig voll. Rehabeam ging ins Haus, es schien ihm ungemütlich und kahl, nirgendwo war ein Vorhang an irgendeinem Fenster. Die Möbel standen auf den Gängen aufeinandergetürmt, und im Wohnzimmer, in das er einen scheuen

Blick hineinwarf, glänzten die Fliesen vor Nässe. Überall roch es nach nassem Holzboden, überall ertönten scheuernde Geräusche, und die Treppe herab kam eine Dreckbrühe gelaufen. Rehabeam war kaum die halbe Treppe hinaufgestiegen, als er einer weiblichen Person ansichtig wurde, die mit hochgesteckten Röcken auf dem Boden kniete und scheuerte. Als sie ihn kommen hörte, sagte sie, ohne sich herumzudrehn oder ihr Scheuern zu unterbrechen: »Mach, dass du runterkommst, hopp!«

Rehabeam kehrte sich nicht daran, er stieg vollends hinauf, über die Scheuernde hinweg und ging den Gang entlang in sein Zimmer. »Muss das sein?«, schrie Sarepta in einer Mischung von Zorn und Kummer hinter ihm her.

Rehabeam sah sich um, betrachtete eine Weile die Spuren, die seine Füße auf dem frisch geputzten Boden hinterlassen hatten und fühlte plötzlich Mitleid mit Sarepta.

»Ich geh gleich wieder runter«, sagte er tröstlich. Sarepta seufzte und beschloss, so lange zu warten. Nach einer Weile fragte er aus der Tür: »Hast du mein Hemd gesehen?«

»Nein«, sagte Sarepta, »frag mal unten.«

Rehabeam kam verdrossen wieder zum Vorschein und stieg mit undeutlichen Redensarten, die sich auf die allgemeine Nässe und die Verrücktheiten der Weiber bezogen, wieder über den Eimer und die Treppe hinab. Auch in der Küche herrschte eine lebhafte Tätigkeit. Auf dem großen steinernen Herd standen fünf große Töpfe, in denen Marmelade kochte. Es war unerträglich heiß, aber alle, die in der Küche waren, schienen sich sehr wohl zu befinden. Die einen wuschen das Obst, andere füllten die fertige Marmelade in Steintöpfe und trugen sie in die Vorratskammern,

und jüngere Familienmitglieder beschäftigten sich mit den leeren Töpfen, die man ihnen zum Auskratzen und Auslecken überantwortet hatte.
Hier war man nicht imstande, Rehabeams Frage nach seinem Hemd erschöpfend zu beantworten. Stattdessen forderte man ihn auf, die verschiedenen Marmeladen zu probieren, erklärte unter fröhlichem Gelächter, dass man beschlossen hätte, heute nichts zum Essen zu kochen, und antwortete mit Witzen auf seine ernsthafte und ungehaltene Bemerkung, dass das Vieh gemolken werden müsste. Rehabeam fand sie alle unerträglich albern und sagte es ihnen auch, was sie sehr erheiterte. Es gelang ihm schließlich, ein Stück Brot und Käse aufzutreiben und einen nicht ganz geglückten Rückzug anzutreten.
Er ging nochmal an den Bütten vorbei, aber er konnte unter den merkwürdig verschlungenen Dingen sein Hemd nicht entdecken und hoffte nur, es wäre vielleicht wenigstens schon aufgehängt.
»Hast du da mein Hemd drin?«, fragte er Tabitha, die gerade heiße Lauge in eine Bütte voll Wäsche schöpfte.
»Dein Hemd?«, fragte Tabitha, fischte in der Bütte und zog eins heraus. »Ist es das hier?«
»Ja, verdammt!«, rief Rehabeam verärgert, »was soll ich nun anziehen?«
Tabitha schwenkte das Hemd unschlüssig im Wasser hin und her. »Es ist ja warm«, sagte sie schüchtern, »bis morgen ist es soweit trocken.«
»Bis morgen! Schön!«, rief Rehabeam aufgebracht. »Soll ich vielleicht nackt rumlaufen bis dahin? Und wenn Besuch kommt?« »Lieber Gott!«, sagte seine Großmutter Bathseba und sah für einen Moment von den Socken auf, die sie wusch. »Du bist vielleicht eitel!«
»Eitel, jawohl«, sagte Rehabeam, »mit einem einzigen Hemd, ich möchte wissen, wie ich damit anfangen

soll, eitel zu sein!« »Schluss jetzt«, sagte Bathseba energisch, »ich nehme an, du gehst jetzt zum Teich baden. Bis du wiederkommst, ist das Hemd trocken.« Rehabeam wandte sich zum Gehen. »Übrigens«, sagte er beiläufig, »da soll wo ein Brief rumliegen, den soll ich an mich nehmen, hat König Salomo gesagt.«
»Den kannst du gleich haben, hier!«, rief Bathseba und zog den Brief aus ihrem Ausschnitt. »Dreimal ist er mir schon in die Brühe gefallen, und das harte Papier ist so kratzig. Dein Vater sollte seine Sachen auch besser in Acht nehmen!«
Rehabeam entfaltete im Gehen den Brief, dessen Schriftzüge schon verschmiert und zum Teil unleserlich geworden waren. Dann warf er noch einen Blick zurück auf die Waschbütten, auf die Betten und Decken, die auf einer Leine neben dem Tempelchen hingen. Eben leerte Sarepta den Eimer mit schmutzigem Wasser aus. Ein lustiges blaues Rauchwölkchen drang aus dem Kamin des Waschhauses, und zwei marmeladenbeschmierte Kinder kamen aus der Küchentür gelaufen.
»Aber das wird eine Freude werden!«, sagte er und ging aus dem Hof.

Das schöne Tal

Der Weg, der am Rande des weiten Tales dahinführte, war wirklich schlecht, und der Wagen stieß und rumpelte wie ein Lastkarren. König Salomo hielt sich mit beiden Händen links und rechts an den Seitenbrettern fest, während er die Landschaft betrachtete. Er runzelte die Stirn, um des ängstlichen und unerfreulichen Gefühls besser Herr zu werden, das ihn befiel, wenn er so einige Handbreit in die Luft gehoben und dann mit Wucht wieder auf seinen Sitz geschleudert wurde. An dieses liebliche Tal erinnerte er sich noch von jener ersten Reise her, heute so wie damals stiegen jenseits des Flusses, der es der Länge nach teilte, die Wiesen, Krautäcker und Felder bis zu den Wäldern empor, drüben waren die Berge höher und steiler, und ein bläulicher Dunst lag über dem Wald. Es war, als wäre er erst gestern hier vorbeigekommen, und seine damalige Reise war auf einmal so greifbar nahe in seiner Erinnerung wie nie zuvor. Er wusste wieder ganz deutlich, wie er damals gedacht hatte: »Wenn ich einmal ein alter Mann bin und gar nichts mehr vorhabe, will ich hierherkommen und mich hier irgendwo ansiedeln. Ein kleines weißes Haus mit flachem Schieferdach, eine Terrasse neben dem Haus und einen Brunnen davor. Ein paar Weinstöcke rechts und links vom Weg, bisschen rotes und weißes Kraut im Garten, Hühner und dicke Kürbisse am Ende der Terrasse. Und einen wilden Rosenstock, der am Haus hochklettert und in alle Fenster schaut. Und Ruhe.«

»So fahr doch langsamer, zum Kuckuck!«, rief König Salomo und klammerte sich fest, während der Wagen ihn durchrüttelte wie Getreide in einem Sieb. »Kannst du denn nicht langsamer fahren?«

»Dann bleiben wir überhaupt stecken!«, antwortete der Kutscher über die Schulter zurück, und der Wagen hob sich hinten etwas in die Luft, weil die Vorderräder in unergründlichen, mit Steinen gefüllten Schlaglöchern versanken. Kleine Steine spritzten nach allen Seiten, schlugen auch mit hartem Klang an den Wagen, und nun tauchten die Hinterräder in das tiefe Loch. ›So muss es auf einem Schiff sein‹, dachte König Salomo eben, da gab es ein scharfes merkwürdiges Geräusch unter dem Wagen, ein Knirschen und Splittern, und das Gefährt neigte sich ächzend mit einem Ruck nach hinten auf die rechte Seite. Das rechte Hinterrad mit einem Stück der gebrochenen Achse torkelte eilig und irgendwie betriebsam unter dem Wagen hervor, den die erregten Pferde noch ein Stück weit schleppten. Dann blieben sie, zitternd und schnaufend, mit bebenden Flanken und schaumbedeckter Brust stehen. Der Kutscher drehte sich um und sah dem Rad nach, das eben in einem Kornfeld rechts des Weges verschwand, sah dann den König an und sagte zornig: »So!« »So!«, sagte König Salomo im nämlichen Augenblick, ebenfalls zornig. »Das kommt von dieser sinnlosen Raserei. Hab ich dir nicht gesagt, du solltest langsamer fahren?«

»Das kommt«, sagte der Kutscher und band die Pferde los, »wenn die Wege in einem so unglaublichen Zustand sind. Wenn du dich schon so nicht darum kümmerst, hättest du's zumindest tun sollen, bevor du eine Reise unternimmst. Es ist eine brennende Schande!« Er stieg vom Wagen, schirrte die Pferde aus den Strängen und band sie an einen Apfelbaum links vom Weg.

»Ich kann auch nicht an alles denken«, sagte der König, stieg ebenfalls vom Wagen und ging der Spur des Rades in das Kornfeld nach. Es war nicht weit gelaufen, der König hob es auf und wunderte sich, wie schwer so ein Rad eigentlich doch ist.

»Ich muss an so vieles denken«, sagte er und kam aus dem Kornfeld wieder heraus.

»Du solltest aber an alles denken!«, sagte der Kutscher, nahm die Pelzmütze ab und wischte sich den Schweiß von der Stirn. »Ich bin auch nur ein

Mensch«, sagte der König ärgerlich und rollte das Rad etwas vor sich her.
»Du bist der König«, sagte der Kutscher streng und abschließend. »Es wird gut sein«, sagte er dann und nahm dem König das Rad aus der Hand, »wenn ich jetzt in den nächsten Ort geh und einen Wagner suche!«
»Einen Wagner«, rief der König bestürzt, »können wir das nicht selbst reparieren?«
»Eine gebrochene Achse? Nein. Also, ich meine, wenn du dich da in den Schatten zu den Pferden setzen willst, könnte ich inzwischen beruhigt weggehen.«
König Salomo sah über das sonnenüberglühte liebliche Tal mit seinen gelben, grünen und bläulichen Äckern und seinem stillen Fluss in der Mitte. Die Luft war voll von dem schrillen, metallischen Gesang der Grillen, und ein Raubvogel kreiste in der Luft immer höher hinauf.
Es war wirklich unheimlich heiß, und das Angebot, neben den Pferden im Schatten zu sitzen, war irgendwie verlockend. Aber König Salomo hatte das unbestimmte Gefühl, als sei es für ihn nicht ganz passend, neben einem zerbrochenen Wagen und zwei abgeschirrten Pferden zu sitzen, und das ganz bestimmte Gefühl, als dürfe er den Vorwurf, er kümmerte sich nicht um alles, nicht auf sich sitzen lassen, und als sei es an der Zeit, dass auch er mal wieder anordnete, was getan würde. »Schön«, sagte er und klopfte ein bisschen Staub von seinem Rock, »dann geh ich also jetzt. Du kannst dich da neben die Pferde in den Schatten legen und ausruhen.«
Und ohne sich weiter an die Entgegnungen und Vorstellungen des Kutschers zu kehren, ging er den Weg weiter, immer am Rand, weil es da besser zu sein schien. Der Kutscher sah ihm bestürzt und beleidigt

nach, warf dann seinen Mantel ins Gras in den Schatten und setzte sich umständlich darauf. Dann legte er sich auf den Rücken und sagte zu sich selbst: »Aber keine Minute werd ich schlafen, wenn du das vielleicht meinst!«

Nach zwanzig Schritten bereute König Salomo bereits, dass er nicht lieber bei den Pferden geblieben war. Der Weg war auch am Rande steinig und uneben. Er spürte selbst das kleinste Steinchen durch das dünne Leder seiner Stiefel. Die Hitze war unerträglich, und es half auch nichts, dass er seinen Rock am Hals öffnete und die Ärmel aufkrempelte. Winzig kleine Fliegen umschwärmten ihn und versuchten in seine Nase, seine Augen und seinen Mund einzudringen. In seinen Ohren saßen sie schon. ›Ich wäre wirklich besser bei den Pferden im Schatten geblieben‹, dachte der König. Schließlich bin ich ein alter Mann und könnte es mir leisten, jemand anderen zu schicken, wenn ich was brauche.‹

Er schaute über das liebliche Tal zur Linken und versuchte, da weiterzudenken, wo er, vor der Sache mit dem Rad, aufgehört hatte. Aber es wollte nicht mehr so richtig gelingen, und selbst wenn er sich ganz genau vorstellte, wie tief und kühl der Brunnen vorm Haus und wie schattig die Wege und Lauben sein würden, half das wenig gegen die augenblickliche glühende Mittagshitze.

›Verdammter Weg!‹, dachte er ärgerlich. ›Verdammt! Ich wünschte, ich wäre es gewohnt, zu Fuß zu gehen! Mein Vater konnte ganze Tage hintereinander marschieren, und er sagte immer, es wäre eine richtige Erholung. Aber was hatte dieser Mensch auch für Waden! Ich hab gar keine oder so wenig, dass man's mit Anstand schon gar nicht mehr Waden nennen kann. Ich bin zu weichlich aufgezogen worden. Hätte man

mich in meiner Jugend mehr herumgejagt, so fiele es mir nicht so schwer, als alter Mann jetzt hier einen ganz gewöhnlichen Feldweg entlangzugehen.‹
Der Hügelrücken rechts senkte sich, der Weg führte jetzt durch eine Ebene und näherte sich dem Fluss. Links und rechts in den Rübenfeldern waren vereinzelte Bauern bei der Arbeit. Ihre weißen und blauen Hemden und die bunten Tücher der Frauen leuchteten in der Sonne. Kleine Kinder hingen, in Windeln eingebunden, an den unteren Ästen mancher Bäume am Weg und schaukelten leise, zuweilen lag ein großer gefleckter oder schwarzer Hund daneben auf der Erde und knurrte, wenn der König vorbeikam.
Zwei Leute kamen aus einem der Felder und gingen vor dem König her. Der Mann hatte sein Hemd ausgezogen und als Schutz gegen die Sonne auf den Kopf gelegt, die Ärmel schlugen ihm bei jedem Schritt auf den sonnverbrannten Rücken. Die Frau trug zwei Hacken über der Schulter und einen Korb daran, aus welchem welke Rübenblätter heraushingen. Beide gingen sehr gebückt und mit großen, schweren Schritten. Der König ging etwas schneller und holte die Leute ein. »Guten Tag«, sagte er, als er neben ihnen war. Der Mann wandte ihm ein mageres, pockennarbiges Gesicht zu, das einen Ausdruck ängstlicher Verschlagenheit zeigte, sein schwarzer, struppiger Schnurrbart zuckte, während er den König schnell von oben bis unten musterte. Dann sagte er: »Tag«, und sah wieder gradeaus auf den ausgefahrenen Weg. Die Frau sagte nichts, ihr Kopf wackelte bei jedem Schritt wie die welken Rübenblätter, ihr Gesicht war eingefallen und mit einer pergamentenen Haut überzogen, rings um den Mund waren eine Menge Falten wie bei einem zusammengezogenen ledernen Geldbeutel. Von Zeit zu Zeit hob sie die großen gelben Au-

genlider und sah starr vor sich hin, ihre Augen waren verschwommen und völlig ausdruckslos. Sie sah aus, als wäre sie mindestens hundert Jahre alt.
»Heißer Tag heute!«, sagte der König.
»Das ganze Jahr war schon viel zu heiß«, sagte der Mann und warf einen schnellen unruhigen Blick auf den König, als fürchte er, seine Kritik könnte ihm übel ausgelegt werden. Dann fuhr er ermutigt fort: »Alles verdorrt und geht kaputt. Die Hälfte meiner Rüben sind schon vertrocknet!«
König Salomo warf einen Blick auf die Felder ringsum und sagte: »Es sieht aber doch alles ganz gut aus, so weit?«
»Alles geht kaputt!«, sagte der Mann.
»Vielleicht regnet's bald mal«, sagte der König und sah ohne große Hoffnung in den wolkenlosen, strahlenden Himmel über sich.
»Dies Jahr nicht mehr!«, sagte der Mann.
»Dies Jahr nicht mehr«, sagte die alte Frau plötzlich mit krächzender Stimme, »das Jahr nicht mehr, aber nächstes vielleicht. Im Frühjahr, wenn alle Soldaten zurückkommen, dann ist er auch dabei. Dann werd ich mit ihm tanzen gehn und mir Blumen ins Haar flechten, und alles werd ich ihm geben, er war immer besser zu mir als du …«
Die letzten Worte verloren sich in unverständlichem Gegreine und Gestammel. König Salomo sah sie an. Sie bewegte die zusammengepressten Lippen, und unter ihren gesenkten, zuckenden Augenlidern hervor liefen unaufhaltsam Tränen, sie liefen ihr über das gelbe Gesicht, sammelten sich am Kinn und fielen in dicken Tropfen in den Straßenstaub. »Sie ist verrückt«, sagte der Mann, »so ist sie schon seit sechzig Jahren. Ich habe sie nie anders gekannt. Sie redet da von meinem Bruder, der damals mit König David

in den Krieg gezogen ist und nicht mehr wiedergekommen ist. Es muss ein wahrer Ausbund gewesen sein, mein Bruder. Sie jammert mir, seit ich denken kann, von ihm vor, sie denkt, er kommt nochmal wieder. Wie ich noch jünger war, könnt ich's manchmal nicht aushalten mit ihr. Aber man gewöhnt sich. Wenn ich mal einen Tag weg bin von zu Haus, fehlt's mir direkt.«

»Und dein Vater?«, sagte der König.

»Ach der«, sagte der Mann, »der hat sich so allmählich ums Leben gesoffen. Hier mal ein Glas, da mal eins, dann hat er's krugweise betrieben, und schließlich war er vom Fass nicht mehr wegzuschlagen. Dabei hat's ihn dann auch eines Tages erwischt. Hat uns so ziemlich um alles gebracht, was wir hatten, mit seinem Suff, der Vater. Wenn's mein Vater war«, setzte er hinzu und lächelte ein schiefes Lächeln, das aber sofort wieder verschwand, als er sah, dass sein Begleiter keine Miene machte zu lachen. »Sie war immer eine lebenslustige Frau, meine Mutter.«

»Hast du noch andere Geschwister? Bist du verheiratet?«, fragte der König und machte seinen Rock am Hals weiter auf.

»Nein«, sagte der Mann, »ich bin allein. Sie hatten alle Angst vor der Mutter und die, die keine Angst hatten, vor denen hatte ich welche. Und Geschwister – unser Haus ist so klein, mein Bruder und ich haben schon keinen Platz darin.«

»Dein Bruder?«, sagte der König einigermaßen verwirrt.

»Na ja, der…«, er sah sich nach der alten Frau um, die einige Schritte hinter ihnen herging, »der Tote. Er nimmt unheimlich viel Platz ein. Alles gehört ihm. Wir schlafen im Stall auf Stroh, die Mutter und ich.«

»Der Weg ist miserabel«, sagte der König, um das Gespräch auf etwas anderes zu bringen, »wird hier nie etwas für die Wege getan?«

»Jetzt nicht mehr, seit der neuen Regierung«, sagte der Mann. »Unter dem alten König, da haben sie noch die Wege ausgebessert. Mit Soldaten und Wagen hätten sie hier ja auch kein Fortkommen gehabt. Das war ein tüchtiger Mann, der König David!«

»Du solltest lieber froh sein, dass du jetzt einen König hast, der keinen Krieg macht!«, sagte der König streng.

»Warum«, sagte der Mann, »warum soll da gerade ich froh sein? Im Krieg ziehen einem die Soldaten das Fell über die Ohren und im Frieden die Beamten, die die Steuern eintreiben und einem das letzte bisschen wegnehmen, was man hat.« Er zog das verschlissene Hemd wieder an.

»Wenn du Soldat geworden wärst und wärst umgekommen wie – wie so viele andere«, sagte der König und warf einen schnellen Blick auf die Frau.

»Na und?«, sagte der Mann störrisch und stopfte das Hemd in die Hose. »Besser, als sich das ganze Leben schinden und einen krummen Rücken holen. Lieber nur dreißig Jahre gelebt, die aber lustig. Aber ganz, wie du meinst«, setzte er hinzu, als bereute er es, zweierlei Meinung mit dem Fremden gewesen zu sein.

Am Dorfeingang trennten sie sich. Der König ging die Straße weiter, und die Bauersleute zogen in eine kleine Nebengasse ab. Der König sah ihnen gedankenverloren und doch angestrengt nach, als wolle er sich den Anblick der schwankenden Rübenblätter für ewige Zeiten einprägen, und wandte sich erst ab, als er sie nicht mehr sehen konnte. ›Ich hätte ihn lieber nach einem Wagner fragen sollen‹, dachte er, während er weiter in das Dorf hineinging.

Der Mann mit den Holzbeinen

Als König Salomo nach zwei Stunden wieder an dem schönen Garten vorbeikam, war er bereits so erschöpft, dass er sich eine Weile gegen das rostige Zaungitter lehnte und gedankenlos in den Garten starrte. Der Garten war wirklich wunderschön, der schönste, den König Salomo je gesehen hatte, und er war doch ein alter Mann. Noch nie hatte er so viele Blumen auf einer Stelle zusammengedrängt gesehen. Er hatte nicht gewusst, dass sie imstande waren, so viele und große und farbige Blüten hervorzubringen. Neben ihm wuchsen weiße Lilien in dicken Büscheln, dahinter Malven in allen Farben, in der Mitte eines Beetes stand ein Rosenstock, umgeben von weißen und dunkelblauen Glockenblumen, es gab Mohn und Sonnenblumen, und die Kresse ringelte sich durch den Zaun bis auf die Straße. Er dachte an den kümmerlichen Garten daheim, wo wegen jeder neu erblühten Lilie ein tagelanges Gespräch entstehen konnte und wo sich nie jemand fand, der das Gras auf den Wegen ausriss. Hier waren die Wege mit gelbem Sand bestreut, und an den Rändern wuchsen niedrige blauviolette Blumen, die wie kleine haarige Polster waren, und dahinter wieder Rosen und Levkojen und eine Menge, die er gar nicht kannte. Es tat fast weh, die vielen glühenden Farben anzuschauen, und es war merkwürdig bedrängend, wie sie alle dufteten, während die Luft über ihnen vor Hitze flimmerte und erfüllt war vom Gesumm der Bienen. ›So einen Garten zu besitzen‹, dachte König Salomo, ›so einen Garten und dann beschaulich das Ende seiner Tage abwarten, mal hier eine welke Blume abschneiden, mal da einen Stock aufbinden – ich werde ihnen

zu Hause von diesem Garten erzählen. Und dann, vielleicht, werde ich auch eines Tages so einen Garten haben.‹
Aber gleichzeitig wusste er, dass er nie so einen Garten haben würde. Niemand daheim würde das Verständnis dafür aufbringen, und auf einmal beneidete er den unbekannten Besitzer des Gartens mit einem schmerzhaften, hoffnungslosen Neid. Sicher war der Kerl, dem der Garten gehörte, ein ganz ekelhafter Bursche, der den ganzen Tag nichts weiter tat, als an seinen albernen Blumenstöcken herumzuwirtschaften. Es war ja geradezu unnatürlich und unangenehm, dass nirgendwo Gras oder Unkraut wuchs. Er war nur froh, dass er diesen Garten nicht daheim hatte. Man würde sich ja nie getrauen, auf diesen Wegen überhaupt zu gehen, und wozu brauchte man einen Garten, wenn nicht, um darin herumzugehen? Und dass er noch nie so einen Garten gesehen hatte, bewies nur, dass es ganz unnatürlich war, so einen Garten zu besitzen.
Aber im innersten Herzen wusste er, dass das nicht aufrichtig war, was er da dachte, und ließ langsam und traurig das rostige Gitter los. Eigentlich müsste der Wagen doch nun bald kommen. Er hatte den Handwerkern alles genau erklärt. Die Leute waren schrecklich zäh und schwerfällig hierzulande. Er seufzte und wandte sich zum Gehen. In diesem Augenblick rief ihn eine Stimme aus dem Garten an: »Hallo, Fremder!« ›Aha!‹, dachte König Salomo, ›das ist der ekelhafte Kerl!‹ Trotzdem blieb er stehen und schaute nach der Richtung, aus der die Stimme gekommen war, aber er konnte niemand entdecken.
»Komm doch ein bisschen rein, wenn du Zeit hast, und ruh dich hier aus. Die Hitze ist ja zum Umfallen!«
König Salomo öffnete das kreischende Gittertörchen

und ging in den Garten. Er ging ohne Scheu den gelben Sandweg entlang und entdeckte plötzlich etwas, was ihm vorher vor lauter Blumen und Sonne nicht aufgefallen war, dass da nämlich ein weißes Haus war, langgestreckt, flach, mit vielen Fenstern, ein bisschen verfallen und über und über mit Klematis bewachsen. Die Haustür war niedrig. Gleich darüber fing das Dach an, auf dessen vom Alter dunklen Ziegeln Flechten wuchsen, und neben der Haustür stand im Schatten des vorspringenden Daches eine steinerne Bank. Auf der Bank saß ein großer Mann mit fröhlichem, rotem Gesicht, weißem Schnurrbart und weißen Haarbüscheln über den Ohren. Er trug einen abgewetzten grünschwärzlichen Rock, seine großen roten Hände lagen auf seinen Knien. König Salomo schaute von den Händen weiter abwärts und sah mit einem Gefühl der Beklemmung, dass der Mann keine Beine hatte. Unterhalb der Knie liefen sie in zwei kräftige, altersschwarze Holzbeine aus. Neben dem Mann lehnten an der Hauswand zwei ebenso kräftige, altersschwarze Krücken, darunter stand auf dem Boden eine kleine Holzwanne voll Wasser, halb mit einem nassen Tuch bedeckt, unter dem sich die Umrisse eines Kruges abzeichneten. Unter der Bank lag ein großer Hund, weiß mit braunen Flecken, der angestrengt hechelte. Bei König Salomos Kommen knurrte er leise, aber er war von der Hitze viel zu ermattet, um sich ernsthaft mit dem Fremden zu befassen.

»Setz dich nieder«, sagte der fröhliche Mann und stellte ein dickes, grünes, halbvolles Glas auf die andere Seite neben sich, damit König Salomo Platz hatte auf der Bank. »Hier ist es wenigstens kühl, das ist der Nutzen von dem ganzen Gemüse, das hier an der Wand hochwächst!«

»Was für ein schöner Garten!«, sagte der König leise und sah den Mann schnell von der Seite an. ›Lieber Gott!‹, dachte er beschämt und fühlte, wie er errötete, ›und ich hab eben noch den beneidet, dem der Garten gehört und mir alberne Urteile über ihn gebildet!‹ Der Anblick der hölzernen Beine machte ihn seltsam unfrei, er zog seine Beine in den roten Stiefeln an sich und versteckte sie unter der Bank – unmerklich, wie er hoffte.
»Schön?«, sagte der Mann. »Je nun, es ist eben ein Garten, es ist nichts weiter darüber zu sagen. Natürlich ist es schön, hier zu sitzen und das alles anzuschauen und die Bienen zu betrachten und die Leute, die vorübergehn, zu sehen, wie das Jahr dahingeht und wie die verschiedenen Blumen es anzeigen. Und von Zeit zu Zeit dazwischen herumzuspazieren, weil's einem grad so in den Sinn kommt, an der oder jener Blume zu riechen. Aber genauso gern bin ich in dem Garten hinterm Haus, wo nur Wiese ist mit ein paar Obstbäumen und ganz hinten an der Mauer eine Trauerweide. Dahinter fließt ein kleiner Bach, und im Frühjahr, wenn in den Bergen der Schnee schmilzt, schwillt er an, und das Wasser steigt bis über die Gartenmauer. Unsereiner kann darin herumgehn, ohne nasse Füße zu bekommen«, sagte er mit einem behaglichen Lächeln.
»Mir scheint, du findest in allen Dingen etwas Gutes«, sagte König Salomo.
»Gewiss«, sagte der fröhliche Mann, »ich nehm die Sachen so, wie sie eben sind, und mach das Beste daraus, da es niemand für mich tut. Ich bin eben irgendwie zufrieden.«
Der König sah nachdenklich auf die schwärzlichen Holzbeine und schwieg.
»Ach so«, sagte der Mann und hob das eine Bein et-

was in die Höhe und schwenkte es leicht hin und her. »Du meinst, ich hätte vielleicht wenig Grund zur Zufriedenheit? Das hab ich auch mal eine kleine Weile gedacht. Damals war ich noch jung und unverständig, aber es hat nicht lange gedauert, und ich hab eingesehen, dass das Leben noch lange nicht zu Ende ist, dass es jeden Tag neu anfängt. Jeden Tag passiert irgendetwas, was den Tag von den übrigen unterscheidet, und an jedem ist irgendwas Brauchbares.«

»Einer wie du hat es dann freilich leicht«, sagte der König mit einem Seufzer.

»Einer wie ich, der so viel merkwürdige und bemerkenswerte Dinge gesehen und erlebt und erfahren hat, der hat gar keine Zeit, allzu viel einer einzigen Sache nachzuhängen. Ich hab eine fröhliche Jugend beim Kühehüten verbracht, ich war Soldat unter dem besten König, der je gelebt hat, hab eine gute und verständige Frau gehabt, und meine Tochter ist hübsch und vernünftig. Im Winter lehre ich die Kinder der Bauern Lesen und Schreiben, und im Sommer schaue ich meinen Garten an und lebe von dem, was mir die Dummheit anderer den Winter über eingebracht hat. Sag selbst, wo findest du leicht einen Niedriggeborenen wie mich, dem es besser geht?«

»Ich möchte wirklich wissen«, sagte König Salomo etwas ärgerlich, »was für einen Grund du haben kannst, deine Zeit als Soldat als ein besonderes Ereignis zu erwähnen. Es ist wirklich albern«, sagte er und zog nachdrücklich die Füße unter der Bank hervor, »was für eine Verehrung König David genießt. Überall höre ich nichts als Lobreden auf die vergangenen Zeiten, grade, als wäre es das einzig Richtige, wenn einem Land ein Krieg nach dem andern über den Hals kommt. Ihr undankbaren Kerle solltet Gott danken, dass Frieden ist, denn Krieg ist das schlimmste Übel auf der Welt.«

»Nicht für die Soldaten«, sagte der Mann, »es ist ihr Beruf.« »Beruf«, rief der König aufgebracht, »ist es ein Beruf, andere Menschen totzuschlagen?«

Der Mann scharrte etwas mit dem Holzbein im Sand und sah sich dabei zu. Dann sagte er: »Darüber gibt es nichts zu reden. Es ist nun einmal so, du wirst es wahrscheinlich nie verstehen, und ich könnte es dir auch gar nicht erklären. Das versteht nur einer, der's kennt. Totschlagen ist kein Beruf, aber es gibt schlimmere Dinge, und König David zuliebe hätte ich auch noch schlimmere Dinge getan. Das war ein Mensch, wie er nur alle tausend Jahre einmal auf die Welt kommt. Man hätte es ihm nicht angesehen, was für einer das war. Er war eher klein als groß und gar nicht stark, und er war nicht furchtlos wie jener dumme Philisterheld Goliath, aber er war mutig, und in seiner Nähe konnte niemand mutlos sein. Ich war noch ein ganz junger Bursch, als ich unter denen war, die mit in der Höhle in den Felsen der Gemsen waren, und ich lag nahe am Ausgang und hab gehört, wie er zu König Saul sprach. Wenn ich daran denke, spür ich noch heute das sonderbare Gefühl im Nacken, als wenn einen Ameisen überlaufen, und in meiner Nase ist der sonderbare Geruch von Schimmel und Stein und Regen und nassen, wollenen Soldatenmänteln. Wir waren halb verhungert und durchweicht von dem tagelangen Regen, und wenn es nicht so kalt gewesen wäre, wäre ich im Stehen eingeschlafen. Es war gänzlich finster, und die vordersten von uns, die in die Höhle gingen, erwarteten jeden Moment, von irgendeinem wilden Vieh angefallen zu werden, einem Bären etwa, oder in ein Loch zu fallen. Und als wir uns kaum auf den Boden gelegt hatten, um wenigstens bisschen auszuruhen, denn die Beine taten uns elend weh von der Kletterei, da kam König Saul mit seinen dreitausend vorbei. Er ging mit seinem Feldherrn Abner in die Höhle, um sich vor dem Regen zu schützen. Zuerst hatte er einen Streit mit ihm, und als er den zum Schweigen gebracht hatte, redete er eine Weile vor sich hin. Das klang fast wie einer, der weint, weil er ganz alleine auf der Welt ist. Es war so still, so gräulich still, wie es nur sein kann, wenn wo viele Menschen sind, die um ihr Leben schweigen, denn wir waren vierhundert und nur einen Schritt vom Tode.

Saul murmelte vor sich hin, und wir hielten die Luft an. Und dann, als er aufstand und gehen wollte, stand König David auch auf und redete ihn an.«

Der holzbeinige Mann schwieg eine Weile, und König Salomo fasste sich unwillkürlich in den Nacken, weil es ihn kalt überlief trotz der Hitze.

»Er hatte irgendwas an sich, ich weiß nicht was«, sagte der Mann nach einer Weile. Er sah auf König Salomos Hände, die dieser, die Daumen im Gürtel, auf dem Bauch liegen hatte. »Du hast da einen merkwürdigen Ring«, sagte der Mann, »trägst du den schon lang?«

»Seit mein Vater tot ist«, sagte der König und sah ebenfalls auf den Ring, wobei er die Finger spreizte und schloss, ohne den Daumen aus dem Gürtel zu nehmen. »Er hat ihn mir gegeben.«

»Ein schöner Ring«, sagte der Mann und warf dem König unter seinen buschigen Augenbrauen einen schnellen Blick zu.

»Wie lange, glaubst du, dauert es, bis man eine gebrochene Achse repariert?«, fragte König Salomo. »Ich hab meinen Wagen eine halbe Stunde vorm Ort stehen, und ehe ich hier hereinkam, hatte ich eben einen Wagner hingeschickt. Ich wollte heute noch weiter.«

»Hier dauert alles lange«, sagte der Mann. »Wozu willst du auch in den Abend hinein wegfahren, ich hatte gehofft, du würdest vielleicht bei mir bleiben, wenn dir mein Haus nicht zu ärmlich ist und meine Gesellschaft nicht zu gering. Es geschieht so selten, dass jemand sich hier in unser Dorf verirrt, es ist so aus der Welt«, setzte er entschuldigend hinzu und warf nochmals einen Blick auf König Salomos Ring.

»Ich bleib gern da. Es kommt nicht an auf einen Tag«, sagte der König, »aber ich möchte deinen Frieden nicht stören. Und ich fürchte, ich werde meine Ansicht über den Krieg nicht ändern können, sie ist schon zu alt.«

»Auch ich«, sagte der Mann, »werde meine Ansichten nicht ändern können, aber das soll uns nicht stören. Ich bitte dich herzlich, über Nacht dazubleiben.«

Man hörte in der Ferne einen Wagen rollen, und König Salomo erkannte das Peitschenknallen seines Kutschers. »Das ist er«, sagte König Salomo, stand auf und ging zum Gartentor. Der Mann griff nach seinen Krücken, erhob sich geschickt und unbeholfen zugleich von der Bank und ging hinter ihm her.

»Da bist du, Herr«, sagte der Kutscher erleichtert, als er König Salomo erblickte, und hielt die Pferde an. Der Mann mit den Holzbeinen war nach dem König auf die Straße hinausgekommen und ging nun um den Wagen und die Pferde herum. Er sah aus wie eine merkwürdige schwärzlichgrüne Spinne. »Diese Pferde«, sagte er, »gab es zu meiner Zeit nur einmal im ganzen Reich. Und den Ring, den du trägst, auch. Wenn du bei mir bleiben magst, König Salomo, dann soll der Mann den Wagen in meine Scheune fahren, und die Pferde können in meinem Obstgarten weiden.«

Das Lamm

Ein mit roten Ziegeln gepflasterter Gang verband die vordere Haustür direkt mit der Tür, die in den Obstgarten führte. Rechts und links waren Türen zu verschiedenen Kammern und zu der Küche. König Salomo, der aus der Schlafkammer kam, die ihm sein Gastgeber angeboten hatte, blieb einen Moment in dem kühlen Gang stehen und knöpfte sein frisches Hemd am Hals zu. Eigentlich hatte er das Hemd erst anziehen wollen, wenn er mit der Königin von Saba zusammentraf, denn einen einigermaßen anständigen Eindruck gedachte er doch zu machen, wenn er auch ihren Besuch nicht haben wollte. Aber seit er in diesem Haus war, war das eigentliche Ziel seiner Reise ihm irgendwie so unwichtig geworden, ja beinahe entfallen, ihm war, als wäre er im Haus eines alten Freundes zu Besuch – etwas, was dem König nie begegnet war, denn er hatte keinerlei Freunde, und wen hätte er besuchen sollen – und als stünde es bei ihm, so lange zu bleiben, wie er nur irgend wollte. Grad, als hätte er nicht eine zahlreiche Familie zurückgelassen, grad, als wäre er nicht weggefahren, um einen großen Wirrwarr zu verhindern, grad, als warteten nicht in seiner Hauptstadt in seinem prunkvollen und unfreundlichen Palast seine prunkvollen und unfreundlichen Räte auf ihn, und grade, als wäre er nicht der König, von dem alle irgendwas erwarteten, nur sonderbarerweise nie das, was er vorhatte. Das Hemd war am Hals zu eng. Er ließ den obersten Hemdenknopf offen und überlegte eine kleine Weile, ob er an der Tür anklopfen sollte, hinter der er die Stimme seines Wirtes vernahm, es klang, als wäre dieser über irgendetwas aufgebracht, und deshalb wollte der König schon weitergehen, als er plötzlich seinen Namen hörte und doch stehen blieb. Eigentlich schämte er sich, dass er hier ein Gespräch anhörte, das vielleicht nicht für seine Ohren bestimmt war, aber er beschwichtigte, während er gleichzeitig unaufhaltsam errötete, sein Gewissen damit, dass er sich sagte: ›In dem Moment, wo ich merke, dass sie wirklich über mich reden, werde ich in den Garten hinausgehen.‹

»Nie werde ich das zulassen«, hörte er eine etwas raue Frauenstimme sagen: »Er mag sein, wer er will!« »Aber ich sage dir doch«, rief der beinlose Mann, »dass es der König ist! Das ist die allermindeste Höflichkeit, die allergeringste Gastfreundschaft, die wir ihm schuldig sind!«

»Ich bin niemand was schuldig«, sagte die Frau, »vor allem nicht unser einziges Lamm. Du weißt selbst, was für eine Mühe es war, es großzuziehen. Und als das Hochwasser kam, hast du es selbst mit Mühe gerettet.«

»Das ist alles ganz gleichgültig«, sagte der Mann. »Ich sage dir jetzt zum hundertsten Mal, dass das nicht irgendwer ist, sondern der König Salomo, König Davids Sohn, und das Lamm wird geschlachtet und damit fertig.«

»Wenn er wirklich der König ist«, sagte die Frau zornig, »hat er es dann nötig, uns armen Leuten auch noch das letzte bisschen zu nehmen, was wir haben? Er kann so viele Lämmer essen, wie er will, wenn er bei sich daheim in seinem Palast ist. Wenn er bei uns sein will, soll er eben das essen, was wir auch essen: Rüben und Brot und Suppe. Nur ein Narr gibt mehr, als er hat.«

»Aber wir haben doch das Lamm«, sagte der Mann, »mehr wird auch nicht gegeben.«

»Ich wusste nicht, dass du ein so großer Freund des Königs bist«, sagte die Frau spöttisch, »dein Gedächtnis scheint nachzulassen. Ich bin gespannt, was dieser dein Freund schlachten lassen wird, wenn du ihn besuchst.«

»Sulamith«, sagte der Mann ernst, »ich bin nicht des Königs Freund – wie sollte ein gemeiner Mann wie ich auch dazu kommen –, aber er ist der König, und man muss ihn ehren. Und es ist König Davids Sohn, und ich glaube, er ist ein guter Mann, wenn man's auch nicht gleich merkt. Mein Gedächtnis ist immer noch so gut wie eh und je, und dich hatte ich für verständiger gehalten.« Eine Weile herrschte Schweigen.

»Der König«, sagte die Frauenstimme nachdenklich, »bist du sicher, dass er es ist, sag mir, wie sieht er aus – ist er schön?« »Schön«, rief der Mann, »was so ein Frauenzimmer für Zeugs fragen kann! Er ist ein alter Mann, nicht so alt wie ich natürlich, aber seine Haare werden grau, und die Gicht zieht seine Finger krumm. Und nun lauf und hole den Nachbarn, dass er das Lamm schlachtet.«

König Salomo ging auf Zehenspitzen zur hinteren Tür und trat in den Obstgarten hinaus. Voll Beschämung überdachte er das eben gehörte Gespräch, und er wusste nicht, ob er seine Neugierde und seine schlechten Manieren verwünschen sollte, die ihn bewogen hatten, all das mit anzuhören, oder ob er sich freuen sollte, dass wenigstens seine Untertanen Manieren hatten. Eins wusste er jedoch genau: dass er von Herzen gern auf das Lamm verzichtet hätte und dass er am liebsten in die Küche gestürzt wäre und um Schonung für das Lamm gebeten hätte. Er wusste aber auch genau, dass er das nicht durfte, dass er kein Recht hatte, dieses Opfer abzulehnen, es wäre eine zu große Beleidigung gewesen. Er musste das

Lamm essen, und wenn ihm jeder Bissen im Hals stecken blieb, weil er wusste, dass er seine Gastgeber förmlich beraubte. Ach, es war entsetzlich schwer.
Unter diesen Gedanken war er an die Trauerweide gekommen, die dicht an der Mauer stand und deren Äste inner- und außerhalb der Mauer herunterhingen. Man hörte den Bach hinter der Mauer rauschen, und der König, der sich das Wasser betrachten wollte, das jedes Frühjahr so gewaltig wurde, stieg auf eine dicke, große Steinplatte, die da unter der Weide lag, und schaute über die Mauer.
Es war wirklich nur ein ganz kleiner Bach, ein Zwerg von einem Bach, manchmal sah man ihn kaum, weil überhängende Büsche und Gras ihn halb verdeckten. Der König fand, dass es da nicht viel zu sehen gäbe, es tat ihm leid, dass jetzt nicht Frühjahr war, und er nahm sich vor, im nächsten Jahr um die richtige Zeit herzukommen, um die große Überschwemmung zu sehen. Er stieg wieder von der Steinplatte herab, setzte sich darauf und sah eine Weile zu, wie seine Pferde unter den Obstbäumen weideten. Ihm kam vor, als kenne er den Garten schon, seit er lebte: Er war genau so, wie er ihn sich nach der dürren Beschreibung des Mannes gedacht hatte.
Er sah an dem Stamm der Trauerweide hoch, die dicht neben dem Stein stand, und betrachtete dann den Stein selber. Es waren Zeichen in ihn eingegraben, und der König stand auf, denn ihm kam plötzlich der Gedanke, dass der Stein vielleicht nicht zum Draufsitzen bestimmt sei. Er hob ein dünnes Ästchen vom Boden auf und kratzte ein paar Moospolster, die sich darauf angesiedelt hatten, von dem Stein ab, und nach einer Weile fand sich eine Inschrift aus krummen Buchstaben, die mehr mit gutem Willen als Geschick eingemeißelt waren. Nachdem er eine lange

Zeit daran herumbuchstabiert und noch etwas Moos von der Platte gekratzt hatte, konnte König Salomo die Inschrift lesen. Es war ein Gedicht, und es hieß:

Komm bald, o Tod, du süßer Freund,
Der sanft mich mit dem Nichts vereint,
Deck all mein Leid und Trübsal zu,
Und bring mir Frieden, Trost und Ruh'
Auf dass in deinem Arm ich dann
Den jüngsten Tag erwarten kann.
Mit allen, die mir lieb, vereint.
Komm bald, o Tod, du süßer Freund.

Der König las es wieder und wieder, bis er es auswendig konnte, und er fühlte sich auf eine merkwürdige und unbeschreibliche Art getröstet, ohne dass er hätte sagen können, worüber. Ach, alles war doch eigentlich ganz einfach und leicht. Nichts war schwer. Und so saß er da und sagte das Gedicht wieder und wieder vor sich hin und hörte den kleinen Bach rauschen und glucksen und sah die Pferde weiden und unreife Äpfel von den niedrigen Ästen der Bäume fressen, und so saß er, bis sein Wirt kam und ihn zum Essen holte.

Die roten Stiefel

»Ich hab nie ein besseres Lamm gegessen«, sagte König Salomo und wischte sich den Mund mit dem Handrücken, während Sulamith den Tisch abräumte und der Kutscher hinausging, um die Pferde für die Nacht in der Scheune anzubinden.

»Das glaub ich wohl«, sagte der Mann mit den Holzbeinen und goss des Königs Glas wieder voll. »So machten sie's da, wo meine Frau her war. Von ihr hab ich's gelernt und Sulamith von mir. Es war eine gute Frau«, setzte er in Gedanken hinzu. Draußen dunkelte es bereits, und die Küche war nur vom Schein des Feuers beleuchtet, das auf dem mächtigen Herd brannte, der aus Ziegeln gemauert war. Sulamith scharrte mit einem eisernen Schürhaken die Asche zusammen, und König Salomo betrachtete sie dabei. Er hätte sie gern schon während des Essens angeschaut, aber jedes Mal, wenn er sie ansah, fand er ihre Augen auf ihn gerichtet, und es war etwas in ihrem Blick, das ihn unsicher und verlegen machte. »Ich weiß nicht, ob du den Stein gesehen hast, hinter der Mauer«, sagte der Mann und tätschelte den Kopf des Hundes, der neben ihm auf der Bank lag und einen Knochen abnagte. »Ich habe zwei Jahre gebraucht, bis ich das alles eingemeißelt hatte, so wie sie's haben wollte. Eine gute Frau«, sagte er noch einmal.

Sulamith kam wieder an den Tisch. Das Feuer beleuchtete von hinten ihre roten Haare, dass es aussah, als wäre ihr Gesicht von Flammen eingerahmt. Überhaupt schien es, als ginge all die Wärme und alles Licht in dem Raum nicht vom Herdfeuer aus, sondern von ihr – und obwohl sie nicht schön war, mit ihrem weißen Gesicht, in dem alles breit und flach war, der Mund, die Nase, die Zähne und ihre etwas grobknochige Gestalt, breitschultrig und groß wie ein Mann. Obwohl sie also nicht schön war und König Salomo dies erkannte und wusste, kam es ihm doch vor, als hätte er nie ein anziehenderes Mädchen gesehen. Es war so angenehm, allem zuzuschauen, was sie tat. Da war nichts, was ihn gestört hätte, ihre Gegenwart erfreute sein armes, dürres Herz auf die nämliche unerklärliche und unbeschreibliche Art,

wie ihn das Gedicht auf dem Stein getröstet hatte. Er verlor sich einen Moment in Gedanken daran, wie schön es sein müsste, so ein Mädchen wie Sulamith immer um sich zu haben, und der Gedanke war schön, solange er sie anschaute. Aber dann fiel sein Blick auf seine Hände, die Hände eines alten Mannes, und er schämte sich und dachte, dass es eine Schande sei, so etwas auch nur zu denken. Hatte er nicht genug Frauen daheim, fast alle Sorten, die es nur gab? Und Rehabeams Sohn, sein Enkelkind war schon zwei Jahre alt. Es war einfach albern. Der Kutscher kam wieder herein und setzte sich ans Feuer. König Salomo trank sein Glas entschlossen aus, als könne er all seine albernen Gedanken auf diese Weise verabschieden, und sagte zu seinem Wirt: »Erzähl uns, wenn du magst – erzähl uns, wie du mit König David warst, und woher deine Frau kam und wo du deine Beine gelassen hast.« »Ach, König Salomo«, sagte der Mann wegwerfend, während er gleichzeitig vor Stolz und Freude errötete, »das sind unwichtige Geschichten, überhaupt hab ich schon viel zu viel dumme Sachen gesagt«, aber er füllte doch die Gläser neu, nur Sulamiths nicht, die stumm ihre große Hand über ihr Glas deckte, um damit zu zeigen, dass sie nichts mehr trinken wollte, und erzählte:
»Zu jener Zeit lag König David im Krieg mit den Kindern Ammon, und auf seinem Zug kam er eines Tages durch dieses Dorf, so wie du heute, nur mit Soldaten natürlich und Pferden und Wagen, so wie man eben ins Feld zieht. Ich war damals noch ein kleiner Bursch, und als ich den Lärm hörte, lief ich ans Tor, um die Soldaten zu betrachten. Meine Mutter wollte mich zurückhalten, weil sie Angst hatte, die Soldaten würden mich mitnehmen, so wie sie alles mitnahmen, was nicht niet- und nagelfest ist, aber ich riss

mich los und rannte auf die Straße. Ich weiß es noch wie heute. Zuerst kamen sechs, die saßen auf kleinen Pferden und schlugen auf Trommeln, und dann kamen viele, die saßen auf großen, dicken Pferden, die trugen weiße Panzer und Helme und lange Bärte. Ich lief eine Weile neben den Reitern her, und sie riefen mir alles Mögliche zu und machten Witze über mich, und einer trieb sein Pferd ganz nah an mich heran, und als ich schrie und weglief, lachten sie alle. Als die Reiter vorbei waren, kamen eine Menge Soldaten zu Fuß, und dann kam einer, der ging ganz allein, ein blonder, junger Mann, und trug einen kurzen Speer in der Hand. Sein leinener Rock war bestaubt und zerrissen wie bei den anderen, überhaupt sah er aus wie ein gewöhnlicher Soldat, auf den lief ich zu.
›Nanu‹, sagte der Soldat, ›sieh dich vor, du kommst sonst unter die Soldaten!‹
›Nimm mich mit!‹, sagte ich.
Er lachte. ›Bis zum Ausgang des Dorfes, dann musst du wieder umkehren. Du bist noch zu klein für uns.‹
›Du bist auch nicht größer‹, sagte ich.
›Dann trag mal einstweilen meinen Speer‹, sagte der Soldat. Wir redeten eine Menge Sachen miteinander, und am Ausgang des Dorfes vergaß er, mich zurückzuschicken. Als sie am Abend anhielten und ihr Lager aufschlugen, waren wir schon viele Meilen von daheim entfernt.
Da kam einer, der einen Lammfellmantel und einen blonden Schnurrbart hatte, und sagte dem Soldaten, der mich mitgenommen hatte, er solle mich jetzt heimschicken. ›Er ist noch ein Kind, König David, was sollen wir mit ihm anfangen?‹ So erfuhr ich, dass es König David gewesen war, dessen Speer ich getragen hatte, aber nach Hause wollte ich nicht mehr. ›Denkst du nicht, wie deine Mutter sich kränken

wird, wenn du nicht mehr kommst?‹ sagte König David zu mir. ›Besser, du gehst heim. Es wird noch viele Kriege geben, du wirst nichts versäumen.‹
Aber ich flehte ihn an, mich zu behalten. ›Meine Mutter hat sich über mich sowieso immer so kränken müssen‹, sagte ich, ›sie hat oft gesagt, ich taugte zu gar nichts, ich sei ein solcher Nichtsnutz von einem Kerl, der höchstens zum Soldaten taugte.‹
›Schön‹, sagte der im Lammfellmantel und lachte, ›aber komm mir dann nicht angeheult, wenn's dir nicht mehr gefällt bei uns.‹ So bin ich bei König David geblieben, viele Jahre von da an.«
Der holzbeinige Mann rückte etwas auf der Bank hin und her, und Sulamith langte hinter sich ein Scheit Holz vom Boden und warf es auf die Asche des niedergebrannten Herdfeuers. »Das war eine schöne Zeit, König Salomo – ein Jammer, dass ich so frühzeitig meine Beine verloren habe, was für herrliche Kriege hätte ich noch miterleben und wie viel großartige Sachen hätte ich noch sehen können. Aber in der einen Schlacht, in der des Königs David Feldherr Joab seine Nase verlor, als die Feinde Uria erschlugen –«
»Da siehst du«, rief König Salomo etwas unbedacht, »kannst du, ein Soldat, so etwas gutheißen, wie jenen Brief, den König David schrieb, du weißt wohl, welchen ich meine? Ist es nicht eine Schande, so etwas zu befehlen? König David war mein Vater, aber ich bin gerecht und kann es trotz aller Kindesliebe nicht gut und richtig finden.«
Sein Wirt nahm einen Schluck aus dem Glas und sah den König schnell an.
»Ich meine«, sagte er halblaut, mehr zu sich selber, »du solltest dich darüber nicht so aufregen. Als Sohn des Uria hättest du wohl schwerlich solche Chancen

gehabt, und was Joab betrifft, so war's ihm vielleicht weniger unangenehm, seine Nase zu verlieren, als seinen Kopf. Aber das weiß ich nicht so genau, ich denke es mir eben.«
König Salomo errötete etwas, und Sulamith sah von ihm weg in ihr Glas und streichelte den Hund, der zwischen ihr und ihrem Vater auf der Bank lag.
»Ich bin ein alter Mann, König Salomo«, sagte der Mann freundlich, »ich glaube, ich habe das heute schon mal gesagt, und ich rede vielleicht bisschen viel, aber ich meine es gut, – du musst es nicht übel nehmen. Es ist nicht so schwer, in Frieden zu leben, wenn man so wie du ein großes Reich, das durch Krieg erworben wurde, geerbt hat, und alle Völker ringsum besiegt und klein und demütig sind. Du tust deinem Vater Unrecht, und das hat er nicht verdient. Gott war mit seinem Krieg, so wie er mit deinem Frieden ist. Gott war mit ihm, und er war deshalb nicht stolz oder hochmütig. Er ging zu Fuß wie wir alle und schlief, wo wir schliefen und aß, was wir aßen, und was wir aushalten mussten, das hielt er auch aus. Gott hat ihm die Macht verliehen, über seine Feinde zu siegen, so wie er dir Reichtum und Weisheit gegeben hat.«
Der König dachte, beschämt, dass von Letzterer weiß Gott noch nicht viel zu bemerken gewesen war, seit er hier in diesen Garten und dieses Haus gekommen war.
»Also, da ich es dir nun erzählen soll«, sagte der Holzbeinige und drehte sein Glas hin und her, »als wir Uria schreien hörten wie ein Schwein und immer mehr Ammoniter aus dem Tor herausstürzten wie die wilden Hunde, wenn man sie aus der Stadt treibt, wo sie sich im Winter gern einschleichen, rannten wir aus den Zelten und kamen ihm zu Hilfe. Es war

Nacht und eiskalt, aber das merkten wir nicht. Wir stürzten uns wie die Löwen auf die Ammoniter. Sie waren jedoch in der Übermacht, und wir konnten grad noch Uria, der eins über den Schädel gekriegt hatte, herausziehen, aber es war schon zu spät. Er hörte schon auf zu schreien, und wir merkten beim Fortschleppen, dass das ein Toter war.

›Lauft und macht Lärm‹, sagte ich zu den zwei andern, ›sonst kommen sie uns übern Hals‹, und dabei versuchte ich, Uria den Helm herunterzunehmen, der ihm bis auf die Augen gerutscht war. Und wie ich da so am Boden hockte, gab ich auf nichts Acht, und so hat mich in meiner Dämlichkeit ein Ammoniter ebenfalls auf den Kopf gehauen, und ich fiel um und lag neben Uria. Als die Unsrigen das Schlachtfeld aufräumten und die Toten einsammelten, warfen sie mich auf den Haufen zu den andern Toten. Da lag ich und kam eben wieder zu mir, als sie eine Grube aushoben und einen Toten nach dem andern hineinwarfen. Ich brüllte, als sie mich anfassten. ›Hei! Der lebt noch!‹, sagten sie und warfen mich neben die Grube an den Straßenrand. In der kommenden Nacht rückten die Unsrigen vor, und weil die Straßen so schlecht und morastig waren, fuhren die Karren mit den Verwundeten manchmal nebendran. Diese Nacht war stürmisch, und Wolken verdeckten den Mond, sodass es finster war. Deshalb sah mich keiner liegen, und ein Karren fuhr mir grad über beide Beine unterhalb des Knies. Von dem Schmerz wachte ich auf und schrie. Der Wagen hielt an. Der Fahrer sprang ab und kam um den Wagen herum. Er ließ sich aus dem Innern des Wagens eine Laterne geben und beleuchtete mich und rief in den Wagen: ›Heda, einer von euch, der noch kriechen kann! Kommt mal raus und helft mir, den armen Kerl in den Wagen legen!‹ Im Wagen war sofort ein lautes Geschrei und Gestöhn: ›Wir haben schon keinen Platz‹, schrie einer heraus und hob die Plane etwas, lass den Kerl liegen! Sollen andere ihn mitnehmen!‹

›Seid nicht so, Brüder‹, sagte der Kutscher, ›das ist nicht anständig von euch. Ich möchte ihn wirklich gern mitnehmen.‹ ›Was hat er denn?‹, fragte der von vorher und steckte den Kopf, um den ein Fetzen gewickelt war, unter der Plane hervor, damit er mich anschauen könnte. ›Kann er denn nicht zu Fuß gehen, verdammt nochmal! Heutzutage glaubt jeder, er muss gefahren werden.‹

›Ich bin ihm scheint's über die Beine gefahren‹, sagte der Kutscher kleinlaut.

›Der wird doch nicht wieder‹, rief der vom Wagen herab, und die anderen drinnen schrien, er solle zufahren und nicht noch länger herumtrödeln. ›Tut mir leid, Brüderchen, hätt' dich gern mitgenommen. Aber allein kann ich dich nicht aufheben. Na, vielleicht nimmt dich jemand anders mit.‹ ›Fahr zu und quatsch nicht‹, schrie es aus dem Wagen, und ein Arm langte heraus und nahm dem Mann die Laterne aus der Hand.

So fuhren sie weiter, und ich lag und hörte die vielen Karren mit den Verwundeten vorbeifahren, die stöhnten und jammerten, und ich stand eine schreckliche Angst aus, es möchte wieder einer über mich wegfahren. Ab und zu rief ich auch, sie sollten mich mitnehmen, aber keiner hielt an, und so fuhren die Letzten vorbei, und der Tag brach allmählich an. Eine Weile, nachdem die letzten Wagen vorbeigefahren waren, kam eine Rotte sonderbarer Kerle verstreut über das Schlachtfeld gegangen, die nach herumliegenden Waffen, Kleidungsstücken, Geschirren und ähnlichem brauchbaren Zeug suchten. Als sie mich fanden, überlegten sie eine Weile, ob sie mich noch ganz totschlagen sollten, aber schließlich einigten sie sich daraufhin, mich nur auszuziehen und mich meinem Schicksal zu überlassen. Das taten sie dann auch, und ich lag da nackt zwischen Leben und Tod mit meinen gebrochenen Beinen und meinem Loch im Kopf. Da fiel mir zum ersten Mal ein, dass es eine Torheit gewesen war, von daheim wegzulaufen und unter die Soldaten zu gehen, und dass ich's mir selber eingebrockt hatte. Die Sonne ging auf, ich lag und fror und stöhnte vor Schmerzen. Einige magere Hunde kamen herbei und lagen in einer gewissen Entfernung um mich herum und beobachteten mich aufmerksam. Plötzlich sprangen alle auf und bellten und stürzten in einer Richtung davon, und ich hörte einen Mann schelten und fluchen, und ein Hund nach dem andern sauste winselnd mit eingezogenem Schwanz an mir vorbei. Dann kam ein alter Mann von bösem Aussehen mit einem Wägelchen, das von einem großen, dicken Hund mit geringeltem Schwanz gezogen wurde, auf der Straße vorbei. Er hörte mich stöhnen, kam herbei und beobachtete mich genau. Dann legte er seinen Stock weg, zerrte mich hoch und schleppte mich zu seinem Wägelchen. Dort lud er mich wortlos auf, deckte mich mit einem Sack zu und nahm mich mit nach Haus. Dort warf er einen Haufen Stroh in eine Ecke in der Küche, rief seine älteste Tochter, und beide trugen mich auf das Lager. Er verband meinen Kopf und schnitt die Reste meiner Unterschenkel voll Abscheu ab. Sie gab mir zu essen, und sie pflegte mich, bis ich gesund war. Es war eine kleine niedrige Hütte, in der der grimmige Alte mit seinen Töchtern lebte. Er sprach fast nie, außer mit seinem Hund, und behandelte alle Menschen seiner Umgebung gleich schlecht. Ich habe überhaupt nur einen einzigen Satz von ihm gehört, den er von Zeit zu Zeit als Antwort hervorstieß, wenn ich ihm etwas aus meinem Leben erzählte. ›Ich kenne die Menschen‹, sagte er böse, ›es sind alles Schweine.‹«

»Es gibt eine Sorte Leute, König Salomo«, sagte der Mann und wandte sich seinem Gast zu, »die ihre schlechten Erfahrungen, die sie mit anderen Menschen machen, sammeln und mit ihren Vorurteilen und falschen Ansichten vermischt als Menschenkenntnis ausgeben. Es hat wenig Sinn, auf solche Leute zu hören, oder sich gar über sie zu ärgern. Nach ein paar Monaten hatte ich das auch gelernt. Ich weiß nicht, warum er mich überhaupt aufgelesen hatte. Er war oft nicht zu Hause, weil er mit seinem Hund und Wägelchen von Ort zu Ort zog und Handel trieb. Während des kommenden Winters lag ich auf meinem Strohlager und schnitzte meine Krücken und Holzbeine, und als ich im Frühjahr zum ersten Mal damit ums Haus kroch, sah ich hinterm Haus unter einem Vordach einen zweiten kleinen Wagen stehn. Und eines Morgens, kurz nachdem der Alte weggefahren war, drückte seine ältere Tochter wortlos der jüngeren den Kochlöffel in die Hand, half mir auf das Wägelchen und zog mit mir davon. Sie schleppte mich, und ich erzählte ihr, und ab und zu sang ich ihr vor. Wir rasteten oft, und manchmal stieg ich ab, ging ein Stückchen zu Fuß, oder wie man's nennen will. Als wir hierherkamen, war meine Mutter gestorben und das Haus leer, und man sah kaum noch etwas davon, so war es zugewachsen. Das ist alles. Du siehst, eine sehr gewöhnliche Geschichte, König Salomo, eine Geschichte wie tausend andere.«

»Das muss eine gute Frau gewesen sein, deine Frau«,

sagte König Salomo und schämte sich gleichzeitig dieser abgeschmackten Bemerkung.
»Sie redete nicht viel«, sagte der Mann und streichelte den Hund, und zu Sulamith, die eben ein neues Scheit Holz aufs Feuer werfen wollte, sagte er: »Das ist nicht mehr nötig, es ist schon spät, und der König ist sicher müde.« König Salomo saß und starrte in die verlöschende Glut, die leise knackte, und warf dann einen missbilligenden Blick auf seinen Kutscher, der eingeschlafen war und leise schnarchte. »Sie muss sehr allein gewesen sein«, sagte er und dachte an das Gedicht auf dem Grabstein.
»Allein?«, sagte der Mann. »Nicht mehr und nicht weniger als jeder von uns. Du bist allein und ich und Sulamith. Kein Wesen auf der Welt, keine Pflanze, kein Tier kann so schrecklich allein sein wie der Mensch. Ich bin nicht ängstlich und eigentlich immer fröhlich, aber oft, wenn ich nachts erwache, und alles ist so still und ohne Grenzen, und man sieht nicht, wie eng und klein die Kammer ist, dann merkt man plötzlich, wie allein man ist, wie rettungslos allein, und man fürchtet sich und niemand ist, der einem helfen kann. Und dieses Alleinsein ist schrecklicher als der Tod. Da hilft kein Weinen und kein Beten, keine Liebe, kein Mut, kein gutes Gewissen.«
»Ich weiß«, sagte der König und sah in die Glut. Ihm fiel ein, dass das genau das Gefühl war, das ihn immer beschlich, je älter er wurde, wenn er gezwungen wurde, mit vielen Menschen zusammen zu sein. Er dachte an seine Ratsversammlungen und seinen prunkvollen und kalten Thronsaal. Er sah sich im Geist an dem langen, schweren, glatten Tisch sitzen, vor sich seine Räte und Ältesten – an diesem Tisch, der, je länger man seine spiegelnde Fläche betrachtete, umso länger wurde – und stellte sich vor, wie

wohl seine Räte ihn sähen: einen kleinen, alten Mann, ganz, ganz weit entfernt am andern Ende einer spiegelnden Tischplatte. Einen völlig bedeutungslosen kleinen, alten Mann, den man aus Höflichkeit um Rat fragte und der sich Mühe geben musste, niemand merken zu lassen, wie er sich fürchtete, weil er allein war und so weit weg.
Er seufzte. »Glaubst du, dass es noch viele solche Männer gibt wie dich in meinem Land?«, fragte er.
Die weißen Haare und der Schnurrbart des alten Mannes waren ein heller Fleck in der Dämmerung, die im Raum herrschte. »Viele«, sagte der Mann, »wie Sand am Meer.«
»Dann ist's gut«, sagte der König und stand auf. Sein Wirt erhob sich mit der behenden Ungeschicklichkeit, die ihm seine verkrüppelten Beine auferlegten, und Sulamith entzündete eine Kerze an der Herdglut und ging zur Tür voraus, um dem König zu leuchten.
König Salomo stand eine kurze Weile vor seinem Wirt. Er musste zu ihm aufsehen, der kleine alte Mann zu dem großen alten Mann.
»Ich danke dir«, sagte er und legte seine kleine, magere, alte Hand auf die große, dicke, die die Krücke hielt. »Ich möchte dir ein Andenken an mich geben, aber ich habe nichts, was irgendeinen Wert für dich haben könnte, und der Ring meines Vaters, siehst du, den möcht ich gern behalten.«
Der holzbeinige Mann sah eine Weile zu Boden.
»Wenn du es mir nicht übel nimmst, König Salomo, so möcht ich gern deine roten Stiefel haben. Ich werde sie in Ehren halten und sie jeden Tag anschauen und mich an den Tag erinnern, an dem du zu mir gekommen bist. Und wenn ich sterbe, soll Sulamith sie mir in meinen Sarg legen. Aber vielleicht findest du das anmaßend von mir.«

König Salomo bückte sich, zog die Stiefel aus und stellte sie auf die Bank neben den schlafenden Hund. »Sie sind nicht mehr ganz neu«, sagte er entschuldigend, »ich bin heute durch eine nasse Wiese damit gegangen.«

Er umarmte seinen Wirt etwas ungeschickt. »Schlaf wohl«, sagte er und ging auf Socken hinaus.

Sulamith leuchtete ihm den Gang entlang zu seinem Zimmer. Als er die Tür hinter sich geschlossen hatte, blieb er dahinter stehen, um auf ihre sich entfernenden Schritte zu hören. Als alles still blieb, öffnete er die Tür noch einmal. Sulamith stand da, wie er sie verlassen hatte. Die Kerze beleuchtete ihr Gesicht und ihre roten Haare. Sie sahen einander schweigend an.

»Geh und schlaf, Sulamith«, sagte der König ein wenig traurig und sah auf seine Füße in den Socken, ging in sein Zimmer zurück und zog die Tür hinter sich ins Schloss.

Die Königin von Saba

König Salomo erwachte von einem merkwürdigen Geräusch. Draußen war noch finstere Nacht. ›Es regnet‹, dachte der König, als er eine Weile auf das leise Trommeln gelauscht hatte. Aber die Luft, die zum offenen Fenster hereinkam, war warm und trocken, und während er noch so dalag und behaglich dem Gedanken nachhing, dass er hier liegen und schlafen könnte, ohne an irgendwas zu denken und ohne sich irgendwelche Sorgen zu machen, weit weg von daheim und allen unangenehmen Dingen, zischte es draußen vorm Fenster, und eine fahle Helligkeit erhellte einen Moment lang die Gegenstände im Zimmer und huschte vorbei. Der König sprang aus dem Bett und lief ans Fenster. Es regnete nicht, und die Luft war warm und schwer von Blumendüften, und das feine trommelnde Geräusch war stärker geworden. König Salomo zog den Rock über. Als er eben den Kopf durch den Halsausschnitt steckte, hörte er ein neues Geräusch, ein eiliges Laufen nackter Füße auf der festgefahrenen Dorfstraße und ein stoßweises Keuchen. Jemand lief schnell auf der Straße vorbei. Nach einer Weile lief wieder jemand vorbei, einen Augenblick lang war alles fahl beleuchtet, und dann wurde es wieder dunkel.

›Eine Fackel‹, dachte König Salomo, beugte sich aus dem Fenster und sah dem sich entfernenden rauchigen Schein nach. Ein Geruch nach verbrannten Harzen mischte sich mit dem Blumenduft. Wieder lief jemand vorbei, stoßweise atmend, und der König sah zwei dunkle Schatten am Gittertor vorbeieilen. ›Läufer‹, dachte der König beunruhigt. Das Zimmer lag zu ebener Erde. Etwas mühselig kletterte er in den Garten hinaus und stellte sich zwischen zwei Malvenbüschen an den Zaun. Das Trommeln wurde lauter, es war eine merkwürdige, regelmäßige Unregelmäßigkeit darin, und der König sah von Weitem, dass wieder jemand mit Fackeln gelaufen kam. Er konnte die Fackelträger genau sehen: Sie waren groß und breit, von dunkler Hautfarbe, mit einem gefleckten Fell bekleidet, das um ihre Hüften gewickelt war. Ihre Haare waren kurz und in viele winzige Zöpfchen geflochten. Sie liefen mit regelmäßigen Schritten, das Weiße der Augen und Zähne glänzte einen Augenblick, wenn sie vorbeieilten, ohne sich nach rechts oder links umzuschauen, die Fackel in der seitlich ausgestreckten linken Hand. Jetzt vernahm man in der Ferne Pferdegetrappel, das Trommeln wurde noch lauter, es liefen noch zweimal Männer mit Fackeln vorbei wie die vorigen, und dann kamen Männer auf kleinen, braunen Pferden, sie schlugen mit den Händen auf fellbezogene kleine Trommeln, die rechts und links von ihnen am Sattel festgebunden waren. Auch sie hatten nur ein Fell um die Hüften, aber auf dem Kopf einen runden Helm aus vergoldetem Leder. Die Sättel knirschten und klingelten leise, als sie vorbeiritten. Ab und zu bäumte sich ein Pferd auf oder schüttelte die Mähne. Immer wieder liefen Fackelträger vorbei, überholten die Reiter, die im Schritt ritten, jetzt waren sie vorbei und mit ihnen der merkwürdige scharfe Geruch nach Schweiß von Menschen und Tieren. Eine große schwankende Masse tauchte aus der Dunkelheit hin und wieder auf, kurz beleuchtet von den Fackelträgern, und König Salomo erriet, dass das die Elefanten seien, von denen die Königin geschrieben hatte. Sie gingen paarweise nebeneinander, mächtige Tiere von einer grauweißen Farbe. Sie schwenkten die Rüssel, und manchmal stieß einer einen leisen Trompetenton aus, jeder wurde von einem kleinen Mann geführt – vielleicht war es auch gar kein kleiner Mann, aber dem König erschienen sie so –, der in faltigen weißen Tüchern fast zugewickelt war und einen weißen Turban trug. Die Männer trugen kurze Stäbe in der Hand, an denen gerade und gebogene Spitzen aus Eisen waren, damit leiteten sie die Tiere am Rüssel oder am Ohr.

König Salomo hörte Schritte hinter sich und sah Sulamith neben sich auftauchen.

»Was ist das?«, flüsterte sie erschrocken und sah mit weit offenen Augen auf die mächtigen Tiere.

»Elefanten«, flüsterte der König zurück. Sie sagte nichts mehr, klammerte sich an das rostige Gartengitter, und der König hörte sie aufatmen, als die Elefanten vorbei waren. Nun kamen drei Männer zu Pferde: Der mittlere hatte eine lange Stange aufrecht im Arm, an der eine Fahne herunterhing, aber man konnte sie nicht sehen, es war zu dunkel. Die Männer und die anderen, die hinterherkamen auf weißen Pferden, trugen rote lange Röcke bis auf die Füße, lange, rote, weite Jacken und auf dem Kopf hohe Mützen, von denen ein rot gefärbter Pferdeschwanz auf den Rücken herunterhing. Sie hatten lange Lanzen unter den Arm geklemmt, sodass die Spitze fast den Boden berührte und der rote Rossschweif, der an den Lanzen unterhalb der Spitze befestigt war, im Staub schleppte. Die meisten hatten die Augen geschlossen, als schliefen sie, ihre gelblichbraunen Gesichter waren streng und müde. Der Sand des Gartenweges knirschte unter den Schritten des holzbeinigen Mannes. Er kam heran und stellte sich schweigend hinter die anderen.

Wieder kamen Männer, ganz in vergoldetes Leder gekleidet, auf schwarzen Pferden. Die hatten Hüte, die aus verschiedenen Vogelbälgen zusammengesetzt waren. Immer wieder liefen Fackelträger vorbei. Halb eingeschlafen saßen die vergoldeten schwarzbärtigen Männer auf ihren Pferden. Ihre Köpfe nickten im Takt, und die goldenen Münzen, mit denen das Zaumzeug ihrer Pferde geziert war, schlugen aneinander und klingelten.

Als diese Reiter vorbeigezogen waren, kam ein Wagen, von braun-weiß gescheckten Pferden gezogen, in dem sechs Mädchen saßen mit geschlossenen Augen, aber aufrecht, ohne sich anzulehnen. Sie saßen einander gegenüber, in enge, faltenlose Kleider ge-

kleidet, um den Kopf einen Schleier, der das Gesicht einrahmte. Jede hatte etwas auf dem Schoß, eine einen großen Spiegel, eine eine kleine Truhe, eine zwei kleine Hündchen, die zusammengerollt schliefen, eine hielt in beiden Händen einen langstieligen, aufgespannten Sonnenschirm mit langen Fransen. Was die anderen hielten, konnte man nicht genau erkennen. Ihre nackten Arme waren fast bis zur Schulter mit silbernen Reifen geschmückt, und am Saum ihrer Schleier waren Silbermünzen befestigt.
Danach kamen wieder Reiter, aber diesmal nicht schlafend, sondern wach und munter, ihre Pferde gingen fröhlich und lebhaft, warfen die Köpfe, schlugen mit den Schwänzen und schnauften. Diese Reiter trugen Panzer aus Silberblech, blaue lange Röcke und silberne Helme. Sie hatten jeder einen Bogen und einen silbernen Köcher mit Pfeilen auf dem Rücken. Ihre Satteldecken waren aus Löwenfell, an dem noch Klauen und Schweif herunterhingen. Die Mähnen der Pferde waren kunstvoll geflochten, und am Zaumzeug hingen goldene und silberne Fransen.
Dann kam ein großer Wagen, von sechs gescheckten Pferden gezogen, neben denen Männer gingen, die sie führten. Der Wagen war sehr breit und innen mit Fellen ausgelegt. Auf einem Sitz, der nur eine niedrige Lehne hatte, saß eine Frau sehr gerade, sehr schön, die Hände vor sich auf dem Schoß. Sie trug ein enges faltenloses Kleid, über ihren Knien lag ein goldgestickter Schleier. Ihre Haare waren kunstvoll aufgetürmt, um den Hals hatte sie einen breiten, schweren goldenen Schmuck, der noch ihre Schultern bedeckte wie ein Kragen. Schlangen aus Gold waren um ihre nackten dünnen Arme gewunden. Ihre großen mandelförmigen Augen waren weit geöffnet, und sie sah starr geradeaus. Vor und neben

dem Wagen gingen Fackelträger. Sie war so schön und kalt wie ein Steinbild.
Plötzlich drehte sie unerwartet den Kopf und sah König Salomo an. Ihr Blick war so kalt, so durchdringend, und obwohl sie gleichermaßen durch ihn hindurchsah, vermutlich ohne ihn zu bemerken, hatte König Salomo doch das Gefühl, als habe sie ihn erkannt, und er fühlte sich beschämt, und er fuhr mit der Hand über seine ungekämmten Haare und bewegte die Zehen in den wollenen Socken. Aber da hatte die Königin schon wieder den Kopf geradeaus gedreht, und der Wagen rollte langsam vorbei.
Dahinter kamen wieder Reiter in weiten, langen, wollenen Mänteln ganz in Weiß mit handbreiten grünen Säumen, die auf ihre hohen roten Stiefel herabhingen. Ihre Gesichter verschwanden fast unter langen, eng gefalteten Tüchern, die sie um den Kopf gewickelt trugen, man sah nur die Nasen und Bärte. Vor sich auf dem Sattel hatten sie kurze, krumme Schwerter liegen, deren Griffe mit grünen oder roten Steinen verziert waren. Ihre Sättel waren mit grünem Leder bespannt und reichten hoch hinauf wie Stuhllehnen.
Nach diesen Reitern folgte ein von Maultieren gezogener Wagen, in dem zwei alte, fette Herren saßen, die in weite, faltige, gelbe Gewänder bis über den Kopf eingewickelt waren. Auf dem Kopf hatten sie hohe gelbe Hüte. Sie hatten die Hände über der Brust gefaltet und schliefen. Ununterbrochen liefen die Fackelträger vorbei, die Luft war voll Qualm und Rauch.
»Das scheint jetzt ziemlich der Schluss zu sein«, sagte König Salomo und wollte ins Haus gehen. Ihm schmerzte der Kopf, und es war ihm etwas übel, besonders wenn er sich vorstellte, was für eine entsetz-

liche Verwirrung nun daheim entstehen müsste, und wie albern es wäre, wenn er hinter der Königin hergefahren käme.
»Bleib noch«, sagte der holzbeinige Mann. »Es ist immer besser, man sieht so etwas bis zum Ende an. Wer weiß, was mit mir alles anders gekommen wäre, wenn ich damals als Knabe das Ende des Zuges, mit dem König David war, abgewartet hätte. Vielleicht wäre ich nicht mit den Soldaten weggelaufen, wenn ich die Karren, voll mit schreienden Verwundeten, zerbrochenen Waffen und verschimmeltem Brot gesehen hätte.«
Die Reiter, die jetzt vorbeigeritten kamen, ritten ungeordnet in kleinen Trupps, und einige Pferde lahmten. Dann kam ein kleiner Wagen, auf dem ein kleines Feuer brannte und Pechfackeln lagen, und dann noch ein Wagen, über den eine Plane gespannt war. Eben kletterte ein Mann heraus, fischte sich eine Fackel von dem anderen Wagen, zündete sie an und setzte sich in Trab. An dem Planwagen waren hinten noch einige hinkende Pferde angebunden, die sich mühsam dahinschleppten. Sie standen noch eine Weile in der Dunkelheit. Im Osten graute der Morgen.
»Schad«, sagte Sulamith, »es war so schön.«
»Bis jetzt schon«, sagte König Salomo niedergeschlagen, »aber nun muss ich heimfahren. Das ist die Königin von Saba. Sie kommt mich besuchen. Das ist ja kein Wunder, dass ich sie verfehlt hab, wenn sie Tag und Nacht fährt.«
»Wolltest du nicht, dass sie dich besucht?«, fragte der holzbeinige Mann.
»Nein«, sagte der König. »Ich will meine Ruhe haben. Um ihr das zu sagen, bin ich ihr entgegengefahren.«
»Es scheint, dass es dir nicht viel genützt hat«, sagte der Mann.

König Salomo sah die weißen Haare seines Wirts in der Dunkelheit leuchten. Dann schaute er in Sulamiths Richtung, aber er konnte sie nicht erkennen, es war noch zu dunkel. »Das ist mir gleich«, sagte er dann. »Hier ist so viel Ruhe und Frieden, und ich war so glücklich bei euch wie nie vorher.«

Der Herr ist über Land gefahren

»Vierundzwanzig große Leintücher und dreizehn kleine«, sagte Tabitha und legte die Wäsche von einem Korb in den andern, »stimmt das?«
Statt einer Antwort lehnte sich Bathseba aus dem Fenster. »Da sind doch tatsächlich die Hasen in meinem Salat, ich hab den Kindern doch gesagt, sie sollen aufpassen. Samuel! Adonai! Da hört mal wieder keiner. Das ist doch zum Verzweifeln!« Sie öffnete die Tür in den Gang. Irgendwo schlug ein Fenster zu, es klang nach Scherben. Bathseba runzelte die Stirn und ging hinaus.
»Vierundzwanzig große Leintücher«, rief Tabitha zaghaft hinter ihr her. Ein Geruch nach angebrannter Marmelade drang vom Gang ins Zimmer.
Vor der Tür prallte Bathseba auf Samuel und Adonai.
»Es kommt Besuch«, riefen sie beide wie aus einem Mund, »und was für einer!«
»Das ist kein Grund, hier ins Haus hereinzustürzen und Dreck hereinzutragen«, sagte Bathseba streng. »Geht hinaus und sagt, es ist niemand da, der Herr sei über Land gefahren und die Familie ist in der Stadt.«
»Aber wir sind doch da!«, rief Samuel. »Es scheint ein

sehr feiner Besuch zu sein, der Hof ist voll Reiter und Läufer und Pferde, und es werden immer mehr!«

Bathseba sah auf ihr schmutziges Kleid und ihre groben Schuhe, fuhr über ihre unordentlichen und vom Wind zerzausten Haare. Sie überlegte einen Augenblick.

»Ich geh selbst, wenn ihr so dumm seid.«

Der Anblick im Hof war überwältigend. Sie war fast geblendet von den vielen Farben, den prunkvollen Reitern, den schwarzen Läufern. Eben kamen die zwanzig weißen Elefanten durchs Tor, von den kleinen, weiß gekleideten Männern geführt, und all diese fremden Menschen, die fremde unverständliche Sprache, die unbekannten gewaltigen Tiere, das Geschrei der Leute, das Schnaufen und Wiehern der Pferde, das helle Trompeten der Elefanten verwirrte sie einen Augenblick lang.

Der Anblick ihrer Familie jedoch, die aus allen Fenstern herausschaute, unter allen Türen und in allen Ecken herumstand, auf die Fremden starrte und im Ganzen einen höchst unerfreulichen, verwahrlosten und grenzenlos ländlichen Eindruck machte, brachte sie sofort wieder zu sich. So konnten sie unmöglich Ehre einlegen. Dass aber König Salomo ausgerechnet jetzt verreisen musste! Der Brief fiel ihr ein, und ein Verdacht stieg in ihr auf. Aber sie hatte keine Zeit, lange darüber nachzudenken, denn der Lärm verstummte auf einen Schlag. Selbst die rastlosen Trommeln schwiegen, die Reiter wichen zurück, und der Wagen der Königin von Saba rollte in den Hof und hielt.

Die Königin schaute sich im Hof um, ihr Blick traf sich mit dem Bathsebas, sie stieg aus dem Wagen und streckte die Hand aus. »Mit dir will ich reden!«, sagte sie langsam wie jemand, der eine fremde Sprache noch nicht gut kann.

Bathseba und die Königin von Saba näherten sich einander, wobei sie Gelegenheit hatten, einander genau zu betrachten.
»Wo ist der König Salomo? Ich bin die Königin von Reicharabien, ich komme ihn besuchen, wie ich ihm geschrieben habe.«
»Der Herr ist über Land gefahren«, sagte Bathseba.
»Das überrascht mich«, sagte die Königin, aber es sah nicht so aus, als meinte sie es wirklich. »Sicher wird er bald wiederkommen?«
»Das weiß ich nicht. Der Herr behält seine Beschlüsse für sich«, sagte Bathseba nicht sehr entgegenkommend.
Die Königin sah sie eine Weile aufmerksam an. Dann sagte sie, während sie zu Boden sah und den goldgestickten Schleier zu einem Strick zusammendrehte: »Du gehörst zu seiner Familie?«
»Ich führe die Wirtschaft hier«, sagte Bathseba, »das hier ist das Landhaus des Herrn.«
»Ist niemand hier, der zu König Salomos Familie gehört und mir sagen kann, ob er bald wiederkommt«, sagte die Königin und sah sich um, wobei sie ihre kalten, klugen Augen der Reihe nach auf die verschiedenen Familienmitglieder richtete.
Aber obwohl Bathseba weder so kluge noch so einschüchternd kalte Augen hatte, so genügte doch der Blick, mit dem sie jedes einzelne Familienmitglied ansah, völlig, es erhob sich ein undeutliches Gemurmel, aus dem die Fremden entnehmen konnten, dass ihnen hier zumindest niemand Auskunft geben konnte. »Wer sind diese Leute?«, fragte die Königin.
»Mägde«, erwiderte Bathseba ungerührt. »Glaubt ihr, die Familie des Herrn geht so elend und schmutzig gekleidet?«
Die Königin wickelte unschlüssig ihren Schleier um

die Hand. Sie liebte es nicht, wenn man sie anlog, aber sie konnte nichts dagegen tun. Dieser bäuerlichen Unbeweglichkeit war sie nicht gewachsen. Sie stieß selbstvergessen einen kleinen Seufzer aus und sagte, schon halb abgewandt: »So sagt dem Herrn, wenn er wiederkommt, dass ich da gewesen sei und ihm hier diese zwei Elefanten als Geschenk gebracht hätte, so wie ich es ihm versprochen habe in meinem Brief. Du hast doch den Brief gelesen?«, fragte sie plötzlich schnell und drehte sich Bathseba zu.

»Ich weiß von keinem Brief«, sagte Bathseba, »ich kann auch gar nicht lesen.«

In diesem Moment entstand unter den Reitern eine leichte Verwirrung. Sie drängten ihre Pferde etwas auf die Seite, und zwischen ihnen, sich gelassen einen Weg bahnend, erschien Rehabeam. Seine blonden Haare waren noch nass, er kam vom Fluss, und er war so unbefangen und munter, als sei es die gewöhnlichste Sache der Welt, wenn man beim Nachhausekommen vom Baden den Hof voll fremder Reiter, Pferde, Wagen, Läufer und gewaltiger unbekannter Tiere findet.

Bathseba sank das Herz, als sie ihn so sorglos und zufrieden daherkommen sah. Musste dieser Esel aber auch gerade jetzt herkommen! Er würde natürlich alles verderben, dämlich wie Männer nun mal sind.

Die Königin hatte schon die Hand auf den Rand des Wagens gelegt und war im Begriff einzusteigen. Bei dem Geräusch, das durch Rehabeams unerwartetes Erscheinen entstand, wandte sie sich unwillkürlich um. Rehabeam erblickte sie, blieb stehen und lächelte. Die Königin von Saba nahm die Hand vom Wagenrand. Sie sah Rehabeam an, und es schien, als wolle sie einen Schritt auf ihn zugehen. Aber sie blieb doch stehen. Die Sonne schien heiß und drückend

auf den mit Menschen und Tieren vollgepferchten Hof. Ab und zu stampfte ein Pferd oder schlug mit dem Schwanz, oder ein Elefant scheuerte sich an der Mauer. Sonst war alles ganz still. Je länger die Königin von Saba Rehabeam ansah, umso schwächer wurde sein Lächeln, schließlich verschwand es ganz. Er biss sich auf die Lippen und sah zu Boden. Die Königin lächelte zum ersten Mal, seit sie gekommen war, und Bathseba fand, dass es sie eigentlich hässlich machte: Ihre Zähne waren zu klein und spitz.
»Und wer bist du?«, fragte die Königin.
Rehabeam sah auf, und Bathseba rang im Geist die Hände, wenn sie sich die dumme Antwort vorstellte, die ihr Enkelsohn nun geben würde.
»Ich? Ich bin der Hirt«, hörte sie Rehabeam sagen.
»Kannst du mir sagen, wo der König Salomo hingefahren ist und wann er wiederkommt?«, fragte die Königin.
»Der Herr ist über Land gefahren«, sagte Rehabeam.
»Fällt denn keinem von euch etwas anderes ein!«, rief die Königin ungeduldig und knüllte den goldgestickten Schleier im Zorn. »Und wann er wiederkommt, weißt du natürlich auch nicht!«
»Wie sollte ich«, sagte Rehabeam einfältig. »Ich bin doch nur der Hirt. Ich hüte die Herden des Herrn. Der Herr hat eine Menge Vieh.«
Aber der Blick, mit dem er die Königin ansah, war nichts weniger als einfältig, und wenn er auch mit seinem Lächeln, mit dem er die schüchternen Dorfmädchen zu betören pflegte, nicht den geringsten Eindruck auf sie machte, so verwirrte es sie doch irgendwie, dass er sie einfach so ansah wie irgendwen, ohne davon beeindruckt zu sein, dass sie die Königin von Reicharabien war.
»Willst du nicht vielleicht mitkommen? Ich kann je-

manden wie dich gut brauchen für meine Herden«, sagte sie.
»Ist das weit weg?«, fragte Rehabeam.
»Ich bin drei Wochen Tag und Nacht gereist bis heute«, sagte die Königin. »Komm mit. Es ist ein schönes Land.« Sie stieg in ihren Wagen. Rehabeam kam heran und setzte einen Fuß auf den Wagentritt.
»Hirt kann ich auch hier sein, dazu brauch ich keine drei Wochen Tag und Nacht zu reisen«, sagte er.
»Ich werde dich zum obersten Aufseher über meine Herden machen, ich werde dir fünf Staatskleider geben, und du kannst an meinem Hof aus- und eingehen wie meine Räte und die Gesandten fremder Länder. Und du sollst es nicht umsonst tun. Ich bin reich. Es gibt nichts, was ich dir nicht geben könnte.« Sie lächelte wieder.
Rehabeam betrachtete sich die schönen fremden Reiter und Pferde, den ganzen Reichtum, das viele Gold und Silber und die Königin, an der alles schön war, die mandelförmigen Augen, die gelbliche Haut, die geschwungenen Lippen, die aufgetürmten Haare, die zierlichen Hände und Füße, und die so klug war, dass man davon in allen Ländern der Erde erzählte. Er betrachtete sich die Ställe, das lang gestreckte alte Haus, unter dessen Türen die Frauen seines Vaters standen mit ihren Kindern, in ihren Werktagskleidern, bestaubt und mit aufgesteckten Röcken und schweren Schuhen und groben Socken, die Kinder barfuß und nackt oder im Hemd. Er betrachtete seines Vaters Mutter Bathseba, ihre Hände waren vom Waschen rot und rissig, und er betrachtete schließlich Tabitha, die unter der Haustür stand, einen Stoß Leintücher auf dem Arm. Der verschlossene Ausdruck, den ihr Gesicht sonst zeigte, war einem gläubigen, kindlichen Erstaunen gewichen. Rehabeam at-

mete den vertrauten Geruch ein, der über all dem lag, den Geruch nach schwerer Arbeit auf den Feldern und Wiesen und im Stall, nach Waschlauge, Marmelade und Zuhause und wandte sich dann wieder der Königin zu. Ein merkwürdiger, betörender Geruch ging von all dem Fremden aus, im Gegensatz zu dem vertrauten Heimatlichen: nach Pferden, Leder, Holz, nach Eisen und Pelzwerk und irgendwelchen unbekannten Kräutern, süß verlockend und gleichzeitig bitter und abstoßend.
»Du kannst mir nicht mehr geben, als ich schon habe«, sagte er und nahm den Fuß vom Wagentritt.

Die rostigen Groschen

Obgleich er so eine schöne und glückliche Zeit im Haus des holzbeinigen Mannes verbracht hatte, legte König Salomo den Heimweg in denkbar schlechter Laune zurück. Die ganze Zeit über war er auf der Lauer und horchte angespannt, ob er nicht das regelmäßige Geräusch der nackten Füße und der Trommeln hören würde, das die Läufer und den Zug der Königin von Saba ankündigte. Und obwohl es ihn grauste vor dieser für ihn nunmehr so peinlichen Begegnung, war er doch irgendwie ärgerlich und enttäuscht, als er bei sinkender Nacht über die Holzknüppelbrücke fuhr und niemandem begegnet war als einigen Bauern, die aufs Feld oder heimgingen. Leichte Nebel lagen wie Schleier über dem Fluss, der dunkel und beinah lautlos dahinfloss. Die Wiese, auf der vorgestern seine Herden geweidet hatten, war verlassen. Rehabeam schien weitergezogen zu sein.

›Da treibt er das Vieh in der Gegend herum, statt daheim zu sein und mich würdig zu vertreten, wenn Besuch kommt‹, dachte der König erbittert. ›Sie mag ja einen schönen Eindruck von uns bekommen haben. Nichts als Ärger hat man von seinen Kindern. Was hatte der holzbeinige Mann gesagt? König Salomo zog den rechten Fuß, der kalt wurde, auf den Sitz und setzte sich darauf.
»Die Liebe der Kinder zu ihren Eltern, König Salomo«, hatte er gesagt, »das ist: in rostigen Groschen zurückzahlen, was man in Goldstücken bekommen hat, und dann noch die Hälfte schuldig bleiben.«
›So ist das tatsächlich. Je näher ich meinem Hause komme, umso ärgerlicher wird mir das alles. Ein so alter Mann wie ich sollte seine Ruhe haben dürfen, dachte er weiter. ›Und im Grunde genommen brauchen sie mich daheim sowieso nicht mehr. Die Frauen waren alle heilfroh, als ich endlich draußen war, davon bin ich überzeugt, und den Kindern bin ich sowieso egal. Am besten, ich kehre heut Nacht noch um und fahre wieder zu Sulamiths Vater zurück. Ich werde noch mit der Königin von Saba reden. Das wird die letzte Unannehmlichkeit sein, die ich noch vor mir habe, und dann pack ich meinen Kram und kehr wieder um.‹
Er schlug den Kragen hoch. Man konnte kaum noch etwas erkennen, so dunkel war es schon. Die Pferde trabten gleichmäßig dahin, wie ermutigt durch die kühlere Tageszeit. Er dachte an Sulamith und daran, dass er ihr gegenüber zum ersten Mal bemerkt hatte, dass er ein ganz alter Mann war, an dem allerhöchstens noch interessant war, dass er der König ist. Und auf einmal erschien es ihm auch nicht mehr ganz so verlockend, zu dem Holzbeinigen zurückzukehren. Ärgerlich zog er sein inzwischen eingeschlafenes

Bein unter sich hervor und bewegte die Zehen, in denen es kribbelte. Rechts vom Weg ragte die geborstene alte Eiche in den Nachthimmel, und man hörte am Klang hinwegeilender Hufe, dass der Wildesel durch den Wagen des Königs aufgescheucht worden war.
Der König beugte sich vor und stieß den Kutscher leicht an. »Da liegt das Grab meines Bruders Absalom«, sagte er. Da er selber ärgerlich war, befriedigte es ihn einen Augenblick lang, den andern geärgert zu haben. Aber da der Kutscher schwieg, hatte er keinen rechten Spaß mehr an seiner Bemerkung.
Das Tor stand weit offen, und der Hof war leer. König Salomo hatte sich in Gedanken so auf eine Begegnung mit der Königin von Saba vorbereitet, dass er zunächst seinen Augen nicht traute. ›War sie einen anderen Weg gefahren? Hatte er sie abermals verfehlt? War sie noch gar nicht da gewesen?!‹
»König Salomo!«, hörte er Rehabeams erleichterte Stimme, nachdem der Wagen zum Stehen gekommen war. »Gott sei Dank, dass du da bist!«
Unter der schwach erleuchteten Haustür stand Rehabeam, neben ihm Tabitha. König Salomo überflutete bei dieser unvermuteten Anrede ein Gefühl heimatlicher Wärme. Er vergaß plötzlich all seinen Ärger, ließ es zu, dass Rehabeam ihn wie ein Kind vom Wagen hob und, als er sah, dass der König keine Stiefel anhatte, bis an die Treppe trug. »Tabitha und ich sitzen hier seit Stunden auf der Treppe und warten auf dich. Ich hab's nicht glauben wollen, aber sie hat's gewusst, dass du noch heute kommst.«
Der König sah Tabitha einen Augenblick lang an, länger, als er sie vermutlich je angeschaut hatte, Tabitha fasste verlegen nach Rehabeams Hand und zeigte mit der andern in den Hof. »König Salomo, schau, die Elefanten!«

Der König drehte sich um und sah in einer Ecke des Hofes undeutlich eine riesige grauweiße Masse, die sich langsam hin und her bewegte. Am Fuß des Elefanten unterschied er zwei der kleinen, weiß eingehüllten Männer, die auf dem Boden kauerten. ›Also war sie da gewesen und vermutlich auf einer andern Straße zurückgefahren.‹

Der Kutscher verschwand mit Wagen und Pferden. Im Haus wurden Stimmen laut und Lichter angezündet.

»Was die fressen, das glaubt man nicht«, sagte Rehabeam bewundernd und starrte gedankenverloren auf die Elefanten. König Salomo betrachtete ihn und, einem plötzlichen Einfall folgend, sagte er: »Warum bist du nicht mit der Königin von Reicharabien gefahren? Wollte sie dich nicht mitnehmen?« Rehabeam erwiderte den Blick seines Vaters, setzte mehrmals zu einer Entgegnung an und sagte schließlich: »Nein!«

»Du kannst die Elefanten haben, wenn du sie magst«, sagte König Salomo lächelnd, »ich schenke sie dir.«

Er ging ins Haus. ›Das mit den rostigen Groschen, das ist Unsinn‹, dachte er dabei. ›Auch ich zahle damit.‹

Im Haus roch es nach nassem Holz, Waschlauge und Marmelade. Oben an der Treppe stand Bathseba mit einem Licht in der Hand.

»König Salomo? Er ist's. Gott sei Dank, dass du wieder da bist!«

Die [Schnecke] wird gewiß Schriftstellerin, wenn das so weiter geht. Otto an Martha Dix, 1938

Ein biografisches Nachwort
von Anne Overlack

Nelly, die Dichterin

»Vielleicht kannst Du Geschichten schreiben oder Gedichte, sieh zu, dass Du irgendetwas mit Leidenschaft und großer Liebe und Sorgfalt tun kannst, was ist gleichgültig.«

Otto Dix an seine Tochter Nelly, Herbst 1937

Zu Weihnachten 1945 lag ein ganz besonderes Geschenk auf dem Gabentisch der Familie Dix. Nelly, ältestes Kind und einzige Tochter von Otto und Martha Dix, hatte ihre erste biblische Erzählung »Ein ganz gewöhnlicher Tag« während der letzten Monate verfasst und gerade im rechten Moment noch abgeschlossen: »Mein Roman ist wider Erwarten auch noch fertig geworden bis Weihnachten, an Weihn. waren wir insgesamt 10 Personen, u. a. eine französische Dame im Kapitänsrang«, berichtet sie gut gelaunt ihren »Zieheltern« Elisabeth und Fritz Mühlenweg am 2. Januar 1946.[1] Nellys lebenssatte Schilderung des letzten Tages vor dem Aufbruch der Arche Noah muss ein willkommenes persönliches Geschenk in mageren Nachkriegszeiten gewesen sein – und stolz stellt sie ihrem Werk denn auch eine persönliche Zueignung voran:
»Meinen Leuten gewidmet, Weihnachten 1945«.
Diese erste Erzählung der 22-jährigen Autorin ist freilich nicht Nellys erstes literarisches Werk. Schon im Alter von zwölf Jahren hatte das hochbegabte Kind im Jahr 1935 ein Bilderbuch für den fünf Jahre jüngeren Bruder Jan verfasst. Im »Lesebuch für Jan« erzählt und illustriert Nelly die Geschichte eines kleinen, »Prinz Eitel« genannten Teufelchens. Wer den Spuren des kleinen Teufels folgt, macht zugleich eine Reise durch die Phantasiewelt eines überaus belesenen Mädchens. Nelly, die Geschichtenerzählerin, verschlang Bücher wie sonst keiner im Hause Dix, wie sich ihr Bruder Jan erinnert.[2]
Wann genau Nelly mit der Niederschrift ihrer ersten Erzählung begann, ist nicht überliefert, aber Gabriele Marion Daverda, die im Kriegswinter 1944/45, als achtjähriges Kind mit ihrer Mutter aus Berlin flüchtend, Unterschlupf bei der Familie Dix fand, erinnert sich: »Zu jener Zeit schrieb sie vermutlich an ihren ersten Erzählungen aus dem Alten Testa-

ment[...]. Jedes Mal hörte ich die Schreibmaschine hämmern, als ob sie ihren unerfüllten Freiheitsdrang mit vehementen Gedanken auf eine geistige Reise führte. Beim Schreiben entzog sie sich der Unruhe, ihrer eigenen und der eines bewegten Familienlebens.«[3] In den folgenden Jahren entstehen sieben weitere Erzählungen, die Nelly meist ihren Brüdern Ursus und Jan oder der Mutter »Mammi« widmet. 1946 erzählt sie *Die Geschichte von Hiob in Ägypten*, schickt den Propheten Jonas auf abenteuerliche Reise und gestaltet die eigenwillige Judith-Erzählung in *Die Belagerung von Bethulia*. Wie Kain nach dem Brudermord ins Leben zurückfindet, schmückt sie 1947 mit lebhafter Phantasie unter dem Titel *Der Stärkere* aus und inszeniert die bunte, in Zeitsprüngen erzählte Geschichte rund um König David. Ihre beiden letzten biblischen Erzählungen – *Joseph der Träumer* und die Salomo-Geschichte *Der Herr ist über Land gefahren* – vollendet Nelly erst 1951.
Am 23. März 1946, drei Monate nach Fertigstellung ihrer ersten Erzählung, schreibt Nelly an die Mühlenwegs: »Ich wollte schon so lang ernsthaft kommen, [...] um mein Talent vor Euch leuchten zu lassen und Euch meine altjüdische Posse vorzulesen.« Noch im März 1946 notiert Elisabeth Mühlenweg in ihrem Tagebuch: »Besuch Nelly und Mammi Dix. Nelly liest ihre Geschichte: ›Ein ganz gewöhnlicher Tag‹. Eine ganz ungewöhnlich gute Arbeit, bei aller persönlichen und sehr reizvollen Eigenart eine Arbeit, die von menschlicher Reife und Lebenskenntnis zeugt, ernst und merkwürdig, fromm und frivol, in jeder Zeile ein Abbild wirklichen Lebens.«[4] Auch Nellys weitere »biblische Geschichten« feiern Premiere im Hause Mühlenweg; so schreibt sie am 22. Mai 1946: »Falls mir noch 1 rettender Gedanke kommt, ist meine neue Geschichte bis ich komm, fertig. Soll ich sie dann mitbringen?« Im Januar 1947 vermerkt Elisabeth Mühlenweg erneut den Besuch von »Nelly und Mammi Dix« im Tagebuch: »Nelly liest die Geschichten von Hiob und Judith.«
Wer den Briefwechsel zwischen Nelly und ihren »Zieheltern« liest, merkt rasch, dass es sich hier um eine enge und für beide Seiten außerordentlich wichtige Beziehung gehandelt hat. Schon aufgrund ihres unterschiedlichen Lebensalters sind die

Rollen klar verteilt: hier (in Hemmenhofen) Nelly, die übermütige, verspielte, lern- und wissbegierige »Ziehtochter« – dort (in Allensbach) Fritz und Elisabeth Mühlenweg, als lebenserfahrene und weltkluge, nicht nur in den Künsten bewanderte, sondern auch menschlich hoch geschätzte Vorbilder. Mit ihren kreativen (Doppel-)Begabungen decken die Mühlenwegs das Spektrum ab, das Nellys Vorlieben und Fähigkeiten entspricht: Fritz wird Mentor und bewundertes Vorbild für die literarisch ambitionierte Nelly, Elisabeth beflügelt das kreativ-gestalterische Talent der jungen Malerin, die die Motive ihrer kleinformatigen und figurenreichen Bilder oft aus der Welt des Zirkus oder der Bibel entlehnt.

Ihr erstes Lustspiel[5] korrigiert die junge Künstlerin nach den Vorgaben des Ziehvaters, der ihr daraufhin seine Nachdichtung aus dem chinesischen Shijing »Tausendjähriger Bambus« mit verehrungsvoller Widmung Weihnachten 1944 zu Füßen legt: »Meiner lieben Ziehtochter, die den bescheidenen und sehr unwichtigen Anregungen ihres Ziehvaters folgte und sie glanzvoll, in Mond und Sonne überstrahlender Herrlichkeit ausführte« – ein Zitat, das den verspielten, fabulierfreudigen Erzählstil prächtig illustriert, der die Briefe beider Partner unverwechselbar macht.

Allein, der Alltag mit all seinen Zumutungen! Die Klagen Nellys wiederholen sich: »Ach, der arme ›König David‹! Ich hab ihn in Gedanken beinah fertig u. keine Zeit zum Aufschreiben! Ich bin eine tragende Katz im wahrsten Sinn des Wort[es]«, schreibt sie im Juni 1947. Wohl nicht zufällig zeigen ihre Erzählungen eine Episodenstruktur: Wie kostbare Perlen werden kleine, in sich abgeschlossene Kapitel aneinandergereiht, die die biblischen Motive und alles, was Nelly weitergehend dazu einfällt, szenisch ins Bild setzen. Ihr Alltag befördert die kleine Form. So errichten etwa die zahlreichen, detailreich ausgeschmückten »Windel-Szenen« nicht nur den biblischen Frauen am häuslichen Herd Salomos ein Denkmal, sondern auch denen im Hause Dix.[6] Und doch: »Ich bin neiderfüllt, wenn ich sehe, wie andere Romanciers und Abenteurergeschichten-Schreiber schon längst ihre Helden wieder in den Hafen gebracht haben, während ich noch auf halber Strecke liege mit einem Radbruch und einem angesäuerten Gemüt, weil nichts als unerfreuliche Dinge zutage treten, und die Königin von Saba befindet sich in bedrohlichem Anmarsch auf ein ahnungsloses Haus, in dem Hausputz, große Wäsche und Einmachen stattfindet.«[7]

Alltag hin oder her – Nelly alias Dix hatte das Selbstbewusstsein einer Künstlerin. Darauf verweist der Gestus ihrer Briefe an die Mühlenwegs ebenso wie die Berufsbezeichnung »Malerin« in den Urkunden des Standesamts Hemmenhofen anlässlich von Eheschließung und Geburten ihrer Kinder. 1954 hatte sie noch eine ihrer Erzählungen an den S. Fischer Verlag geschickt; ein Ablehnungsschreiben kam erst nach ihrem Tod.

Auch alle Zeitzeugen erinnern sich an eine ihrer Fähigkeiten durchaus bewusste Nelly. Freilich musste sie ihren Begabungen dann freien Lauf lassen, wenn es die Umstände erlaubten: mittags in ihrem Kämmerchen, nach der Hausarbeit, vor der Gartenarbeit, auf weibliche Art die Nischen nutzend. Eine Künstlerin, das wäre sie geworden, wenn sie länger gelebt hätte – da sind sich alle einig. So aber war sie nicht mehr (und nicht weniger!) als »das beste Stück der Familie«[8], ein unglaublich begabtes junges Mädchen, eine alle Besucher bezaubernde junge Frau, die dann schrieb oder malte, wenn alles andere im Haus getan war.

Aus der Entstehungszeit der ersten biblischen Erzählung datiert die folgende Briefpassage, in der Nelly sich selbst charakterisiert – »meisterlich«, wie der verehrte Lateinlehrer und Adressat des Briefes am Rand notiert:

»Ach, ich sehe deutlich, ich muss mit der falschen Vorstellung aufräumen, die Sie von mir haben: Ich will Ihnen mal die Nelly beschreiben, wie sie wirklich ist, auf die Gefahr hin, Ihre Illusionen zu zerstören. Im 1. Zimmer sieht der wohlwollende Beschauer ein verkümmertes anpassungsfähiges Wesen sitzen: Das ist der Charakter der Dame Nelly. Dann kommt der große Saal mit den 92 Talenten, die aber alle nicht über das Backfischalter herauskommen, so werden sie alte Jungfern werden und ewig an ihren unvergorenen Ideen laborieren. In diesem Kämmerchen, das jetzt folgt, steht ein prunkvoller Sessel. Da sitzt der brennende Ehrgeiz. Nun weiter ins nächste Zimmer, da sitzt die Energie, die stärkste von allen Gaben, und bindet Peitschenschnüre, mit denen sie den Körper, dieses elende Wrack, aufrecht erhält, indem sie ihn durch die Gegend treibt. 2 Damen sinds, die die Energie gleichstark beeinflussen, die wohnen im nächsten Zimmer zusammen mit ihrer Dienstmagd, die im Vorzimmer schläft: Die Damen Vernunft und Ästhetik. Das Dienstmädchen heißt Gefühl und spielt nur, wenn die Damen ausgegangen sind, eine größere Rolle. Dann zieht es vor dem Spiegel die hausbackenen Barchentkleider der Dame Vernunft und die empirischen Schleiergewänder der Ästhetik an, und das ist eine böse Verirrung. Was soll aber draus werden, wenn es sich noch den Untermieter, der unterdrückt in einer zugigen Bude auch noch wo im Haus wohnt, einlädt? Der junge Mann heißt Geist, ist sehr unterernährt und kommt nur des Essens halber. O! Das sind traurige Zustände! Vergessen wir nicht, einen Blick in die im Keller gelegene Kneipe zu tun, allwo man kannegießert und bramarbasiert, dass es durchs ganze Haus hallt. Die Concierge heißt Schüchternheit; deshalb ist sie besonders hochmütig. Das Beste vom Ganzen aber ist ein gewisser Herr Spott, der überall Zutritt hat und dessen Hauptaufgabe darin besteht, die Dame Nelly daran zu verhindern, dass es ihr in die Nase regne (nämlich weil sie den Kopf so hoch trägt) – es wäre doch schade, wenn sie sich das Gehirn verkühlte – und der ihr etwas die Hoffart austreiben möchte. Über der Tür steht ein Wappenschild, auf dem ein Elefant mit einer Narrenkappe zu sehen ist, und darunter die Devise ›Edel, hochmütig und tapfer‹. Welch ein Panoptikum!«[9]

Die Tochter

Wenn dann die Sintflut vorbei wäre, würden sie hoffentlich alle weit wegziehen. Nur schade, seine Tochter würde er eigentlich gerne behalten. Aber sie wird wohl auch bald den einen oder anderen Esel heiraten und viele Kinder kriegen. Und von ihm erwartete man dann große Freude über diesen Umstand.

Gedanken Noahs in: Nelly Dix, Ein ganz gewöhnlicher Tag

Am 14. Juni 1923 wird Nelly als ältestes Kind von Otto und Martha Dix in Düsseldorf geboren. Ihre Eltern haben vier Monate zuvor geheiratet, nachdem Martha sich zuvor von ihrem Ehemann und dem Vater ihrer ersten beiden Kinder, Martin und Hana, getrennt hatte. Die erstgeborenen Kinder bleiben beim Vater und dessen zweiter Frau Marie Elisabeth, Marthas Schwester.

Schon früh zeigt sich Nellys außergewöhnliche Begabung, was die Eltern mit Stolz und Freude und alle anderen mit Bewunderung registrieren. »Der Knabe hier ist 8 oder 9 Jahre alt, wunderschön, sieht aus wie ein Römerknabe, leicht melancholisch und feminin. Das Mädchen, 3 Jahre alt, ist ganz lustig, aber längst nicht so intelligent wie Nelly. Sogar die Sprache ist viel primitiver und kindischer wie bei der Nelly«[10], berichtet Otto Dix mit Vaterstolz in der Stimme im Januar 1926 an seine Frau Martha aus Erfurt. Drei Jahre später wird Nelly in Dresden eingeschult. Angesteckt vom Geist der Reformpädagogik wählen die Eltern eine antiautoritär und koedukativ ausgerichtete Versuchsschule für sie, die 46. Volksschule am Georgsplatz. Nellys Klassenkameradin Sabine Maschik erinnert sich: »Diese Schule war genau das Richtige für uns. Es war herrlich, dass wir malen konnten, soviel wir wollten, auf Tafeln rundum an den Wänden, auf die Tische, an den Fenstern. Wir lernten in völliger Freiheit. Wenn wir einen Aufsatz schreiben sollten, hieß es: ›Schreibt, wie ihr sprecht!‹ Das hatte zur Folge, dass wir später auf der normalen Volksschule zu viel Orthographiefehler machten. Aber wir entfalteten uns natürlicher, ganz nach unseren Begabungen, ohne schulmeisterlichen Zwang.«[11]

Diese glücklichen Schuljahre finden 1933 mit der Machtergreifung der Nationalsozialisten ein jähes Ende: Die Versuchsschule wird geschlossen, Professor Dix wird aus der Dresdener Akademie gejagt, die Familie verlässt Dresden und sucht zunächst Zuflucht im fernab jeden großstädtischen Lebens, aber grenznah gelegenen Randegg im Hegau. Hier besitzt Marthas Schwager und Ex-Ehemann Hans Koch das Schloss Randegg, in dem die inzwischen fünfköpfige Familie Dix – Nellys Brüder Ursus und Jan sind 1927 und 1928 zur Welt gekommen – Unterschlupf findet. Von einer bewussten Entscheidung für das Landleben kann keine Rede sein. Ob auch Nelly sich das trotzige Bonmot ihres Vaters – »Zum Kotzen schön!«[12] – im Blick auf das sie umgebende Idyll zu eigen gemacht hätte, ist nicht überliefert. Jedenfalls ist sie mit zehn Jahren dort gelandet, wo sich ihr weiteres kurzes Leben abspielen wird, selbst wenn drei Jahre später das Hegaudorf Randegg durch das Fischerdorf Hemmenhofen ersetzt wird. Im September 1936 erfolgt der Umzug der Familie ins eigene Haus, das Martha Dix aus ihrem Erbe errichten ließ.

In Randegg besucht Nelly zunächst die Dorfschule, wie später auch ihre beiden Brüder. Der Versuch, der Übersiedlung nach Hemmenhofen vorzugreifen und sie vorübergehend als interne Schülerin im »Deutschen Landerziehungsheim für Mädchen« in Gaienhofen unterzubringen, scheitert schon nach wenigen Wochen.[13] In Hemmenhofen wird das junge Mädchen zunächst von einer Privatlehrerin[14] unterrichtet, um der staatlich vorgegebenen Schulpflicht zu genügen, bevor sie 1937 für ein halbes Jahr bei den Familienfreunden Hedwig und Gustav Adolf Rieth in Tübingen Unterschlupf findet. An diese Zeit erinnert sich Hedwig Rieth: »Nelly war ein sehr phantasievolles und wissbegieriges Mädchen. Gegenüber Gleichaltrigen wirkte sie reifer und zeigte mehr Interesse an den Gesprächen der Erwachsenen. Besonders mein Mann, den die Kinder nicht Onkel Alf sondern ›Brumm‹ nannten, verstand es prächtig, sein historisches Wissen anschaulich zu vermitteln. Nelly lernte sehr rasch und nahm alles spontan bildhaft auf, was sie z. B. über römische Geschichte erzählt bekam. [...] Sie hat sich alles gleich anverwandelt. Mein Mann übte mit ihr auch ein bisschen Fremdsprachen. Abends oder an Regentagen wurde vorgelesen, teils mit verteilten Rollen. Auch Reiten lernte Nelly bei uns in Tübingen, indem sie mich zum Universitäts-Reitkurs begleiten durfte. [...] Nelly stellte sich gleich recht geschickt an und machte alles rasch korrekt, wie es verlangt wurde. Es machten sich mehrere Eigenschaften positiv bemerkbar. Einmal liebte sie Tiere. Hinzu kam das pädagogische Geschick und Feingefühl, gepaart mit dem starken Willen, ihre Autorität auf das Tier zu übertragen.«[15]

Diese erste Reiterfahrung in Tübingen wird zur Grundlage des wohl größten Abenteuers in Nellys Leben. Dessen Vorgeschichte hat Martha Dix dem Dix-Biografen Lothar Fischer 1979 so erzählt: »Im Sommer 1937 gastierte der Zirkus Barum in Singen. Wir fuhren hin und gingen auch in die Tierschau. Nelly lief natürlich sofort zu den Pferden, kam wieder und rief: ›Mammi, der Mann hat gesagt, ich könnte hier reiten. Er hat gesagt, dass er das gern hätte, wenn die Tiere bewegt werden.‹ Wir fuhren am nächsten Tag wieder hin, und Nelly ritt. Sie war inzwischen 14 geworden und musste nicht mehr in die Schule. Eigentlich hätte Nelly noch einen Fortbildungskursus besuchen müssen, aber sie war vergessen worden. Jedenfalls sind wir dem Zirkus in der ganzen Gegend nachgereist, bis ins Allgäu. Eine Dame hat mich dann – und die Zirkusleute saßen alle dabei – ernsthaft angesprochen: ›Ihre Tochter ist sehr begabt. Wollen Sie sie nicht ausbilden lassen?‹ ›Wieso, was soll denn das werden?‹ fragte ich skeptisch. ›Ja, als Schulreiterin.‹ Das haben wir zu Hause erzählt, und alle waren entsetzt. Nelly zum Zirkus? Das ist ja furchtbar! Die ganze Familie war dagegen. Es sprach sich auch in der Nachbarschaft herum und die Leute haben sich sehr gewundert.«[16]

Es war nicht der einzige Anlass, bei dem sich die Nachbarschaft über die Familie Dix wundern musste. Die Dixe waren exotische Bohemiens, von den Dörflern aus der Ferne neugierig-kritisch beäugt. Denen war schon zuzutrauen, dass sie ihre erstgeborene Tochter in einen Wanderzirkus steckten und sie damit durch die Welt reisen ließen. Genau so geschah es. Im Herbst 1937 wird die 14-jährige Nelly dem Reitlehrer des Zirkusunternehmens, dem kinderlosen Oberst Zygmunt

Lecewicz und seiner Frau anvertraut, die den Winter in Warschau verbringen. Der Vater schreibt ihr aus dem Engadin: »Wie geht es Dir und Deiner Kunst? Frag Deinen Reitlehrer, welche Bücher es gibt über Schulreiten und Pferdedressur, man sollte sie Dir besorgen, wenn ich wieder in einer Stadt bin, hoffe ich, sie Dir schicken zu können.«[17]
Ab April 1938 reist Nelly dann mit dem Zirkus – Otto Dix, der in dieser Zeit in Dresden und Chemnitz malt, leistet ihr in Krisenmomenten brieflichen Beistand: »Aber ich muss Dir sagen, dass es nun einmal zu einer Lehre gehört, dass man angeschnauzt wird. Lehrjahre sind keine Herrenjahre. Ich habe als Lehrling dauernd Ohrfeigen bekommen und war in den Augen meines Lehrmeisters der größte Lump und Faulenzer auf Gottes Erde. Ich musste schließlich auch den Zimt mitmachen. Du musst Dich also mit größter Geduld wappnen.«[18] Und im Spätsommer: »Mein liebes Schneckchen, das ist ja traurig, was Du schreibst. [...] Darüber, dass Du noch nichts verdienst, solltest Du Dir keine Gedanken machen, aber dass Du nichts lernst und dort bleibst, finde ich dumm. Man müsste dann vielleicht doch eine andere Lehrstelle finden. Im Übrigen, dass der Artistenberuf weniger mit Geist als mehr mit körperlicher Arbeit und Anmut verbunden ist, war Dir doch hoffentlich von vornherein klar!«[19] Auch das dramatische Neiße-Hochwasser im September 1938 erlebt Nelly noch beim Zirkus, rettet Pferde und erhält Lob vom Vater: »Mein liebes Schneckchen! Für tapferes Verhalten in vorderster Front und für Rettung von Pferden erhältst du hiermit den Orden des Heiligen Georg am wassergrünen Band.«[20]
Als Nelly im Oktober 1938 nach Abschluss ihrer Lehrzeit nach Hemmenhofen zurückkehrt, betrachten ihre Eltern wie auch sie selbst die schulische Bildung als abgeschlossen, nicht aber das Lernen als solches. Das junge Mädchen bildet sich auf intellektuellem, lebenspraktischem und kreativ-künstlerischem Gebiet fort, wobei sie einerseits in der Formulierung ihrer Interessen, Vorlieben und Abneigungen eine durchaus aktive Rolle einnimmt, andererseits aber brav alle in sie gesetzten Rollenerwartungen erfüllt. Die kreative Begabung der Tochter des großen Malers hat sich längst gezeigt. Sie bewegt sich si-

cher auf dem Gebiet nahezu aller Handfertigkeiten: Sie kann nähen, zeichnen, malen, sticken, mit Holz und anderen Werkstoffen umgehen. Eigentlich gibt es an lebenspraktischen Dingen nichts, was Nelly sich nicht zutrauen würde.

Zum wichtigsten intellektuellen Wegbegleiter der nächsten Jahre wird, neben den Mühlenwegs, der Wangener Pfarrer Dr. Anton Trunz, der Nelly Lateinstunden erteilt. Zu diesen Stunden begleiten die beiden jüngeren Brüder Nelly oft mit dem Fahrrad, ohne freilich selbst in den Genuss des Unterrichts zu kommen. Aber der alte Pfarrer war, daran erinnert sich Jan Dix noch heute, ein »unglaublich interessanter Mann«[21], mit einer verheißungsvollen Wohnung, in der Massen von National-Geographic-Heften herumliegen, die Nelly ausleihen und mit nach Hemmenhofen nehmen darf. Der Inhalt der Hefte »war ja damals wahnsinnig interessant für kleine Buben« – und offensichtlich auch für ihre ältere Schwester, die die intellektuellen Anregungen, die Trunz ihr bietet, begeistert aufnimmt und sich als »Ihre allzeit treu ergebene gelehrige Schülerin« mit Leidenschaft in die Briefbeziehung zu ihrem »verehrten und bewunderten Mentor Msgr. Dr. A. Trunz« stürzt.[22]

Im Herbst 1943 übersiedelt Pfarrer Trunz nach Andelshofen bei Überlingen. Der Mentor verschwindet aus dem Gesichtsfeld der jungen Frau, die zwar die Briefbeziehung zu ihm intensiviert, aber auf das lebendige Gegenüber und den unmittelbaren intellektuellen Austausch verzichten muss. Während der Kriegsjahre wächst ihre Isolation aus naheliegenden Gründen: »Es ist so schade, dass ich nicht mehr Zeit u. die Nervenkraft habe, um mich in das Abenteuer einer Reise zu Ihnen zu stürzen. Aber da eine große Gefahr besteht, entweder von Fliegern beschossen, oder im Gedränge totgetreten, oder von den geliebten Mitmenschen zerstückelt zu werden (wovon mir die 1. Art die wenigsten Ängste verursachen würde), verschiebe ich das Unternehmen lieber, um meine Familie nicht einer unschätzbaren Arbeitskraft zu berauben und die Mit- und Nachwelt nicht um einen ach! so hoffnungsvollen Stern am Dichter-, Maler- u. Kunstgewerblerhimmel ärmer zu machen.«[23]

Es gibt noch andere Gründe für Verzweiflung. Einmal abgesehen von Arbeits- und Kriegshilfsdienst, die Nelly ab Mai 1942 bis April 1943 ableisten muss, ist es die wachsende Verantwortung, die auf ihren Schultern lastet. Mehr und mehr entwickelt sich Nelly im Hause Dix zu einem Mädchen für alles. »So fleißig wie sie war niemand in der Familie, trotzdem hatte sie immer das Gefühl, nicht genug zu tun«, erinnert die Halbschwester Hana Koch.[24] Über aller Anspannung verliert Nelly dabei selbst in Kriegstagen nicht ihren Humor: »Jan [der den Gestellungsbefehl für den Reichsarbeitsdienst erhalten hat] ist also zum Autobus geleitet worden, u. jetzt bin ich Restbestand der einzige Mann im Haus. Hab ich Ihnen geschrieben, dass Pappi bei Rastatt am Westwall in einem Bunker hockt, hungert wie nie in seinem Leben u. ewig im Nassen steht? Und wir haben allmählich nur noch Fremde im Haus, z. T. gräulicher Art, unsichere Kantonisten und Opportunisten, you understand, die einem von früh bis spät Ärger und Verdruss bereiten u. mich langsam zu einer Art virago in Luxusausführung werden lassen. Ausgerechnet ich muss immer den Schutzmann, Nachtwächter u. Wach- und Schließgesellschaftsbeamten spielen, u. ich bin bereits gefürchteter als je eine waschechte Concierge in Paris.«[25]

Alle Zeitzeugen erinnern Nelly als in immer tätiger Bewegung. Auch wenn ihr dabei unter der Hand zur Kunst gerät, was sie anpackt – die von ihr fraglos akzeptierte Rangfolge von hausfraulicher und künstlerischer Arbeit verrät viel über gesellschaftliche und familiäre Erwartungen und spiegelt dabei zugleich die Möglichkeiten weiblicher Lebensentwürfe im Nachkriegsdeutschland. Ganz nebenbei erzählt davon Nellys Brief an Regina Mühlenweg vom 21. März 1954: »Mammi hat für Nina ein blaugestreiftes, 1 geblümtes, noch 1 geblümtes, 1 Dirndlkleid genäht, ferner 1 Dirndlbluse, 2 Unterkleider (mit Spitzen), 1 Popelinebluse und Hose, Rock kommt noch, eben näht sie noch ein Samtkleid. Ich nähe dafür Unterröcke für Mammi aus alten Kleidern. Außerdem hab' ich eine Tischdecke gemacht mit Fischen, aufgenäht in allen Farben und jetzt muss ich 1 Sophakissen sticken, weil der Schwiegerpapa am 18. Geburtstag hat und es darf nichts kosten. Ich wünschte, jemand käme und malte die vielen Bilder, die ich noch gemalt haben möchte, ich hab sie alle im Kopf, aber die Ausführung ist so lästig.« Auch Martha Dix hat ihre (köstlichen) Erinnerungen an klassische Rollenmuster: »Zum Beispiel hat er [Otto Dix] mir einmal beim Abtrocknen geholfen in der Küche. Das sei eine menschenunwürdige Beschäftigung, hat er gemeint. Dass ich das immer gemacht habe, hat ihn gar nicht gestört – mich auch nicht, nebenbei bemerkt.«[26] Nelly liebt und verehrt ihre Mutter, deren Fehlen im Haus das Lebensgefühl der Familiengefährten gleich deutlich mindert: »denn ohne die Mammi sind wir alle ganz mies«.[27] Fällt Nelly mit ihrer Arbeitskraft einmal aus, bedauert sie ihre »Mammi« zutiefst: »Diese Unglückliche erstickt fast in all der Arbeit, die wir sonst zu zweit bewältigen und die sie jetzt allein machen muss.«[28] Kommen hinzu Marthas häufige Unpässlichkeiten und Krankheiten, als deren Folge sich die Briefe der mitfühlenden Nelly passagenweise wie Bulletins aus Krankenzimmern lesen. Ein kränklicher Typ sei seine Mutter freilich nicht gewesen, erinnert sich Jan Dix, der sie viel eher als »vital und robust« wahrnahm. Die häufig wiederkehrenden starken Schulter- und Armschmerzen müsse man wohl eher als »Nervengeschichte« verbuchen. Zur Therapie wurden Marthas Arme »in Watte gepackt – und dann lag sie da und konnte sich nicht rühren«.

Und Nelly zerfließt in Mitleid.[29] Sie gilt als unabkömmlich, fühlt sich unabkömmlich und ist in ihrer Emotionalität der Mutter zeitlebens eng zugeordnet. Die große Ähnlichkeit zwischen beiden wird verstärkt noch durch den gleichen Kleidungsstil. »Näherten die beiden sich unserm kleinen Häuschen am See, immer wie Zwillingsschwestern, Arm in Arm gedrängt, hörte man schon von weitem ihr lautes und launiges Lachen.«[30] Für Martha scheint Nelly ein Alter Ego gewesen zu sein, ein Spiegel, der den Blick zurück in hoffnungsvollere Jugendtage erlaubte. Auch Jahrzehnte später scheut sie die Erinnerung an das Verlorene: »Der Tod von meiner Tochter – das war wirklich schrecklich. Schon als Kind konnte man sich so wunderbar mit ihr unterhalten, das war ein Gegenspiel, das war wunderschön.«[31]

Nellys Charisma hat alle Besucher des Hauses tief beeindruckt. Spuren davon leuchten selbst aus autobiografischen Texten, die erst Jahrzehnte später entstehen: »Und da war Nelly, die fünf Jahre ältere Schwester von Jan, genial vom Scheitel bis zur Sohle, ein immer frohes Temperament, nie ohne Tätigkeit, immer von neuem ihre Umwelt mit Witz, Humor und Prägnanz der Empfindung überraschend, unterhaltend. Sie war geliebt von jedem, der ihr begegnen durfte und, wie ich fühlte, der Mittelpunkt und gute Stern der Familie. Wenn Jan von ihr sprach, waren im Ton seiner Stimme Zärtlichkeit, tiefe Hochachtung und Bewunderung, und dadurch Stolz. – Auch Nellys Erscheinung war äußerst apart, von weiblicher Schönheit, barock, wie Dix es liebte. Gestik, Mimik, Bewegung zeigten einen energischen Charme. Und immer war sie mit ihrer schönen Altstimme zum Lachen bereit. [...] Bei einem Besuch im Haus führte Nelly mich einmal in ihr Zimmer. Da stand ein Renaissancebett mit Holzdecke und Vorhängen. Den Fries hatte sie mit Miniaturbildern bemalt, vollendet und ausdrucksstark wie gotische Buchmalerei. Obendrauf standen Reihen uralter Büchlein, unter anderem eine Gesamtausgabe vom alten Wieland, in Quartbändchen, entzückend in Leder gebunden, mit Goldaufdruck. Sie selber dichtete auch. Gedruckt wurde von ihr die hochoriginelle Darstellung von Gestalten aus dem alten Testament, ›Der Herr ist über Land gefahren‹. Kain und Abel sind ihr wie Brüder vertraut und reden auf burschikose Art unter sich, wie sie mit ihnen. Mit Noah und König David spricht sie wie sie vielleicht mit ihrem Vater sprach, eindringlich und offen und ohne jedes Pathos. Vergangenheit war für sie Gegenwart, der man mit Witz und Mutwillen, aber auch tiefem Mitleid begegnet. Alles an und in ihr war vollendet, kraftvoll über Glut und Kühle der Seele verfügend, sprühend von Leben, von unsagbarer Liebenswürdigkeit, und Zartheit auch. Der Schmerz der ihren, als sie mit dreißig Jahren sterben musste, konnte nur ein untröstlicher sein.«[32]

Nelly und ihre Kinder

»Himmel und Erde sind grenzenlos – aber dem Menschen ist ein Ziel gesetzt.«

Fritz Mühlenweg, In geheimer Mission durch die Wüste Gobi

Neben Kür und Pflicht – der Arbeit für die Kunst und der Bewältigung des Alltags – gibt es ein drittes wichtiges Element im Leben der Künstlerfamilie: Geselligkeit als solche und das Tanzen insbesondere. Wenn die halbwüchsigen Kinder ihre Freunde mitbringen und gemeinsam im Wohnzimmer oder vor dem Kamin sitzen, dann sind die Eltern fast immer dabei – was die Freunde als Auszeichnung und nicht etwa als Störung empfinden. Zu jeder sich bietenden Gelegenheit rasch improvisiert, können die gemeinsamen Tanzabende gar nicht lang genug dauern – und wenn der Morgen und mit ihm der Arbeitsbeginn in irgendeinem bürgerlichen Beruf früher graut, als den Gästen lieb, dann wird das Grammophon kurzerhand auf die Schulter genommen, aufgezogen, und vor den Tänzern die Straße zur Fähre hinuntergetragen. Auch wenn die Zeiten mager und knapp sind und die Feste kulinarisch oft genug um mitgebrachte Leberwurstbrote oder Grießbrei kreisen[33] – die Bohème von Hemmenhofen feiert das Leben.
Nelly ist der strahlende Stern dieser Feste. »Sie war ja eine lebenslustige Person, aus ihr sprühte das Temperament, unvorstellbar – ich habe nie mehr so eine Frau kennengelernt«, erinnert sich Nellys Schwägerin Ilse Körner und liefert damit nur eine Variation vieler ähnlich lautender Beschreibungen. Selbstverständlich wartet eine wie Nelly nicht darauf, erwählt zu werden, sondern sucht sich ihren Partner selbst. Als nach dem Krieg der zwei Jahre jüngere Medizinstudent Günther Thaesler am Horizont auftaucht, ist es Nelly, die die Initiative ergreift.[34] Die wichtigsten Zeugnisse dieser Liebesbeziehung hat Nelly mit ins Grab genommen: ihre zahlreichen Briefe an den in Mainz studierenden Freund und späteren Ehemann. Indirekt spiegelt sich ihre Beziehung aber auch in Nellys Briefen an die Mühlenwegs und später in ihren Briefen an die Schwägerin Lotte, die erste Frau des jüngeren Bruders Jan.

Voller Glück – zugleich so, als gehe es hier um eine mit höchster Diskretion zu behandelnde Angelegenheit – berichtet Nelly am 20. April 1948 ihren Zieheltern von einer gemeinsamen Reise in den Schwarzwald: »Ich war 1 Woche lang verreist, im Schwarzwald, mit meinem jungen Mann[35], es war sehr schön und wir sind auch manchmal spazierengegangen und ich hab ihm alle meine Geschichten vorgelesen (aber nur auf Verlangen, bitte sehr!) und schließlich hatte ich einen Wadenkrampf, was aber weniger vom Vorlesen, als von der merkwürdigen Beschaffenheit der dortigen Gegend kommt. Und es hat jeglichen Tag geregnet. Und Mammi hatte es erlaubt. (Die Reise, für den Regen konnte sie nix.) Überhaupt bin ich außerordentlich legalisiert, und nur Pappi ist noch in unschuldsvoller Umnachtung, wenigstens glauben wir das.« Sechs Monate später, am 3. Oktober 1948, berichtet die junge Frau dann von einschneidenden Veränderungen in ihrem Leben: »Und so wähle ich denn die vom Ziehvater als am Passendsten befundene Form, seine lieben Eltern auf gewisse Um, Zu oder Übelstände, je nachdem der Fall liegt, vorzubereiten und frage Euch in schlichter, aber vornehmer Form: Wollt Ihr lieber ein Mädchen oder einen Knaben haben? Und sage Euch gleich, dass alle Beteiligten gern ein Mädchen hätten, weil die Babywäsche rosa ist und überhaupt und das Mädchen später besser auf die übrigen elf Geschwister aufpassen kann. [...] Aber überhaupt ist es schrecklich, denn ich bin garnicht zerknirscht und egal ist mir's eh soviel, und von meinem jungen Mann hab ich schon alle besseren bürgerlichen Vorurteile abgekratzt und nun ist er sehr brauchbar. [...] Nebenbei machen wir Weihnachtsgeschenke und Babyjäckchen aus einer 65 Jahre alten Baumwolle, und Günther handelt ab und zu schwarz und damit hab ich 1/2 Zentner Windeln gekauft. Also, wir sind schon irgendwie eine ganz ehrbare Familiengründung.«

Die »besseren bürgerlichen Vorurteile« – zählt dazu vielleicht auch die Idee, dass man heiraten könne, bevor die eigenen Kinder auf die Welt kommen? Martha Dix sieht das leger: »Und die beiden Jungen haben sich ja sehr früh verheiratet, weil das ja wahrscheinlich so üblich ist, wenn man aus dem

Krieg kommt, dann muss man sich schnell verheiraten, obwohl es wirklich noch gar nicht notwendig ist.«[36] Bei Nelly, die anders als die beiden Söhne mit den Eltern unter einem Dach wohnt, gibt es jedenfalls keine frühe Hochzeit.
Ihre beiden ersten Kinder, die Zwillinge Johannes und Jessika Elisabeth, kommen unehelich und vermutlich zu früh am 8. November 1948 in Hemmenhofen zur Welt. Johannes stirbt schon nach zwei Tagen, seine kleine Schwester eine Woche später, am 17. November 1948. Sechs Wochen später, am 23. Dezember 1948, schreibt Nelly einen todtraurigen Brief an die Mühlenwegs: »Liebe Zieheltern, ich wünsche Euch ein schönes Weihnachtsfest und ich werd sehr an Euch denken, denn ich hab Euch sehr lieb und bin sehr traurig. Aber das wird sich alles geben, hoff ich wenigstens. Alle sagen es, dann wird's wohl stimmen. [...] Hier ist es nicht sehr lustig. Laut elterlichem Ukas darf mich mein Schatzel nicht mehr besuchen und soll mir auch nicht schreiben, und ich soll ihm das sagen. Diese schöne Aufgabe steht mir noch bevor, – unglücklicherweise teile ich aber die Meinung der Familie nicht ganz. Aber schließlich, Hauptsache, dass Ruhe und Frieden herrscht und schließlich soll man auf das hören, was die Eltern sagen. Ich weiß sowieso nicht mehr, was Recht und Unrecht ist, nachdem alles falsch war und sich als völlig anders herausstellt, was ich getan und gedacht hab. Hiob auf seinem Schutthaufen war sicher ein lustiger alter Bursche gegen mich.«
Ein Dreivierteljahr später erlauben die Eltern dann doch die Hochzeit, die am 20. August 1949, anders als die der beiden Söhne, nur standesamtlich gefeiert wird – was auch damit zu tun haben könnte, dass Nellys Ehemann evangelisch ist. Trauzeugen sind die beiden Väter, die, was den Unterhalt des jungen Paares betrifft, eine Vereinbarung getroffen haben: Demnach soll jedes Kind bis zur wirtschaftlichen Selbstständigkeit des Ehemannes von den eigenen Eltern unterhalten werden. Nelly Thaesler bleibt in Hemmenhofen, Günther Thaesler studiert vorläufig weiter in Mainz, bei seinen Besuchen auf der Höri wohnt er ebenfalls im Elternhaus Nellys. Eine gemeinsame Wohnung gibt es für das Paar nicht, gelegentliche Besuche Nellys in Mainz werden aber toleriert.

Ob und wie man unter diesen Rahmenbedingungen ein glückliches Eheleben führen kann ...? – die Frage verrät die heutige Perspektive. Für die meisten Gesprächspartner, die Nelly kannten, liegt die Antwort, warum das junge Paar die knapp bemessene gemeinsame Zeit während der Ehejahre im Dachgeschoss der Familie Dix verbracht hat, auf der Hand. »Na, das konnten sie ja gar nicht anders. Mein Bruder war in Mainz und hat da seine Facharztausbildung gemacht und kam nur in den Ferien«, berichtet Ilse Körner. Wie sie benennt auch Hildegard Koch vor allem finanzielle Gründe für diese Beziehung auf Distanz, zudem sei in den zerbombten und von Flüchtlingen immer noch übervölkerten Städten Nachkriegsdeutschlands die Wohnungsnot immens gewesen.

Vielleicht war Nelly auch die nicht immer freiwillige Gefangene ihrer starken emotionalen Bindung an die eigene Mutter? Darauf verweisen jedenfalls die Kommentare einiger Zeitzeugen: »Der Günther Thaesler, das war ein netter Kerl«, erinnert sich Nellys Schwägerin Hildegard Koch, »aber die Martha war sofort, ja man kann schon sagen: eifersüchtig auf den Günther und da gab es dann natürlich Reibereien. Nelly hat sicherlich darunter gelitten, aber irgendwie hielt sie immer zu ihrer Mutter. Das war einfach so; erst kam ihre Mutter und dann der Günther.« Eine mögliche Ursache der außerordentlich engen Mutter-Tochter-Bindung dürfte die emotionale Abwendung des Malers von seiner in den ersten Ehejahren leidenschaftlich geliebten Frau gewesen sein. Eine einzige Frau reicht Otto Dix nicht – Trost, Wärme und emotionalen Ersatz sucht Martha in ihrer Tochter Nelly: »Die Nelly hat ihrer Mutter das gegeben, was die sich wünschte«, bringt Hildegard Koch das auf den Punkt.

Mehr als fünf Jahrzehnte Abstand lassen Nellys Bruder Jan die Lebensbedingungen seiner Schwester kritischer sehen: »Und da kommt ja noch was dazu: diese Situation, dass sie nicht weg konnte von zuhause wegen der Mammi, aber doch weg wollte, wegen dem Günther – ein bisschen auf den aufpassen, was der da so macht in Mainz, der war ja auch kein Kind von Traurigkeit, was ich so weiß. Das war für sie schon eine wahnsinnige Anspannung. Die Nelly wurde von der

Mammi ständig kontrolliert und bevormundet, und wenn sie bei Bekannten von Günther war, dann war die Mammi eifersüchtig.« Dass Nelly sich unter diesen Umständen aus ihrem Elternhaus hätte lösen können, um ein eigenes Leben zu führen wie ihre beiden Brüder, hält Jan Dix für ausgeschlossen: »Das hätte sie nie fertig gebracht! Da wäre die Mammi sofort sterbenskrank ins Bett gesunken – und wer verlässt schon seine sterbende Mutter?«

Unter diesen äußeren Lebensumständen gebiert die junge Frau am 25. November 1950 ein weiteres Mal Zwillinge im Singener Krankenhaus: Die kleine Maria stirbt sieben Stunden nach ihrer Geburt, Bettina überlebt. Nelly leidet zu diesem Zeitpunkt an einer schmerzhaften Zahnentzündung, wovon sie zwei Tage zuvor den Mühlenwegs berichtet hatte. Dass weder Nelly noch Martha Dix in ihrem Brief auf die bevorstehende Entbindung anspielen, könnte ein Hinweis darauf sein, dass auch diese Kinder zu früh zur Welt kamen.

Dieses Mal bleibt Nelly ein Kind, an dem sie sich festhalten und trösten kann. Regelrecht euphorisch fällt sechs Wochen später ihr Bericht vom Einzug Bettinas in das Großelternhaus aus: »Liebe Ziehmutter, heut haben wir Bettina abgeholt und es war sehr eindrucksvoll, wie sie in dem schönen Steckkissen die Treppe hinauftriumphierte. [...] Jetzt liegt die Infantin im Bett [...] Ach, es war so aufregend, seit gestern hab ich Bauchweh vor Aufregung und auch der Pappi war ganz ungeduldig. Ich glaub, Ihr müsst bald kommen und Euch das neuerblühte Familienleben anschauen. [...] Es ist sehr sonderbar, wenn man so wegfährt und wo ein Kind abholt, – so unvermutet irgendwie, als hätte man's im Laden gekauft.«[37] Bettina wächst und gedeiht – zur Freude der Mutter, die ihren schonungslosen Blick vom Vater geerbt zu haben scheint: »Bettina ist hübsch, fett und frech und bereits zum 2. Mal gemalt. Sehenswert, sie sieht aus wie Heinrich der Achte«, berichtet Nelly am 31. März 1951 an Elisabeth Mühlenweg.

Zwei Jahre später gibt es Anlass für den nächsten Katastrophenbericht, diesmal verfasst von Martha Dix: »denn leider, und jetzt kommt unser großer Kummer, liegt Nelly seit heut nachmittag im Krankenhaus v. Singen, und das wiederum zu

früh, und diesmal wahrscheinlich sehr viel zu früh. Genaueres wissen wir noch nicht.«[38] Diagnostische Hinweise liefert ein Schreiben Günther Thaeslers an seine Schwiegermutter: »Nun ist es eben alles wieder so maßlos traurig ausgegangen. Ursachen für frühzeitige vorzeitige Blasensprünge sind bis heute noch völlig ungeklärt, erklärte mir hier der Frauenarzt. – Aber es ist ja jetzt so sinnlos sich darüber zu unterhalten. Die ärztl. Kunst und die ärztl. Wissenschaft sind eben doch äußerst kümmerliche Unternehmungen.«[39] Die kleine Virginia Thaesler, die am 5. Juli 1953 vorzeitig auf die Welt kommt, stirbt bereits nach zwei Stunden. Das kirchliche Totenbuch verzeichnet »allgem. Schwäche« als Todesart.
Nelly selbst kann über das immer wieder Erlebte nicht sprechen. Offensichtlich sind ihre toten Kinder Gefühlserlebnisse, die im Brief kaum angedeutet, geschweige denn verarbeitet werden können. So gibt es hier wie in anderen Briefen Nellys keinen direkten Bezug auf ihre Erfahrungen, nur die Umschreibung des Krankenhauses als »Ort der Schrecken«. Die Sorge für das lebende und die Gedanken an die toten Kinder[40] überlagern in diesen Jahren Nellys Kreativität fast vollständig. Am 23. Dezember 1948, sechs Wochen nach der Tragödie um das erste Zwillingspärchen, schreibt Nelly an ihre Zieheltern: »Ich freu mich sehr darauf, des Ziehvaters halbe Geschichte zu lesen. Welches Glück, dass er weiß, wie's weiter geht und wenigstens für den Notfall Schneestürme hat! Ich bin in Ägypten rettungslos festgefahren, meine Geschichte wurde von Kapitel zu Kapitel immer schwächer bis man sie jetzt schon fast gar nicht mehr sieht. Das ist auch ein Glück. Begraben wir also diese Absicht zu dem Übrigen.« Ganz anders lautet die Botschaft, nachdem Nelly die gesunde kleine Bettina im Januar 1951 nach Hause holen durfte: »Also, es sind hier fast sämtliche Musen drangekommen denn ich hab ein DICKES Kapitel an meiner Geschichte geschrieben.«[41]
Nach ihren immer wieder dramatisch verlaufenden Entbindungen wächst Nellys Angst vor weiteren Schwangerschaften. Mag sein, dass sie das nach außen nicht gezeigt hat: »Nelly wusste, dass weitere Schwangerschaften gefährlich sein würden, aber sie hat sich immer darüber hinweg gesetzt, weil sie

ja unbedingt viele Kinder wollte«, erinnert sich Ilse Körner.[42] In Nellys Briefen an ihre Schwägerin Lotte vom Mai und Juni 1954 ist hingegen die Angst vor weiteren ungewollten Schwangerschaften das beherrschende Thema. Deutlich wird dabei, wie sehr die Frage von Sexualität und Verhütung (vor und nach der Empfängnis) in den frühen 1950er-Jahren offensichtlich in die alleinige Zuständigkeit der Frauen fällt.[43]
Sieben Monate später ist Nelly tot. Sie stirbt am 9. Januar 1955, versehen mit dem Sterbesakrament der katholischen Kirche um acht Uhr im Singener Krankenhaus. Die beiden Schwägerinnen, Hildegard Koch und Ilse Körner, erinnern sich daran, dass Nelly zu diesem Zeitpunkt erneut schwanger war. Die genaue Todesursache wird nie bekannt, eine Obduktion findet nicht statt, das Kirchenbuch verzeichnet als Todesart »Blutkrankheit«. Zwei Tage später, am 11. Januar 1955, wird Nelly Thaesler, geborene Dix auf dem Hemmenhofener Friedhof in der Grabstätte ihrer vier Kinder beigesetzt. Das Grab existiert heute nicht mehr.
Otto Dix, kein Freund großer Worte, schreibt an Karl Kröner: »Lieber Freund, für Deinen schönen Brief meinen herzlichen Dank. Angesichts des Todes versagen alle Worte. Wie gerne wäre ich an ihrer Stelle dahingegangen, denn mein Leben scheint irgendwie auch beendet. Es ist gut, dass ich noch für Lebende sorgen muss.«[44]

Anmerkungen
Eine erste Fassung dieser biografischen Skizze ist 2009 im Jahrbuch des Hegau-Geschichtsvereins erschienen. Dafür habe ich die folgenden Zeitzeugen befragt: Jan Dix (Bruder Nellys / 26. März 2009), Martin und Hildegard Koch (Stiefbruder und Schwägerin Nellys / 5. Mai 2009), Ilse Körner (Schwägerin Nellys / 12. Mai 2009), Walter Burkhardt (Jugendfreund von Jan Dix / 23. April 2009).
Für die überarbeitete Fassung des Textes wurde die seit Herbst 2013 vorliegende Edition der Briefe von Otto Dix durchgesehen [Otto Dix, Briefe, herausgegeben von Ulrike Lorenz, bearbeitet und kommentiert von Gudrun Schmidt, Wienand Verlag, Köln 2013, zitiert als: O.D., Briefe]. Außerdem habe ich den Briefwechsel zwischen Nelly Dix und Fritz und Elisabeth Mühlenweg ausgewertet, den Sabine Mühlenweg-Beck 2013 aus den Originalbriefen zusammengestellt hat. Dieser Briefwechsel ist nicht veröffentlicht, die Briefe Nellys an die Mühlenwegs bewahrt das Franz Michael Felder Archiv in Bregenz in einer maschinenschriftlichen Abschrift. Jan Dix hat mir die Briefe Nellys an seine erste Frau Lotte und einen Brief Günther Thaeslers zur Verfügung gestellt, ebenso eigene Briefe an und von Nelly aus Kinder- und Jugendjahren. Die Briefe an den katholischen Pfarrer Dr. Anton Trunz hat Elisabeth Kantzenbach in wesentlichen Teilen ediert.
Elisabeth Kantzenbach hat über zwei Jahrzehnte hinweg die Lebensspuren von Nelly Dix zusammengetragen, ein Werkverzeichnis erstellt und Zeitzeugen befragt. Erste Ergebnisse dieser Spurensuche hat sie im Juni 1993 als Gedenkheft vorgelegt, das nicht publiziert, aber an alle Beiträger verteilt wurde: »Nelly alias Dix. Gedenkheft zum 70. Geburtstag, zusammengestellt von Elisabeth Kantzenbach.« Unter der Überschrift »Zeitgenossen erinnern sich« ist das Gedenkheft später in die biografische Annäherung Kantzenbachs an die Künstlerin eingegangen, die im Juni 2009 unter dem Titel: »Alias. Umrisse des Lebensbildes von Nelly Dix-Thaesler, genannt Nelly Alias Dix (1923–1955)« als Privatdruck erschien und im Jahr 2011 vom Bertuch Verlag in sein Programm übernommen wurde [zitiert als: Kantzenbach].
Ihre Sicht auf die Dinge erzählt Martha Dix im Film von Dieter Schlotterbeck: »So war er nun auch wieder nicht.« Fragmente aus dem Leben des Malers Otto Dix. Südfunk Stuttgart 1980 [zitiert als: Schlotterbeck 1980].

1 Eine enge Freundschaft verbindet die Familien Mühlenweg und Dix seit ihrer ersten Begegnung im Jahr 1936.
2 »Zur Belesenheit von Nelly muss man sich vor Augen halten, dass wir in Hemmenhofen eine riesenhafte Bibliothek hatten, für die dauernd nachgekauft wurde. Mein Vater brachte aus Dresdner Antiquariaten viel mit. Nelly verschlang alles. Sogar wenn sie am Herd stand und im Kochtopf rührte, las sie. Aus manchen Büchern konnte sie nach

mehrmaligem Lesen ganze Passagen auswendig.« Jan Dix (Gedenkheft 1993), Kantzenbach, S. 120

3 Gabriele Marion Daverda (Gedenkheft 1993), Kantzenbach, S. 130

4 Elisabeth Mühlenweg in ihrem Tagebuch, zit. nach der Abschrift von Regina Mühlenweg: »Über Otto Dix – aus dem Tagebuch von Elisabeth Mühlenweg«, unveröffentlichtes Typoskript, S. 3

5 »Der Jahrmarkt von San Giovanni« liegt Weihnachten 1944 auf dem Gabentisch der Familie Dix. In der Unterzeile bezeichnet Nelly ihr Werk als »Komödie in 4 Akten von Alias« – womit zum ersten Mal ihr Künstlername »Alias« greifbar wird, den sie wohl vor allem in Abgrenzung zum berühmten Vatersnamen Dix verwendet. Außer ihren biblischen Erzählungen und dieser unveröffentlichten Komödie hat Nelly Dix noch ein schmales lyrisches Werk hinterlassen, das sie unter dem Titel »Der Leierkasten« 1948 ihrem Verlobten Günther Thaesler widmet.

6 Jan Dix erinnert sich: »Nach dem Krieg gab es Einquartierungen. Denen versuchte meine Mutter mit List zu entgehen, indem sie das Haus mit ihren eigenen Leuten füllte. So wohnte die Frau meines Halbbruders mit ihrer Tochter bei uns, während ihr Mann, mein Vater und mein Bruder in Gefangenschaft waren. Die Einquartierung kam dann noch hinzu. Als wir dann in den 40er und frühen 50er Jahren zeitweise mit Ehe-Partnern und Kleinkindern alle im Haus wohnten, muss es zugegangen sein wie in einem Taubenschlag. Allein die Wäsche fiel in riesigen Haufen an und wurde zeitweise, wegen rationiertem Wasser, Holz und Strom, sogar unten im See gewaschen.« Und Nelly: »Wieder im trauten Schoß der Familie, genießen wir nachträglich noch die schöne Zeit bei Euch, besonders ich: denn am Tag unserer Heimkehr bereits begannen sich Wolken zusammenzuziehen und ein 5 tägiges Unwetter entlud sich auf wessen? richtig geraten, auf meinem Haupt. Ich hatte Wäsche und somit Gelegenheit Gudrunmäßige Gedanken im Busen zu hegen. [...] Ich glaub, ich spezialisier mich doch lieber endgültig auf das ›prächtige Hausfrauchen‹.« Brief Nellys an die Mühlenwegs vom 5. Oktober 1946

7 An die Zieheltern, 20. Juni 1950. Fritz Mühlenweg hatte gerade seinen ersten Roman »In geheimer Mission durch die Wüste Gobi« beendet.

8 Katharina Weiten, in: Kantzenbach, S. 135

9 Nelly Dix an Anton Trunz, Brief vom 9. Februar 1945, in: Kantzenbach, S. 4

10 O.D., Briefe, S. 84

11 Sabine Maschik, in: Kantzenbach, S. 10

12 Auch Elisabeth Mühlenweg vermerkt den Dix'schen Überdruss am Idyll im April 1937 in ihrem Tagebuch: »Er sagte: ›Ich möchte ausbrechen.‹ Diese ewige Landschaft, das mühsame Landleben – alles langweilt.«

13 »Das hat überhaupt nicht funktioniert«, erinnert sich Jan Dix. »Nelly hat geheult, sie fand das furchtbar: Schulzwang, Internatszwang, grässlich! Wir Kinder waren ja ›in Freiheit dressiert‹ – so hieß das bei uns. Der Versuch wurde also nach ein paar Wochen abgebrochen, und Nelly kam wieder zurück nach Randegg.«

14 »Das war eine komische, schrullige Person, die mit uns im Haus lebte und nur für Nelly zuständig war«, erzählt Jan Dix.

15 Hedwig Rieth (1911–2006) im Gedenkheft von 1993, in: Kantzenbach, S. 127

16 Lothar Fischer, Otto Dix. Ein Malerleben in Deutschland, Berlin 1981, S. 87

17 Herbst 1937, O.D., Briefe, S. 160

18 Sommer 1938, O.D., Briefe, S. 169

19 Spätsommer 1938, O.D., Briefe, S. 171

20 1938, O.D., Briefe, S. 173

21 »Pfarrer Trunz war für uns Kinder eine großartige Person. Hatte er doch aus seiner Zeit als Päpstlicher Geheimkämmerer in New York und von seinen Begegnungen mit den Indianern viel zu erzählen. Er sprach viele Sprachen, darunter auch Indianersprachen und Latein, in dem er Nelly unterrichtete.« Jan Dix (Gedenkheft 1993) in: Kantzenbach, S. 119

22 Nelly Dix an Dr. Anton Trunz, Brief vom 7. September 1944, zit. nach Kantzenbach, S. 67. Die erhaltenen und von Kantzenbach edierten oder paraphrasierten Briefe datieren von 1940 bis 1947.

23 Nelly Dix an Pfarrer Trunz, Brief vom 10. Dezember 1944, zit. nach Kantzenbach, S. 67

24 Im Gedenkheft von 1993, zit. nach Kantzenbach, S. 121

25 Nelly Dix an Pfarrer Trunz, Brief vom 11. April 1945, zit. nach Kantzenbach, S. 46

26 Schlotterbeck, 1980

27 Brief vom 27. Mai 1949 an Elisabeth Mühlenweg

28 Brief vom 17. Juni 1953 an Regina Mühlenweg

29 So am 28. Februar 1951 an Elisabeth Mühlenweg: »Mammi liegt mit sehr hässlichen Gallen und Nierenschmerzen im Bett, ich glaub, es ist sehr schlimm.«

30 Wilfried Hammacher, Familie Otto Dix. Kapitel in unveröffentlichter Autobiografie, S. 215

31 Schlotterbeck 1980

32 Wilfried Hammacher, Familie Otto Dix, S. 214f.

33 Gerade der Briefwechsel mit den Mühlenwegs macht deutlich, wie eingeschränkt die wirtschaftlichen Möglichkeiten beider Familien in den Vierziger- und Fünfzigerjahren waren. Gefroren wurde winters in jedem Fall. Und lukullische Träume gab es auch: »Die Akazien blühen und der Holunder auch, und wie jedes Jahr unterhalten wir uns darüber, dass MANCHE Leute Akazien und Holunderblüten in Teig tauchen und backen, welche Zauberspeise noch von keinem von uns Sterblichen je genossen wurde.« Nelly an Elisabeth Mühlenweg, Brief vom 26. Mai 1948

34 Nellys Schwägerin Ilse Körner, geb. Thaesler, erzählt dazu die folgende Anekdote. Ihr Bruder feierte sein Physikum bei den Eltern zu Hause. Am nächsten Tag vermisst ihre Mutter zwei kleine, wertvolle Likörgläser. Die Aufklärung bringt ein Brief von Nelly. Versehentlich seien die zwei Gläser in ihre Handtasche geraten, erklärt sie, woraufhin sie den jungen Mann darum bittet, die Gläser bei ihr in Hemmenhofen abzuholen. Nach dieser ersten Begegnung unter vier Augen sind die beiden ein Paar.

35 Seit dem 13. Januar 1948 sind Nelly Dix und Günther Thaesler verlobt (vgl. Kantzenbach, S. 65).

36 Schlotterbeck, 1980

37 An Elisabeth Mühlenweg, Brief vom 9. Januar 1951

38 Martha Dix an Fritz und Elisabeth Mühlenweg, Brief vom 3. Juli 1953

39 Günther Thaesler, undatierter Brief an Martha Dix

40 Zu Bettina gesellt sich für einen längeren Zeitraum im Jahr 1953 auch Nellys Neffe Florian, der Sohn ihres Bruders Ursus. Auf sarkastische Art kommentiert Nelly die alltäglichen Herausforderungen: »Auch das beginnende Alter, in meiner Person verkörpert, versteht nicht jeden [Spaß] und die 15 Hosenvolls, die in den vergangenen 21 Tagen stattfanden, haben mich zermürbt. Jetzt haben wir eine Art KZ-System, – alle ½ Stunde eine halbe Stunde topfen. Florian wird eine denkwürdige Erinnerung an seine verrückte Tante, die die Nachttopfmanie hatte, aufbewahren. Eure Windeln waren Mull auf meine seelischen Wunden.« An Familie Mühlenweg, 19. April 1953

41 An Elisabeth Mühlenweg, Brief vom 9. Januar 1951

42 Die phantastische Zahl von zwölf Wunschkindern benennt nicht nur Nellys Bruder Jan, sondern auch sie selbst im oben zitierten Brief vom Oktober 1948.

43 So schreibt Nelly am 18. Juni 1954 an ihre Schwägerin Charlotte Dix in Oberuhldingen: »Meine liebe Lotte, Du wirst schon ahnen weshalb ich wieder an Dich schreibe, – diesmal haben alle Tropfen + und auch Deine Tabletten nichts geholfen. Ich habe in Günthers Medizinschrank Tropfen gefunden, man soll 2 x tägl. 5–10 nehmen, – ich habe jetzt schon die 3. Flasche ausgetrunken, mir wird zwar blöd davon, aber das ist auch alles. Da steh ich nun also u. weiß nicht, was ich machen soll. Vielleicht hast Du eine Möglichkeit an irgendwas zu kommen? Ich bin ja nie allein in Stein + und kann es auch nicht zuweg bringen, einen Grund zu finden, dass ich allein hingehe. Ich will jetzt noch versuchen mir Spritzen zu geben, ich hab welche gefunden, von denen ich ungefähr weiß wozu sie sind. Aber mir hängt das zum Hals heraus, kann ich dir sagen.«

44 O.D., Briefe, S. 648

www.libelle.ch | info@libelle.ch

Der erste Band mit Erzählungen von Nelly Dix erschien unter dem Titel:
Ach, meine Freundin, die Tugend ist gut, aber die Liebe ist besser
ISBN 978-3-905707-43-4

*Und wir stellen uns vor, wie amüsiert und unerschrocken
Nelly Dix den Stimmen aus jenen Büchern gelauscht hätte,
in deren Gesellschaft die Wechselreden, Selbstgespräche,
auch das Verstummen ihrer erfundenen Figuren
nun mit diesem zweiten Band erscheinen:
den Frauenstimmen an den Abgründen, aus Yasmina Rezas* Bella Figura
*(Uraufführung im Mai 2015 an der Berliner Schaubühne),
und den Erzählstimmen, mit denen Christoph Meckel
in seinen* Erinnerungen an Lebzeiten
*den Einsamkeiten, Freundschaften und dem Unvordenklichen nachgeht,
in Nachkrieg, Zauber und Unfrieden.*

*Unser Dank gilt Bettina Dix-Pfefferkorn
für die Erlaubnis zum Abdruck der Erzählungen;
sie erscheinen in einer Textform der Erstausgabe aus dem Jahr 1961*
(Der Herr ist über Land gefahren)*; nur offensichtliche Druckfehler wurden
berichtigt, die neuere Orthographie eher behutsam angewendet.
Die passende, von Nellys Vater zudem illustrierte Prophezeiung
als Titel des biographischen Nachworts (s. o. S. 254)
fand sich in dem opulenten Band:*
Otto Dix. Briefe. Herausgegeben von Ulrike Lorenz, bearbeitet und
kommentiert von Gudrun Schmidt (Wienand 2013) *und dort im Brief
an Martha Dix, 1938, mit Zeichnung »Schnecke« (für Nelly).
Feder, Tinte/Briefpapier; Otto Dix Stiftung Vaduz*

*Ermöglicht wurde unsere Ausgabe durch eine großzügige Unterstützung
des* Fördervereins Museum Haus Dix Hemmenhofen e.V.

*Buchgestaltung: Phlox-Art
Druck und Bindung: Pustet in Regensburg
1. Auflage Juli 2015*

ISBN 978-3-905707-60-1